Leo Lukas

MÖRDER QUOTEN

Leo Lukas

MÖRDER QUOTEN

Kriminalroman

ueberreuter

Mit freundlicher Unterstützung durch das BMI für Kunst, Kultur öffentlicher Dienst und Sport

Bundesministerium
Kunst, Kultur,
öffentlicher Dienst und Sport

Danke, dass Sie sich für unser Buch entschieden haben. Wir freuen uns, wenn wir Sie auch weiterhin über unsere Neuerscheinungen informieren dürfen, und laden Sie ein, unseren Newsletter unter **www. ueberreuter-sachbuch.at** zu abonnieren.

1. Auflage 2020

ISBN 978-3-8000-9002-0

Lektorat: Marina Hofinger
Covergestaltung: Saskia Beck, s-stern.com
Coverfoto: © shutterstock
Foto Innenklappe vorne: Leo Lukas
Foto Innenklappe hinten: Homajon Sefat, abgelichtet.at
Satz: Hannes Strobl, Satz·Grafik·Design, Neunkirchen
Druck und Bindung: Finidr s. r. o.
www.ueberreuter-sachbuch.at

Prolog

Sieben Minuten vor deinem Tod geht es dir so gut wie schon lange nicht mehr. Du spürst den Marillenschnaps. Das ist aber nicht der billige Fusel vom Diskonter. Sondern feinere Ware. Aus Ungarn. Der dings; der so heißt wie ein amerikanischer Präsident … Du denkst nach, schnalzt mit der Zunge, klatscht die flache Hand an die Schläfe. Aber es will dir nicht einfallen.

Macht nichts. Bald wird die Welt noch unschärfer werden. Du freust dich darauf.

Deine Wohltäter schenken nach. Sie prosten dir zu, rufen „Auf ex!“ Selber nippen sie nur. Sie glauben, du merkst es nicht. Dabei ist es dir bloß egal.

Fünf Minuten vor deinem Tod werden dir die Augenlider schwer. Du schwankst, hast Mühe, nicht im Sitzen umzukippen.

Wie unhöflich von dir! Du möchtest die netten Leute, die so unvermittelt so spät noch aufgetaucht sind, um Entschuldigung bitten. Mehr als unverständliches Gelalle bringst du jedoch nicht heraus.

Nachsichtig winken sie ab, klopfen dir auf die Schultern. Du stellst den Plastikbecher auf den Boden, weil er dir aus den Fingern zu fallen droht. Man hilft, indem man dir die Flasche direkt an die Lippen hält. Du trinkst, säufst wie ein Ross, bis du nach Luft schnappen musst.

Drei Minuten vor deinem Tod tropft dir ein Gemisch aus Schnaps und Speichel aus dem Mundwinkel. Dafür genierst du dich. Du hast ein schlechtes Gewissen, weil du dich derart gehen lässt.

Zugleich keimt Misstrauen gegenüber deinen edlen Spendern auf. Wer sind sie noch gleich? Was führt sie zu dir? Warum haben sie dich so vehement zum Trinken verleitet?

Okay, schwer zu überreden warst du nicht. Eigentlich mussten sie nur die Einladung aussprechen und die Flasche entkorken. *Obama!* So heißt er, der Schnaps, genau. Deine Freunde und du, ihr dürft ihn beim Vornamen nennen: *Barack*.

Der süßlich-scharfe Geruch war Argument genug … Dir wird übel. Was für eine bejammernswerte Kreatur du doch darstellst! Wie konntest du so tief fallen?

Dass die Reue ein wenig spät kommt, ist dir klar. Sie wirkt auch nicht ernüchternd. Vielmehr störend. Du wischt sie fort, mit dem Handrücken quer über den Mund, und dämmerst weg.

Zehn Sekunden vor deinem Tod schreckst du hoch. Mit einem Schrei, vor Schmerz. Warme, klebrige Flüssigkeit rinnt dir die Wange herunter, das Kinn entlang. Du greifst hin. Kneifst die Augen zusammen, glotzt deine roten Fingerspitzen an.

Kann das wahr sein? Hat man dir gerade tatsächlich …?

„He, der ist noch nicht voll hinüber!“, ruft jemand.

„Aber gleich“, sagt eine andere Stimme.

Etwas blitzt auf. Die Flasche, oder ein Messer. Vielleicht auch etwas ganz anderes, du siehst ja nur verschwommen. Es saust durch die Luft. An Ducken oder gar Ausweichen ist nicht zu denken. Du fuchtelst mit den Armen, vergeblich. Der Hieb trifft dich hart am Kopf.

Du fällst nach hinten und hinunter, immer tiefer, in die leere Dunkelheit.

DONNERSTAG

„Der Oane kränkt si z'Tod.
Dar Aundre schind't si wund.
Wer amol herzkraunk is,
Wird neamma gsund."
(Kern Buam, „Der Weltverdruss")

Kürbisschaumsuppe

*

Gefülltes Brathendl
mit Risipisi

o d e r

Käferbohnengulasch
mit Polentaschnitte

*

Gebackene Holunderblüten
Vanilleeis mit Kernöl

1

Es gibt schon Zufälle, da glaubt man nicht mehr an Zufall.

Ich meine, wie hoch ist die Chance, dass die Kundin, die einen Karibikurlaub gewinnt, justament das „Gspusi" des Filialleiters ist? Oder dass der Verteidiger, der in der 89. Minute ein Eigentor schießt, niemanden kennt, der einen Haufen Geld auf Unentschieden gewettet hat?

Eben. Manchmal muss man halt ein bisserl nachhelfen.

Obwohl das Schicksal auch ganz allein Kapriolen schlagen kann, frage nicht. Nehmen Sie den Bravo und mich. Eine Paarung, sehr viel unwahrscheinlicher geht's kaum. Zwei verschiedene Welten, fast ohne Berührungspunkte.

Unter uns: Wäre es dabei geblieben, würde ich mich auch nicht beschweren.

Da kann man schon ins Philosophieren kommen. War es irgendwie vorherbestimmt, dass ich den Bravo getroffen habe? Hat uns die Vorsehung zusammengespannt, oder gar ein höheres Wesen?

„Der Mensch denkt, und Gott lenkt" ... Angenommen, das stimmt; dann wäre ich vehement dafür, dem Herrn die Lenkerberechtigung zu entziehen. Weil ganz auf der Höhe kann er nicht gewesen sein, als er sich das ausgedacht hat.

Gut, eine gewisse Mitschuld streite ich nicht ab. Mein lockeres Mundwerk, wieder mal. Ich hätte mir einfach auf die Zunge beißen sollen, und nichts wäre passiert. Bis heute wüsste ich nicht, dass jemand wie der Bravo überhaupt existiert.

Aber der Reihe nach.

Ich war in Graz, wegen eines Sprecherjobs. Mein südsteirischer Akzent ist zwar nach mehr als 20 Jahren in Wien weitgehend abgeklungen, lässt sich aber relativ überzeugend wiederbeleben. Manche Werbeagenturen buchen mich, wenn sie verbalakustisches Lokalkolorit brauchen.

Außerdem fand am Abend die Geburtstagsfeier einer ehemaligen Geliebten statt. Unsere Affäre liegt einige Jahre zurück und dauerte nur wenige Wochen. Falls die Erinnerung mich nicht trügt, exakt, bis ich draufkam, dass die Dame mich hauptsächlich dazu benutzte, ihren Ehegatten eifersüchtig zu machen. Gleichwohl lädt sie mich alle Jahre wieder zur Party ein, obwohl wir sonst keinen Kontakt mehr haben. Jetzt werden Sie nicht ganz unberechtigt fragen, warum ich dann trotzdem hinfahre.

Ja, sehen Sie, mit der Zeit habe ich den Gatten schätzen gelernt. Wir teilten, stellten wir fest, weit mehr gemeinsame Interessen und Vorlieben als bloß seine Gemahlin. Deren Geburtstags-Gelage sind außerdem echt vom Feinsten, und zu später Stunde, wenn sich die übrigen Gäste getrollt haben, fachsimpeln Bernhard und ich genüsslich über diverse Ballsportarten. Öfter als einmal jährlich brauche ich das auch nicht, aber in dieser Frequenz passt's.

Ich schlief im ehemaligen Kinder- und nunmehrigen Gästezimmer. Tags darauf brunchten wir zu dritt, wie eine sehr in die Jahre gekommene Römerquelle-Werbung. Dann nutzte ich die Gelegenheit, um einen anderen alten Bekannten zu besuchen.

Gustav Guthmann, genannt „Gugu", war einer meiner besten Kumpels im Gymnasium gewesen. In der sechsten Klasse war er sitzengeblieben, wie übrigens fast alle Banknachbarn von mir, wegen meines ständigen Geblödels. Unserer Freundschaft tat das keinen Abbruch. Während des Studiums teilten wir für einige Jahre eine Wohnung und manche Freizeitaktivität, insbesondere amouröse Abendgestaltungen mit Vertreterinnen des anderen Geschlechts. Nachdem ich nach Wien gezogen war, verloren wir einander allmählich aus den Augen. Gugu legte eine beachtliche Karriere als Psychiater und Psychotherapeut hin, sich ein hübsches Häuschen am Stadtrand zu und den alten Spitznamen ab. Bald waren wir froh, wenn wir uns mehr als einmal im Jahr sahen. Schade eigentlich, aber so spielt das Leben.

Die Praxis lag im Geidorfviertel. Ich hatte mich für späten Vormittag angekündigt, ohne einen genauen Zeitpunkt zu vereinbaren; wollte ja nur kurz vorbeischauen und Gugu, pardon: Gustav, ein Buch übergeben, um das er mich gebeten hatte, einen Sammelband mit einem Beitrag von mir. Wenn irgend möglich, erledige ich so etwas persönlich. Außerdem steht man sich auf der Post die Füße in den Bauch, seit sie eine Filiale nach der anderen aufgelassen haben.

Jedenfalls, das schmucke Gründerzeit-Haus war eine typische Ärzteburg: im Erdgeschoß Orthopädie, erster Stock Uro- und Gynäkologie, zweiter Stock Interne und Augen; ab dem dritten Stock die Psycho-Abteilung, insgesamt vier Therapeuten und Therapeutinnen.

„Professor Guthmann kommt in wenigen Minuten", sagte die Empfangsdame, sobald sie meinen Namen auf der Liste gefunden hatte. Das kurz geschnittene, weißblond gefärbte Haar kontrastierte reizvoll mit der dunklen Haut. Früher hätten Gugu und ich einer solchen Schönheit um die Wette den Hof gemacht. Was mittlerweile, aufgrund des Altersunterschieds, außer peinlich nur peinlich gewesen wäre. „Wenn Sie bitte so lange im Wartezimmer Platz nehmen."

„Sein Zimmer ist …?"

„Nummer zwo."

„Ah ja. Was hat die Koryphäe auf Nummer eins für einen Titel?"

„Dort ordiniert Primaria Orecchietti."

Ich verkniff mir einen Scherz über ohrenförmige Nudeln. Die letzte Antwort hatte ohnehin schon etwas spitz geklungen. Wie so oft, sah ich mich dem Dilemma gegenüber, dass ich nicht wusste, ob sie wusste, wer beziehungsweise was ich war. Von uns professionellen Komikern wird nämlich erwartet, dass wir entweder jederzeit wahnsinnig originelle Witze reißen oder aber privat wortkarge, melancholische, schwer depressive Trantüten sind. Außerdem kennen mehr Leute meine Stimme als mein Gesicht. „Ich bin's dein Geschirrspüler …" und so weiter.

Während ich wartete, fiel mir ein, dass Gugu, als man noch Gugu zu ihm sagen durfte, bei meiner zweiten Hochzeit als Beistand fungiert hatte. Damals hatte ich die rituelle Frage „Wollen Sie, Herr Peter Szily, Frau Nora Irgolic-Milenkova zur Frau nehmen?“ verneint, zur nicht gelinden Überraschung sämtlicher Anwesender. Der Grund war gewesen, dass die Standesbeamtin zwei der drei Nachnamen falsch ausgesprochen hatte und ich einen Schreibfehler in den Dokumenten befürchtete. Mit derlei hatte ich reichlich leidvolle Erfahrungen gemacht. Wer ebenfalls ähnlich wie ein Würzkraut heißt, weiß, wovon ich rede. Gugu und die Beiständin meiner zukünftigen Ex brachen in haltloses Kichern aus. „Wir sind hier nicht im Comedyclub!“, fauchte die Standesbeamtin erbost. Das Missverständnis konnte rasch bereinigt werden. Gleichwohl stand die Ehe unter keinem guten Stern, aber das ist eine andere Geschichte.

Wo war ich? Richtig, im Wartezimmer. Es gab nur uralte, zerfledderte Ausgaben von *Psychologie heute* sowie das übliche Ecktischchen mit grindigem Kinderspielzeug, auf dem sich mehr Bakterienkulturen tummelten als in den Labors der Geschoße unter uns. Längst waren zehn Minuten verstrichen. Mir wurde langweilig. Zudem hatte ich geplant, den Zug um 12.26 Uhr zu nehmen, und Mittag war nicht mehr weit. Deshalb beschloss ich, das Buch mit einer flotten Widmung zu versehen und im Zimmer meines Freundes zu deponieren.

Ich malte also schwungvoll: „Für Professor Doktordoktor ~~Gugu~~ Guthmann, den alten Synapsenschlosser!“ – Spaß muss sein – und begab mich in Zimmer Nummer 2. Die Einrichtung entsprach haargenau den Vorstellungen, die man sich von Psychotherapeuten macht: Bücherwand voller dicker Wälzer, mächtiger Schreibtisch, zwei Polstersessel, Sigmund-Freud-Memorial-Couch, alles da. Wie ich ja überhaupt im Laufe meines Lebens festgestellt habe, dass die allermeisten Klischees zutreffen. Staatspolizisten zum Beispiel tragen so gut wie immer

Trenchcoats und lächerliche Schlapphüte. Bevor Sie mir unterstellen, ich würde diese oder jene Berufsgruppe verunglimpfen wollen: Nichts läge mir ferner! Habe schließlich auch schon das eine oder andere Mal die Dienste eines Seelenklempners in Anspruch genommen und häufig davon profitiert. Obwohl ich es bei therapeutischen Sitzungen immer wieder komisch finde, wenn ausgerechnet ich jemand dafür bezahle, dass er oder sie mir dabei zuhört, wie ich mein Innenleben ausbreite …

Eben hatte ich das Buch mitten auf der edlen ledernen Schreibtischunterlage abgelegt und wandte mich zum Gehen, da öffnete sich, ganz leise quietschend, die Tür. Herein trat – nicht Gustav Guthmann. Sondern jemand, so durchschnittlich und unscheinbar, dass ich mehrfach blinzelte, um mich zu vergewissern, dass ich mich nicht getäuscht hatte und wirklich nicht mehr allein im Zimmer war.

„Guten Tag", sagte der Neuankömmling, mit einer Stimme, ebenso unauffällig wie seine gesamte Erscheinung. Sie klang keineswegs monoton, auch nicht flach oder zu leise, bloß … absolut eigenschaftslos. „Wir haben einen Termin. 11 Uhr 45, Raum zwei. Stimmt das?"

„Ja, sicher. Äh. Klar", stotterte ich. Gefasster fügte ich hinzu, weil mir nichts Geistreicheres einfiel: „Pünktlichkeit ist eine Zier, man sagt auch, die Höflichkeit der Könige."

Zu meiner Ehrenrettung sei vermerkt, dass mich die Begegnung auf dem falschen Fuß erwischte. Ich hatte mir Zutritt zu Gugus Zimmer verschafft, ohne die Empfangsdame zu informieren, und fühlte mich gewissermaßen ertappt.

Gleichzeitig war das Merkwürdige an dem Fremden, dass eben nichts an ihm merk-würdig war. Blickte ich kurz weg, hatte ich ihn schon fast wieder vergessen. Es handelte sich wohl um eine Art Gabe, ein spezielles Talent, eine angeborene oder anerzogene Fähigkeit, wie sie mir noch nie untergekommen war. Die Gesellschaftsschichten, in denen ich mich gewöhnlich bewege, strotzen vor offensiven Selbstdarstellern. Die „Szene" heißt so, weil alle immerzu ein Theater aufführen, vor den anderen, aber auch vor sich selbst. Alle geben etwas vor, niemand gibt etwas zu, schon gar keine Zweifel an der eigenen Wichtigkeit.

Dieser Mann hingegen erweckte nicht im Mindesten den Eindruck, sich in den Vordergrund stellen zu wollen. Vielmehr hinterließ er gar keinen Eindruck. „Mir wurde versichert", sagte er ruhig und sehr beherrscht, „dass Sie der Schweigepflicht unterliegen. Nichts, was hier geredet wird, verlässt diesen Raum. Richtig?"

„Richtig." Ich räusperte mich und setzte zu einer Erklärung an.

„Nichts wird aufgezeichnet?" Er zog ein schlankes silbriges Kästchen aus der Hosentasche. Ein grünes Lämpchen leuchtete auf. „Keine Wanzen." Es war nicht als Frage formuliert.

„Die Praxisgemeinschaft beschäftigt einen sehr guten Kammerjäger", sagte ich.

„Wieso?"

„Gegen Ungeziefer. Kammerjäger – Wanzen. Sie verstehen?"

„Ja. Sehr witzig." Als der Humor verteilt wurde, hatte der Typ sich definitiv nicht vorgedrängt. „Wir haben eine Dreiviertelstunde vereinbart. Keine Zeit für Floskeln. Darf ich gleich anfangen?"

Das war der Moment, in dem ich spätestens hätte sagen sollen: „Pardon, Sie verwechseln mich. Ich bin kein Psychiater, nur ein zufälliger Besucher."

Stattdessen deutete ich schwungvoll auf den Stuhl links neben dem Schreibtisch. „Bitte, nehmen Sie Platz."

Ich meine, streng genommen hatte ich nicht gelogen, oder? Alle von mir getätigten Aussagen waren wahr gewesen. Vor allem aber faszinierte mich der „Mann ohne Eigenschaften" mindestens im selben Ausmaß, wie er mir unheimlich war. Schon rein berufsbedingt musste ich ihn näher studieren, solange ich die Möglichkeit dazu hatte. Falls es mir gelang, seine seltsame, so kontrolliert unpersönliche Stimmgebung zu kopieren, konnte ich damit vielleicht einen eigentümlichen Charakter für ein Hörspiel kreieren.

Kaum hatte er sich gesetzt, sagte er: „Mir ist etwas passiert, das ich kaum glauben kann. Ich möchte sichergehen, dass ich nicht unter Gedächtnisverlust oder Wahrnehmungsstörungen leide. Sie kennen sich doch damit aus?"

Die zweite Chance, seinen Irrtum aufzuklären, erschien vor meinem geistigen Auge wie ein hübscher, vernünftig karierter Schmetterling, der ohne Hast, fröhlich mit den Flügeln winkend, an mir vorbeiflatterte. „Sicher", sagte ich.

„Gut. Sie müssen wissen", sagte er, „ich bin ein *Bravo*. Das ist ein anderes, älteres Wort für Auftragskiller. Im Wiener Kunsthistorischen Museum gibt es sogar ein Gemälde von Tizian, das den Titel ‚Der Bravo' trägt. Es zeigt einen Meuchelmörder, der gerade den Dolch zückt."

„Ah ja."

Ich war erleichtert, fast schon wieder beruhigt. Offensichtlich handelte es sich bei meinem Gegenüber doch um einen harmlosen Verrückten. Schließlich befanden wir uns in einer psychiatrischen Ordination. Andere Patienten mochten sich für Jesus halten, für Napoleon oder Richard III. mitsamt seinem Pferd.

„Sie stehen im Dienst der Mafia?", fragte ich, um das Gespräch weiter anzukurbeln. „Oder eines anderen Verbrechersyndikats?"

„Nein; beziehungsweise nicht dauerhaft. Ich bin selbstständig und arbeite strikt allein. Meine Auftraggeber kenne ich normalerweise gar nicht."

„Ah ja. Erzählen Sie mir doch bitte mehr!" Insgeheim rieb ich mir die Hände. Einen derartig vielversprechenden Fund machte unsereins nicht oft.

„Ich bin hier", sagte er, „weil ich ausschließen möchte, dass mich meine Erinnerung trügt."

„Sehr vernünftig. Sie wissen, dass allgemein auf das menschliche Gedächtnis wenig Verlass ist?"

Darüber hatte ich kürzlich gelesen. Die Details waren mir entfallen, aber ich fand, der Einwurf klang ungemein gescheit. Beinahe hätte ich zu einem Exkurs über den Rashomon-Effekt angesetzt, jenes nach Kurosawas Filmkunstwerk benannte Phänomen der selektiven Wahrnehmung; hielt mich dann aber doch im Zaum.

„Ja", sagte er. „Ich bin unsicher, ob ich einen Mord, den ich hätte ausführen sollen, tatsächlich begangen habe."

Ich spürte, dass sich mir die Nackenhaare aufstellten. Weidlich bemühte ich mich, das Gefühl zu ignorieren, ich würde in eine Sache hineingezogen, die mir alsbald über den Kopf wachsen könnte. „Unangenehm", sagte ich, Verständnis vortäuschend. „Was bringt Sie zu dieser Vermutung?"

„Das Ganze war überhaupt nicht mein Stil. Vielmehr im Endergebnis ein Pfusch, wie er mir niemals unterlaufen würde."

„Ah ja." Ich nickte, breitete aufmunternd die Arme aus. „Schildern Sie doch einfach, was Sie daran bedrückt."

Und das tat er.

2

Ins Haus zu kommen, ist keine Hexerei. Der Bravo hat einen Generalschlüssel, wie ihn sämtliche Wiener Zeitungsausträger besitzen. Als solcher ist er auch verkleidet, passend zur frühen Morgenstunde. Jedes Detail stimmt, bis hin zu den Verhältnissen in der dicken Umhängetasche: fünfmal *Krone*, zweimal *Kurier*, je einmal *Presse* und *Falter*.

Seiner Recherche zufolge gibt es im Stiegenhaus keine Kameras. Trotzdem geht der Bravo auf Nummer sicher, prinzipiell. Er trägt eine hauchdünne Maske, die nur aus nächster Nähe als solche zu erkennen ist und die biometrische Aufzeichnung charakteristischer Gesichtsmerkmale verunmöglicht. Sein Bild findet sich in keiner polizeilichen oder sonstigen Datenbank. Er legt Wert darauf, dass das noch länger so bleibt.

Auch für die Hintertür des Wettbüros benötigt der Bravo keinen Dietrich. Der Schlüssel, hat er herausgefunden, hängt in der gegenüberliegenden Gangtoilette an einem rostigen Nagel.

Kann man deswegen der Zielperson sträflichen Leichtsinn vorwerfen? Nein. Pekarek, so heißt der Buchmacher, bewahrt zu keinem Zeitpunkt größere Bargeldbeträge in seinem Lokal auf. Falls er einmal, selten genug, höhere Gewinnsummen auszahlen muss, erledigt er das per Überweisung. Vermutlich wickelt er nebenbei auch illegale Wetten ab, wie viele seiner Branche. Aber wenn es dafür einen Safe gibt, dann in Hugo Pekareks Wohnung. Die wiederum liegt in einem stolzen Simmeringer Gemeindebau, wo ein Einbruch etwas schwieriger zu bewerkstelligen wäre.

Nur wenn an einem Dienstag oder Mittwoch Champions-League-Spiele mit populären Mannschaften stattfinden, hat das *Lucky Star Casino* bis weit nach Mitternacht geöffnet. Dann fährt Pekarek nicht mehr heim, sondern schläft auf einem Feldbett in der Abstellkammer zwischen dem Lokal und dem Stiegenhaus.

So geräuschlos, wie sich der Bravo auf weichen Kreppsohlen bewegt, öffnet er die Klotür und nimmt den Schlüssel vom Haken. Er muss seine Taschenlampe nicht bemühen. Das Streulicht, das von der Straßenbeleuchtung durchs Gangfenster fällt, reicht völlig aus.

Einige ruhige Atemzüge lang lauscht der Bravo. Nichts zu hören außer Schnarchen aus einem der darüber liegenden Stockwerke und, einen Häuserblock entfernt, die Fahrgeräusche der ersten Straßenbahn. Der Bravo sieht auf die Armbanduhr: 4:56:32, ganz nach Plan. Die Wiener Linien sind pünktlich wie meist.

Er zieht die Handschuhe an, greift in die Umhängetasche, unter das Zeitungsbündel, und holt die Spritze heraus. Sie enthält Beta-Antiarin. Die Dosis würde für drei Erwachsene reichen. Dennoch besteht eine gar nicht so geringe Chance, dass das Gift hinterher nicht bemerkt wird. Hugo Pekarek ist schwer übergewichtig und hat bereits zwei Stents in den Herzkranzgefäßen. Gut möglich, dass die Behörden davon absehen werden, eine Obduktion anzuordnen. Ein Infarkt zieht ungleich weniger Arbeit und Papierkram nach sich als ein Mordverdacht …

Der Bravo schließt die Tür auf und schlüpft in die Kammer. Noch bevor er die Mini-Taschenlampe einschaltet, riecht er, dass etwas furchtbar faul ist.

Die Leiche sieht nicht gut aus.

Wer meint, Leichen wären generell kein schöner Anblick, irrt. So manche Person hat nach der finalen Behandlung durch den Bravo erstmals entspannt, friedlich und sympathisch gewirkt.

Auf die sterblichen Überreste des Buchmachers Hugo Pekarek trifft dies nicht zu. Das Gesicht ist in Agonie zu einer Grimasse entstellt und blutverschmiert. Über Stirn, Nase und Wangen ziehen sich mehrere Schnittwunden, wie von einem Säbel oder einem großen, scharfen Messer. Blut verklebt auch den grau melierten Schnauzer und Kinnbart. Trotz alldem besteht kein Zweifel an der Identität des Opfers. Der Bravo hat Pekarek mehrmals beobachtet und so ausgiebig studiert, wie er es stets bei Zielpersonen tut.

Die Verletzungen deuten auf einen Kampf hin. Aber die Position der Leiche widerspricht diesem Eindruck. Pekareks Oberkörper liegt quer über dem Feldbett, die Beine sind gespreizt, die Absätze der Turnschuhe ruhen auf dem Boden. Keinerlei Wunden an den Armen und Fingern, nicht einmal Abschürfungen. Todesursache war ein tiefer, klaffender Schnitt durch die Kehle. Hugo Pekarek ist ausgeblutet. Das grün-weiß gestreifte T-Shirt mit dem Logo des Fußballklubs Rapid wird auf der ganzen Brust und großen Teilen des Bauchs von gestocktem, braunrotem Blut überdeckt.

Der Bravo steckt die Spritze wieder ein und beugt sich hinab. Er muss den Schädel nicht anfassen, um die fast hühnereigroße Beule am Hinterkopf zu ertasten. Seine Gedanken rasen. Pekarek wurde niedergeschlagen, kurzfristig betäubt, dann getötet und hernach im Gesicht verstümmelt.

Von wem?

In den meisten Branchen wäre man nicht unbedingt beleidigt, falls einem unverhofft die Arbeit abgenommen wird. Jeder Hausmeister freut sich, sollte ein Nachbar den Gehsteig bereits vom Schnee geräumt haben. Stubenmädchen in Hotels lieben die an die Türschnalle gehängte Mitteilung, dass der Gast nicht gestört werden will und sein Bett selber macht. Und so weiter.

Übt man allerdings den Beruf eines Auftragsmörders aus, besteht erheblicher Grund zur Besorgnis, wenn einem jemand zuvorgekommen ist. Der Bravo weiß, dass er nicht der Einzige seiner Zunft und seines Niveaus in Österreich ist. Er kennt die Konkurrenten nicht persönlich, natürlich nicht, jedoch die Spitznamen und den jeweils bevorzugten Modus Operandi. Nicht selten kann er aus knappen Zeitungsmeldungen herleiten, wann höchstwahrscheinlich jemand von den anderen zugeschlagen hat. Ihnen allen gemeinsam ist, dass sie nicht so kindisch sind, irgendwelche individuelle Signaturen zu hinterlassen. Sowieso ist der beste, weil sauberste Mord immer noch der, den die Kripo gar nicht als solchen registriert. Insofern sieht dies hier eher wie die Tat eines Amateurs aus.

Andererseits gehört Tarnen und Täuschen zum Geschäft, und gewisse Duftmarken …

Der Bravo richtet sich wieder auf und schnüffelt. Pekareks saure Alkoholfahne und der Gestank des im Todeskampf entleerten Darms erfüllen die enge Kammer. Dazu etwas Modriges, wohl von den grünlichen Schimmelflecken an der Seitenwand. Billiges Plastik: die Ordner im windschiefen IKEA-Regal. Vergammelte Reste von Tomatensoße und Mozzarella in einer halb unter die Pritsche geschobenen Pizzaschachtel.

Und … noch etwas. Ein Hauch von Schwefel. Plötzlich wird dem Bravo anders. Als wäre ihm diese Szene nicht neu, als hätte er sie schon einmal genau so durchlebt, wie ein Déjà-vu. Jetzt bemerkt er auch das nahezu unhörbare Zischeln aus dem nebenan gelegenen Hauptraum des Wettbüros.

Erdgas ist ein ziemlich sicherer Energieträger und ursprünglich geruchlos. Die Wiener Versorgungsnetze „odorieren" es jedoch, soll heißen: sie mischen ihm einen Duftstoff bei, damit auf Gebrechen, wie etwa Lecks in den Leitungen, noch rechtzeitig reagiert werden kann. Schon in geringer Konzentration tritt intensiver Schwefelgeruch auf und signalisiert einen Notfall.

Dass Pekarek in seinem Wettbüro einen Gasherd betrieben hat, um die Kundschaft mit Würsteln und Gulaschsuppe zu versorgen, ist naheliegend. Für denjenigen, der ihm das Lebenslicht ausgeblasen hat, gäbe es kaum eine sicherere Methode, die Spuren zu beseitigen, als eine Gasexplosion. Welche beileibe nicht bloß durch Hantieren mit offenem Feuer, etwa Kerzen oder Zigaretten, ausgelöst werden kann. Wurde der Gashahn lange genug offen gelassen, genügt es, irgendein elektrisches Gerät zu betätigen, damit im wahrsten Wortsinn der Funke überspringt.

Lichtschalter, Türklingel, Handy ... oder ein elektronischer Wecker.

Der Bravo blickt auf die Armbanduhr.

4:59:47. 13 Sekunden bis fünf.

Mit einem Mal spürt er, dass es brenzlig wird. Sein Auftrag hat beinhaltet, dass er einen speziellen Gegenstand birgt, mit sich nimmt und später unauffindbar entsorgt. Hektisch schwenkt er den Strahl der Lampe über die Regalbretter. Im Vorbeifahren erfasst der Lichtkegel ein Einmachglas. Darin befindet sich das Gesuchte. Auf dem ausgebleichten Etikett steht „Feine Cornichons". Aber das Gefäß enthält keine Gewürzgurken, sondern ein menschliches Ohr. Der Bravo schnappt sich das Glas, packt es in die Tasche und flieht durch das Stiegenhaus, so schnell ihn die Beine tragen.

Seine innere Uhr zählt den Countdown der Sekunden herunter. Als sie bei null angelangt ist, hat der Bravo gerade einmal ein paar Schritte Abstand zu dem Haus gewonnen, an dessen Fassade im Erdgeschoss die Neonschrift „Lucky Star Casino" rot und blau blinkt. Hinter einer Litfaßsäule wirft er sich in Deckung.

Der Blitz ist grell, der Knall ohrenbetäubend. Die umliegenden Häuser am Dombrowski-Platz geben das Echo der Detonation mehrfach wieder.

Als der Nachhall verebbt ist, steht der Bravo auf und geht weg, ohne sich umzusehen, gemessenen Schrittes, als wäre nichts geschehen. Niemand begegnet ihm auf dem Weg zur Tramway-Haltestelle. Die Straßenbahn kommt, er steigt ein. Sirenen heulen auf. Wenig später hört er Folgetonhörner von Einsatzfahrzeugen der Polizei, der Rettung und der Feuerwehr. Sie nähern sich aus verschiedenen Richtungen. Aber da ist er schon in Sicherheit.

Wäre alles nach Plan gelaufen, hätte sich der Bravo jetzt noch für zwei Stunden hingelegt. Nach vollbrachter Tat ist er gewöhnlich entspannt und schläft sehr gut.

Diesmal jedoch findet er keine Ruhe. Wie immer duscht er gründlich. Er stopft die einmalig verwendete Tasche und Kleidung in einen Müllsack, obwohl am Tatort mit höchster Wahrscheinlichkeit nicht die kleinste Faser übrig ist. Dann starrt er lange das entwendete Gurkenglas an. Auftragsgemäß sollte er es ebenfalls so schnell wie möglich beseitigen, mitsamt dem bizarren Inhalt. Aber der Bravo zögert. Er weiß nicht, ob er das belastende Indiz nicht vielleicht doch noch benötigen wird, und er hasst nichts mehr als Ungewissheit.

Schließlich verstaut er das Glas mit dem Ohr sorgfältig im Geheimfach der Anrichte. Es ist vorläufig der einzige Hinweis darauf, was hinter dieser Sache stecken könnte. Der Bravo setzt sich auf das Kanapee, steht wieder auf, geht in der Küche hin und her. Statt geschützt in seinem Schlupfwinkel, den niemand außer ihm kennt, fühlt er sich eingesperrt. Alle paar Minuten sieht er auf die Uhr. Endlich, um Punkt 7.30, richtet er sich das Frühstück. Der Bravo frühstückt immer, wenn irgend möglich, um halb acht, und immer dasselbe: zwei Scheiben Roggenmischbrot der Sorte Gestaubter Wecken mit Kalbsleberstreichwurst sowie Sirius-Camembert. Dazu eine Tasse Nescafé. Dies dient ihm als Ausgleich dafür, dass er sich in der Öffentlichkeit keinerlei Regelmäßigkeiten gestattet. Eingeschliffene Gewohnheiten können so verräterisch sein wie Fingerabdrücke. Ein guter Bravo wechselt seine von Fremden nachvollziehbaren Verhaltensmuster so häufig wie die Unterwäsche.

Und er ist ein guter Bravo; einer der besten und gefragtesten hierzulande!, versucht er sich zu beruhigen, während er an dem Streichwurstbrot kaut. Aber der innere Frieden, den ihm dieses Ritual sonst verschafft, will nicht einkehren. Ungeheuerliches ist geschehen. Er hat einen Mordauftrag nicht ausgeführt.

Hat er das wirklich nicht?

Die Zielperson, der Buchmacher Hugo Pekarek, ist tot. Also wurde das gewünschte Endergebnis erreicht. Die erste Hälfte des Honorars ist bereits als Anzahlung überwiesen worden, auf ein nach allen Regeln der Kunst anonymisiertes, nicht bis zu ihm verfolgbares Bankkonto. Ob der zweite Teil wie vereinbart binnen zwei Tagen nachkommt oder auch nicht – der Bravo könnte die Episode *ad acta* legen und weiterleben wie bisher.

Kann er das?

Ihn stört, dass Pekareks Terminierung mit derart viel Tamtam vonstattenging. Eine Gasexplosion? Hallo! Es entspricht absolut nicht seinem Stil, Aufsehen zu erregen, und schon gar nicht, irgendwelche Unbeteiligte eventuell in Mitleidenschaft zu ziehen.

Freilich, wer wüsste davon, außer dem unbekannten Auftraggeber, der letztlich ja doch bekommen hat, was er wollte? Maximal zwei, drei Zwischenhändler; Relaisstationen, über die der Kontakt hergestellt wurde. Personen, deren Verschwiegenheit ihr wertvollstes Kapital darstellt.

Trotzdem. Der Bravo hat einen Ruf zu wahren. Nicht bloß aus Eitelkeit. Wer würde seine Dienste noch anfragen, wenn damit zu rechnen wäre, dass er nebenbei ein halbes Haus in die Luft sprengt?

Er selbst entkam nur mit knapper Not. Achtung: Könnte das Ganze nicht überhaupt eine Falle gewesen sein, zugeschnitten auf niemand anderen als ihn?

Wer sollte ihm eine solche Falle stellen? Und warum?

Der Bravo weiß von keinen persönlichen Widersachern. Jemand, den es als Person nicht gibt, hat keine Feinde. Geschweige denn, dass er jemals irgendeine Fehde angefangen oder sich auf etwas Vergleichbares eingelassen hätte.

Mitbewerber, die ihm die Erträge neiden? Mag sein. Aber wenn er in den vergangenen Jahren keinen groben Fehler gemacht hat – und das hat er ziemlich sicher nicht –, dann wissen die zirka zwei Handvoll anderen, richtig guten, in Mitteleuropa tätigen Profi-Killer nicht mehr über ihn als er über sie. Und es gibt nach wie vor mehr als genug Geschäft für alle, sodass man sich nicht in die Quere kommen muss.

Gleichwohl darf er diesen Aspekt nicht aus den Augen lassen. In Summe jedoch bleibt vorerst: Der Einzige, der ihm gefährlich werden könnte, ist – er selbst.

Dem Bravo wird mulmig. Ihm ist die Besonderheit seiner Existenzweise bewusst. Es macht etwas mit einem, wenn man von Berufs wegen immer wieder mal anderen die Lebenszeit drastisch verkürzt. Final. Aber da entsprechender Bedarf besteht, muss das irgendwer machen; und es hat niemand was davon, wenn man derlei Operationen einem Stümper überlässt ... So hat der Bravo seine Tätigkeit bisher vor sich selbst gerechtfertigt. Er sieht weiterhin keinen Grund, von dieser Einstellung abzurücken. Indes hält er seit Langem für möglich, dass seine Irritationen zunehmen könnten.

Was er tut, basiert auf striktester Geheimhaltung. Deshalb agiert er tagaus, tagein auf eine Weise, die hart an Paranoia grenzt. Die Sicherheitsvorkehrungen, denen er sich nahezu pausenlos unterwirft, sind durchaus neurotisch zu nennen. Diesbezüglich hat er alles nachgelesen, was er finden konnte, und sich selbst peinlich genau überwacht. Bis jetzt konnte er keine bedenklichen Anzeichen feststellen. Bis vor Kurzem. Aber. Wenden sich seine Erkenntnisse und Maßnahmen nun doch gegen ihn? Hat sein Unterbewusstsein rebelliert, um den gesellschaftlich-moralischen Dauerdruck abzuschütteln?

Kurz gesagt: Könnte er selbst sich diese Falle gestellt haben? Hat er den heimlichen Wunsch, erwischt zu werden?

Die menschliche Wahrnehmung ist ungemein subjektiv, notgedrungen selektiv. Das Gehirn kann nicht die vollständige Fülle dessen verarbeiten, was an Außenreizen einströmt. Unaufhörlich. Über all diese verflixten, nicht willkürlich abschaltbaren Sinne. Der Verstand muss auswählen, reihen, Prioritäten zuweisen. Sinn stiften. Zusammenhänge postulieren, wo objektiv gar keine bestehen.

Überzeugt davon, dass er nicht wesentlich klüger ist als die Normalbürger, erkennt der Bravo, dass er, gerade er als Profi, professionellen Beistand in Anspruch nehmen sollte. Wie könnte er sich jemals wieder auf die Straße wagen, wenn er sich selbst nicht mehr völlig vertraute?

Seine verdeckten Suchanfragen werfen zwei Psychiater aus, denen im Schattennetz höchste Diskretion zugebilligt wird. Einer davon ordiniert in Linz. Er ist spezialisiert auf Aussteiger, die ihre rechtsradikale Vergangenheit hinter sich lassen wollen. Der andere, ein DDr. Gustav Guthmann, ist in Graz ansässig. Mehrere hymnische Einträge weisen ihn als einen Therapeuten aus, der nichts an die Behörden verrät, wie schlimm auch immer die Geständnisse seiner Klienten sein mögen.

Der Bravo telefoniert. Dann beendet er das Frühstück. Wieder etwas zuversichtlicher, räumt er die Küche zusammen, zieht angemessene Kleidung an, wirft den Müllsack in einen drei Häuserblocks weiter gelegenen Kübel und fährt nach Graz.

3

„Ah ja", sagte ich. „Und da sind Sie nun."

„Sie verstehen, was ich mir von Ihnen erhoffe?"

„Im Prinzip schon. Aber mir fehlen noch ein paar Details", wich ich einer klaren Antwort aus. „Dieser Vorfall in Wien, wann war der genau?"

„Letzte Nacht", sagte der Mann, der sich Bravo nannte, mit seiner gleichförmig unaufdringlichen Stimme. „Sie sind der Experte. Kennen Sie Erkrankungen, die auf meinen Fall zutreffen könnten?"

Quietschend ging die Tür auf. Professor Gustav Guthmann schlapfte herein, unter dem einen Arm eine Aktentasche eingeklemmt, in der anderen Hand das Endstück eines Salzstangerls, das er sich gerade in den Mund stecken wollte. Er hielt in der Bewegung inne, hüstelte und sagte „Oh. Servus, Pez. Beinahe hätte ich vergessen ..."

Dann bemerkte er die andere Person im Raum und fragte, die Augen zusammenkneifend, „Und wer sind Sie?"

Peinlichen Konfrontationen wich ich prinzipiell aus, seit ich zu einigermaßen rationalem Denken fähig war. Deshalb rief ich Gugu nur aufgesetzt heiter zu: „Muss weg, zum Bahnhof! Buch liegt am Tisch" und nahm rückwärts Reißaus.

Abgang Peter Szily, links hinten.

Kein Applaus, wie gewohnt.

Zum Glück war der Zug nach Wien recht schütter bevölkert. Keiner der Vierertische im ersten Waggon war gänzlich unbesetzt. Mit geübtem Blick erspähte ich jedoch eine allein reisende, üppig gebaute ältere Dame, deren buntes Dirndlkleid und kleines Gepäck – eine altrosa Kunstleder-Handtasche sowie ein praller Papiersack des Traditionskaufhauses Kastner & Öhler – zur Hoffnung Anlass gab, sie würde in Bruck an der Mur umsteigen, zwecks Anschluss in Richtung ihrer alpinen Heimat.

Mit meiner schmelzendsten Erbschleicherstimme fragte ich: „Ist hier bitte noch frei, gnädige Frau?"

Sie bejahte. Ich nahm Platz, packte mein iPad aus und atmete tief durch. Wenn ich ehrlich war, hatte mich die Unterhaltung mit dem Mann, der sich als Bravo ausgab, doch ziemlich aufgewühlt und verwirrt. Was er erzählt hatte, war teilweise zu realistisch geschildert gewesen, als dass ich es purer Fantasterei hätte zuschreiben können. Ergo googelte ich, sobald sich die wie immer zickige Internetverbindung der ÖBB etabliert hatte, die naheliegenden Stichwörter.

Ein Gasgebrechen am Dombrowski-Platz in Wien forderte in den frühen Morgenstunden ein Todesopfer und drei Leichtverletzte. Als Ursache nimmt die Polizei unsachgemäßes Hantieren am Gasherd eines Wettbüros im Erdgeschoß an, das durch die Explosion zur Gänze zerstört wurde. Dabei kam der Lokalbetreiber Hugo P. (52) ums Leben. In den darüber liegenden Stockwerken gingen aufgrund der Erschütterung Einrichtungsgegenstände und Fensterscheiben zu Bruch, wodurch drei Personen Schnittverletzungen erlitten. Der rechtzeitig eingetroffenen Wiener Berufsfeuerwehr gelang es, die Ausbreitung eines Brandes zu verhindern. Sicherheitshalber wurden die Hausbewohner evakuiert.

Beim Wort Schnittverletzungen musste ich an die vom Bravo beschriebene klaffende Halswunde des Buchmachers denken. Davon stand freilich nichts in dem einspaltigen Artikel, der übrigens mit 9.25 Uhr datiert war. Das hätte Gugus unheimlich unauffälliger Klient also schon deutlich vor mir gelesen haben können.

Ähnliches galt für das erwähnte Ölbild. Die Homepage des KHM bestätigte, dass es seit geraumer Zeit im Saal VIII ausgestellt wurde. Mit dem um zirka 1515 entstandenen Dreiviertelporträt hatte Ticiano Vecellio „das von seinem Lehrer Giorgione entwickelte halbfigurige Aktionsbild zu geballter Dramatik gesteigert." Na bitte, wieder was gelernt. In der Tat bezeichnete das italienische Wort Bravo einen „Schergen im Auftrag eines

Herrn". Man nahm an, dass die Szene die Attacke des Gaius Lusius auf Trebonius zeigte, oder aber die Gefangennahme des Bacchus.

Mit Mühe widerstand ich der Versuchung, die mir unbekannten Namen, also alle außer Bacchus, nachzuschlagen. Stattdessen blieb ich beim Suchbegriff „Bravo".

Neben der wenig überraschenden Verwendung als Applaus-Bekundung poppten unzählige Verweise auf die bekannte Jugendzeitschrift auf. Eine Weile blieb ich doch bei einem Artikel hängen, in dem Martin Goldstein gewürdigt wurde, „der Mann, der Dr. Jochen Sommer war". Als „jüdischer Mischling ersten Grades" verbrachte er sein 17. Lebensjahr in einem Zwangsarbeitslager der Nazis und später in einem Waldversteck nahe seiner Geburtsstadt Bielefeld. 1969 engagierte ihn die *Bravo*, weil er ein Sexualaufklärungsbuch veröffentlicht hatte, und der Rest ist Literaturgeschichte.

Nebst einer Fruchtsaftmarke fand ich schließlich doch eine Korrelation von Bravo zu Mordfällen aus jüngerer Vergangenheit. Im Zusammenhang mit einer Kleinpartei, die für eine Periode im österreichischen Parlament vertreten war, stieß ich auf eine Aussage des Parteigründers. Der aus der Oststeiermark stammende, etwas exzentrische Milliardär hatte mit seiner Forderung nach der Todesstrafe aufhorchen lassen, und zwar für Berufskiller. Falls ein solcher „die Tochter eines Richters tötet, ist die Demokratie in Gefahr. Man muss das durchdenken."

Nun war der gute Mann auch sonst für allerlei von sich gegebenen Mumpitz berüchtigt. Jedoch hatte damals ein Boulevardblatt eine Verbindung zu einem Bombenanschlag in Südtirol konstruiert, dem tatsächlich eine Frau, deren Vater das Richteramt bekleidete, zum Opfer gefallen war. Die Zeitung zitierte „gewöhnlich gut informierte Kreise". Denen zufolge wäre *die Wiener Kriminalkommissarin Karin Fux seit Längerem auf der Spur eines Auftragsmörders, der unter dem Decknamen Bravo sein Unwesen* triebe. Ein anderes, etwas seriöseres Medium verwies auf ein zwei Tage später erfolgtes Dementi besagter Beamtin. Nicht ohne süffisant zu belehren, dass es in Österreich, entgegen einer durch TV-Serien verbreiteten Ansicht, gar keine Kommissare gab, im Unterschied zu jenem Dienstgrad der deutschen Polizei. Vielmehr bekleidete Frau Fux den Rang einer Chefinspektorin.

Selbstverständlich konnte der Mann, der mich in der Grazer Ordination für Gugu gehalten hatte, auch das alles, ebenso leicht wie ich, aus dem Internet erfahren haben.

Mittlerweile war die rustikale Matrone ausgestiegen, nicht in Bruck, aber gleich danach in Kapfenberg. Ich zückte mein Handy und wählte die Nummer der Gruppenpraxis. Wie erwartet, war Professor Guthmann gerade nicht zu sprechen, da in einer Sitzung. Ich bat um Rückruf. Die Empfangsdame, deren entzückender kubanischer Akzent mir zuvor gar nicht aufgefallen war, versprach, das so bald wie möglich auszurichten.

Mangels sinnvollerer Optionen checkte ich meine E-Mails. Viel Schrott, wie immer. Massenhaft Newsletter, die ich längst hätte abbestellen sollen. Ein gutes Dutzend Einladungen, sich an irgendwelchen Unterschriftenaktionen, Demonstrationen oder Solidaritätsauftritten zu beteiligen, alles unbezahlt, versteht sich. Seit dem Corona-Kahlschlag gab es bei Benefizveranstaltungen nicht einmal mehr Fahrtspesen und die früher obligaten Gutscheine für ein Essen und zwei Getränke. Wenigstens eine etwas erfreulichere Nachricht war darunter, nämlich von meiner Casting-Agentur: die kurzfristige Anfrage für eine Nebenrolle mit zwei Drehtagen. Zwar nur ein Kurzfilm als Diplomarbeit an der Filmakademie, aber immerhin gab es ein bisschen Gage. In Zeiten wie diesen musste man nehmen, was man angeboten kriegte. Da außerdem mein Terminkalender nicht eben überfüllt war, sagte ich zu.

Knapp vor dem Bahnhof Semmering läutete mein Telefon. „Abermals hallo, Pezi“, sagte Gugu. „Ich nehme an, es geht um das Geld für die Anthologie. Du bist so überhastet davongerannt …"

„Hab den Intercity gerade noch erwischt. Und nein, du schuldest mir nichts. Ich bekomme ja zehn Belegexemplare gratis. Aber ich wollte dich etwas über deinen Klienten fragen."

„Über welchen? Ich darf dir von Berufs wegen nicht …"

„Der ebenfalls im Zimmer zwei war."

„Ach so. Den habe ich nur kurz gesehen. Das personifizierte umgekehrte Riddoch-Syndrom."

„Hä?"

„Kleiner Psychiaterwitz. Bei Riddoch kann der Patient keine unbewegten Objekte erkennen, auch bewegte nur schattenhaft. Umgekehrt, also dass jemand derlei bei anderen auslösen kann, gibt's das natürlich nicht. Obwohl dein Kollege nahe dran ist, alle Ehre."

„Kollege? Hat er das gesagt?"

„Sonst nicht viel. ‚Pardon, der Kollege hat etwas vergessen', oder so ähnlich. Dann ist er dir hinterher. Hat er dich denn nicht eingeholt?"

„Nein." Unwillkürlich blickte ich mich um. Im zu etwa einem Drittel gefüllten Waggon fiel mir auf die Schnelle kein bekanntes Gesicht auf. Andererseits hatte der Bravo kein Gesicht, das einem auffiel … „Hat er nach meinem Namen gefragt?"

„Nein. Er ist fast so schnell rausgeflitzt wie du."

Davor schon hatte Gugu mich mit Pez angeredet, schoss es mir siedend heiß ein. Gleich darauf beschwichtigte ich mich wieder: Als Pez oder Pezi wurde ich praktisch nirgends offiziell geführt. Außerdem ging ich doch eigentlich immer noch davon aus, es mit einem relativ harmlosen Irren zu tun gehabt zu haben, nicht wahr?

„Apropos Wahrnehmungsstörungen", sagte ich. „Wie weit kann so etwas gehen? Ich meine, ist es möglich, dass man eine Bluttat begangen hat, sagen wir einen Mord, und kurz darauf jegliche Erinnerung daran gänzlich verdrängt? Rein theoretisch, ich bereite mich gerade auf eine Rolle vor. Für einen Diplomfilm", fügte ich unnötigerweise hinzu.

„Möglich ist auf meinem Gebiet fast alles. Blackouts nach traumatischen Ereignissen sind nicht selten. Wobei Amnesie auch nach Unfällen oder Vergiftungen auftritt. Die Wahrnehmung spielt ebenfalls hübsche Streiche. Beim Capgras-Syndrom glauben Patienten, ihnen nahestehende Personen wären gegen identisch aussehende Doppelgänger ausgetauscht worden. Wer vom ebenfalls recht seltenen, nach einem Hirninfarkt auftretenden Anton-Syndrom betroffen ist, weigert sich anzuerkennen, dass er blind ist."

„Was! Die glauben, ganz normal sehen zu können?"

„Ja. Faszinierend, nicht wahr? Unter dem Walking-Corpse-Syndrom Leidende sind davon überzeugt, gestorben zu sein, zu verwesen oder das Blut sowie die inneren Organe verloren zu haben. – Pez, sei mir bitte nicht böse, mir fiele noch allerhand Bizarres ein, beispielsweise über die unglaublich charismatische Ausstrahlung von Manikern, aber mein nächster Klient steht vor der Tür. Kannst mir ja schreiben, wenn du konkrete Fragen hast. Mach's gut, Alter!"

Halb erschüttert, halb erleichtert sank ich gegen die gepolsterte Rückenlehne des Sitzes. Verglichen mit den eben aufgezählten Macken wirkte es fast schon wieder unspektakulär, wenn sich jemand bloß für einen Auftragsmörder hielt.

Eines, fiel mir ein, hatte ich noch nicht nachgeprüft: den Namen Hugo Pekarek.

Google warf eine uralte Zeitschrift aus, die *Mittheilungen des Ornithologischen Vereines „Die Schwalbe" in Wien* vom 16. März 1894. Darin berichtete ein Herr Oberförster Hugo Pekarek aus dem Sudetengebirge, dass er nahe seiner Wohnung in Gabel bei Würbenthal einen schlankschnäbligen Tannenhäher geschossen habe.

Wie hatte ich nur bisher ohne dieses Wissen durchs Leben gehen können?

Ansonsten gab es keinen Hugo Pekarek, jedoch einen Josef, der beim SC Wacker Wien und in der Nationalmannschaft Fußball gespielt hatte, bis er aus dem Zweiten Weltkrieg mit einem Bein weniger heimkehrte. Weiters einen Karl, der 1967 an einer angeblich legendären Silvesterschießerei vor dem Café Domingo in Meidling teilgenommen hatte – und eine Mathilde Luggerbauer-Pekarek, auf deren Gastgewerbekonzession das Lucky Star Casino zugelassen war. Die Vermutung lag nahe, dass sie unlängst über ein bis zwei gravierende Verluste in Kenntnis gesetzt worden war.

Bedauernswert, aber was hatte ich damit zu tun? Nichts, beschloss ich, und so sollte es auch in Zukunft bleiben. Die kuriose Grazer Begebenheit kam zu meinen nicht existenten Akten. Ob sie es jemals in eine künftige Autobiografie schaffen würde, stand sehr zu bezweifeln.

Am Meidlinger Bahnhof stieg ich aus. Das Prunkstück der Wiener Linien, die U6, transportierte mich bis zu der Biedermeiergasse, in der ich wohnte. Als ich im Hausflur meinen Postkasten aufschloss, ertönte hinter meinem Rücken ein leises Räuspern. Erschrocken fuhr ich herum.

„Ah ja", sagte der Bravo. „Und da bist du nun."

4

Binnen weniger Stunden zweimal düpiert worden zu sein, ärgert den Bravo sehr. Was ist bloß los mit ihm? Seit wann ist er so vertrauensselig, dass er auf einen falschen Psychiater hereinfällt und diesem intimste Geheimnisse anvertraut?

Der Kerl heißt Peter Szily, hat der Bravo bei der Sprechstundenhilfe erfragt. Er ist ein Schulfreund des Professors und lebt in Wien. Mit diesen Basisinformationen lässt sich leicht weiterforschen. Szily tritt häufig und bei verschiedensten Anlässen in Erscheinung, wenn auch meist am Rande. Es dürfte sich um einen Lebenskünstler in mehrfacher Hinsicht handeln, der vieles kann, aber nichts wirklich gut, am ehesten noch Stimmen parodieren. Hauptsächlich arbeitet er als Effektsprecher für Werbungen und Radio-Comedy.

Während der Bravo seinen gemieteten Opel Corsa über die regennasse Südautobahn steuert, überlegt er, ob er diesen Szily wird töten müssen. Kann er sich einen Mitwisser leisten? Noch dazu einen Komödianten, dem die Geschwätzigkeit förmlich in die Wiege gelegt wurde?

Szilys alles andere als frisches Hemd und sein restliches Äußeres deuteten nicht gerade auf hohe Selbstdisziplin und Zuverlässigkeit hin. Mit viel gutem Willen konnte man ihm etwas wie legeren Chic attestieren. Schon beim ersten Eindruck hätte der Bravo stutzig werden müssen! Aber die sonore, wohlmodulierte Baritonstimme hat ihn eingelullt. Er hat schockierend viel von sich preisgegeben; jedoch nichts, wodurch er unmittelbar auszuforschen wäre.

Oder?

Den Termin beim Psychiater hat er unter falschem Namen ausgemacht. Die hundert Euro Einsatz, die er hinterlegen musste, weil er keine E-Card vorweisen wollte, sind leicht zu verschmerzen. Weder hat er Szily die Wohnung, in der das eingelegte Ohr deponiert ist, genauer beschrieben, noch deren Lage oder den Weg von dort zum Dombrowski-Platz. Und dass er privat am liebsten um 7.30 Uhr frühstückt, verrät etwaigen Feinden gar nichts – denn schließlich tut er dies ausschließlich, wenn er alleine ist.

Trotzdem kann er nicht zulassen, dass Peter Szily brühwarm überall herumerzählt, er habe einen Auftragskiller namens Bravo kennengelernt. Wenn das den falschen Leuten zu Ohren käme, wäre sein Ruf ruiniert!

Aber Moment. Vielleicht kann er zwei Fliegen mit einer Klappe schlagen. So oder so – der Bravo muss den Mord aufklären, den eigentlich er hätte begehen sollen. Und ob es ihm schmeckt oder nicht, er wird dabei Unterstützung brauchen. Für manche Recherchen sind die Umgangsformen, die er über die Jahre kultiviert hat, ungeeignet bis kontraproduktiv. Hingegen besitzt dieser Szily, so scheint es, soziale Fertigkeiten im reichen Maß …

Der Kleinwagen ist kein Ferrari. Das macht nichts; der Bravo fährt sowieso maximal 137 km/h, obwohl es auf der niederösterreichischen Seite des Wechselgebirges nicht regnet und die lange Gerade zwischen Grimmenstein und Wiener Neustadt trocken ist. Zu schnell wäre unklug, zu langsam ebenso: Wer sich sklavisch genau an Geschwindigkeitsbegrenzungen hält, erweckt mittelfristig ähnlich viel Aufmerksamkeit wie ein Raser.

Da die Eisenbahn für die Strecke Graz–Wien zweieinhalb Stunden benötigt, kommt der Bravo mit genügend Vorsprung in der Bundeshauptstadt an, um einen Parkplatz zu finden und Peter Szilys Adresse auszukundschaften. Die Gasse ist verkehrsberuhigt, die zweistöckigen Häuser ähneln einander stark, sie wurden wohl zur selben Zeit errichtet. Das schmucklose Vorhaus von Nummer 19 war, nach dem Kopfsteinpflaster zu schließen, früher ein „Durchhaus", eine Kutscheneinfahrt. Am hinteren Ende führt links eine Treppe nach oben, rechts ein kurzer Gang zu den drei Wohnungen im Parterre. Dort wartet der Bravo. Er hat einen Bleistift hinters Ohr geklemmt und ein Maßband in der Hand. Wenn jemand die Stiege herunterkommt, misst der Bravo die Oberlichte der Hoftür ab: 146 mal 57,3 Zentimeter. Niemand nimmt von ihm Notiz.

Heimlichkeit ist eine seiner großen Stärken. Die zweite ist das genaue Gegenteil: Un-heimlichkeit, also Überrumpelung und Entmutigung. Diese Mittel wendet der Bravo viel seltener an. Nach Möglichkeit vermeidet er die Konfrontation, schon gar jeglichen Dialog mit einem Opfer. Idealerweise ist der einzige Kontakt der finale, letale. Aber falls notwendig, kann er einem Gegenüber blitzartig solchen Schreck einjagen, dass es zu keiner Abwehrreaktion mehr fähig ist. Dazu muss er nicht laut werden und auch keine Schuss- oder Stichwaffe bemühen.

Bei Peter Szily funktioniert die Einschüchterungstaktik perfekt. Während er am Postkasten hantiert, tritt der Bravo lautlos an ihn heran, räuspert sich, und als Szily zusammengezuckt und herumgewirbelt ist, zitiert ihn der Bravo, ebenso leise wie eindringlich: „Ah ja. Und da bist du nun."

Szilys Mund klappt auf. Er ringt um Atem und Fassung. Bevor er seine so betörende Stimme wiederfinden kann, sagt der Bravo: „Gehen wir, Pezi. Los, raus." Er stößt die angelehnte Tür zum Hinterhof mit der Schuhspitze auf. Mit dem ausgestreckten Arm treibt er Szily, ohne ihn zu berühren, vor sich her.

Im Hof stehen drei kümmerliche Bäume, fünf Mülltonnen und eine verwitterte Rattan-Sitzgarnitur. Ein windschiefer Holzschuppen schmiegt sich an die Begrenzungsmauer zum Nachbargarten. „Hinein da!"

Drinnen hängt allerlei Werkzeug an den Wänden. Es gibt keine Fenster, aber durch Ritzen zwischen den Brettern fallen Lichtstreifen. Der Effekt verleiht der Enge eine zusätzliche Dramatik, die einen Bühnenmenschen wie Szily gewiss nicht kaltlässt.

Der Bravo zeigt auf die schmale Bank. „Setz dich, Pezi. Hast du bis jetzt irgendwem von mir erzählt?“

„N-nein.“ Szily hüstelt, leckt sich über die Lippen. „Hören Sie, es besteht keinerlei Grund für eine Kurzschlusshandlung. Wie ich Ihnen schon in Graz sagte: Nichts, was in diesem Ordinationsraum gesprochen worden ist, wird darüber hinaus dringen. Mein Ehrenwort!“

Sagt er die Wahrheit? „Du hast mich verarscht. Tu das nie wieder. Ich mag es nicht, verarscht zu werden.“

„Bitte verzeihen Sie mir. Es lag keineswegs in meiner Absicht, Sie, ähem, respektlos zu behandeln.“ Seine Stimme gewinnt an Volumen und Selbstsicherheit hinzu.

Dem ist gegenzusteuern. „Wir müssen alle sterben“, sagt der Bravo leichthin. „Die Frage ist, wie bald. Manchmal liegt die Entscheidung bei einem selbst.“ Er kramt langsam, wie gedankenverloren, in seiner Umhängetasche, zieht raschelnd den Zipfel eines Plastiksacks heraus, stopft ihn zurück, schließt die Tasche wieder. Indirekte Drohungen, hat er die Erfahrung gemacht, wirken viel besser als direkte. Den schlimmsten Horror erzeugt immer noch die eigene Fantasie.

Peter Szily schluckt. Er ist ein paar Zentimeter größer als der Bravo und in den Schultern um einiges breiter. Trotzdem wirkt er unterlegen, wegen seiner schlechten Haltung und der mangelhaften Körperspannung. Das Gewand ist gefällig kombiniert, findet der Bravo, der sich mit Herrenmode auskennt: Unpassende Kleidung ergibt keine gute Ver-kleidung. Allerdings sind sowohl die Lederjacke als auch die Sneakers einige Jahre zu jung für Szily. Er dürfte das nahende Alter spüren, sich aber bemühen, es nicht an sich heranzulassen, wie auch andere unliebsame Dinge.

„Glauben Sie mir“, sagt er in nun wieder kleinlautem Tonfall, die Hände wie zum Beten gefaltet, „ich werde Ihnen garantiert keine Schwierigkeiten bereiten.“

„Was meinst du, Pezi? Schwierigkeiten welcher Art?“

„Keine. Gar keine! Wir tun einfach, als wären wir einander nie begegnet, okay? Ich lasse Sie in Frieden, und *vice versa*. Jeder geht seiner Wege, nichts ist passiert."

„Niemand trägt Schaden davon."

„Ja. Genau! Wir verstehen uns. Alles ist gut." Er fächert die Finger auf. „Kann ich jetzt gehen?"

„Nein. Ich vertraue dir nicht. Beweis mir, dass du es ehrlich meinst."

„Wie, wie soll sich …" Szily, der schon zum Aufstehen angesetzt hat, sackt zusammen. „Was verlangen Sie als Beweis?"

„Du assistierst mir dabei, die Hintergründe von Pekareks Ermordung aufzudecken."

„Was?"

Szily gafft ihn so entgeistert an, dass der Bravo erkennt: Der andere fürchtet sich zwar vor ihm, keine Frage – aber er hält ihn nicht für einen Berufskiller, sondern schlicht für wahnsinnig. Verdammter Besuch beim Psychiater! Nie wieder, schwört der Bravo, wird er sich mit dieser Bagage einlassen. Egal. Momentan spielt es keine Rolle, warum ihm Szily gehorcht. Hauptsache, er spurt und hält dicht. „Du sollst deine große Klappe einsetzen, aber ausschließlich so, wie ich es dir anschaffe, klar?"

„Ehrlich gesagt …"

„Ein Wort, ein einziges Sterbenswörtchen nur, das dir über mich herausrutscht, und du siehst nie wieder die Sonne aufgehen. – Gib mir dein Handy."

„W-W-Wieso?"

„Frag nicht lang. Her damit, Pezi." Er nimmt das Smartphone entgegen und öffnet es mithilfe eines Uhrmacher-Schraubenziehers. Dann steckt er eine Chipkarte in den Hybrid-Slot. „Das ist ein spezielles Modul", erklärt er. „Über diese Karte kann ich dein Gerät in Fernsteuerung nehmen. Du kennst das Gerücht, dass Google bei den meisten Handy-Mikrofonen mithört?"

„Mhm", nickt Szily. Er verzieht das Gesicht. Wie viele seiner Zeitgenossen identifiziert er sich dermaßen mit dem Mobiltelefon, dass er fast körperliche Schmerzen verspürt, wenn sich ein anderer daran zu schaffen macht.

„Dass ich bei dir mithören kann, ist definitiv kein Gerücht, verstehst du? Ab sofort weiß ich auch, wo du bist, welche Nachrichten du verschickst und so weiter." Der Bravo schließt die Abdeckung und gibt das Handy zurück. „Du hast jetzt einen unsichtbaren großen Bruder, Pezi. Vergiss das nie. Und komm gar nicht erst auf die Idee, diesen Chip entfernen zu wollen." Er klopft auf die Brusttasche, aus der sein eigenes Smartphone ragt. „Selbstverständlich würde ich das ebenfalls unverzüglich bemerken."

Peter Szilys Teint war von Anfang an nicht der gesündeste. Nun changiert er zwischen nikotingrau und wachsbleich. „Was … Was soll ich als Erstes tun?"

„Bring in Erfahrung, ob Pekarek ausgewiesene Feinde hatte. Oder Rivalen, die ihm sein Wettbüro abluchsen wollten. Horch dich am Dombrowski-Platz um. Aber vorsichtig, kapiert? Außerdem bist du doch sicher mit einer Menge Medienleuten befreundet."

„Naja, die meisten sind aus den Kulturredaktionen. Und befreundet ist vielleicht zu viel gesagt."

„Der eine oder andere wird schon darunter sein, der auch in der Glücksspielmaterie bewandert ist. Sag ihnen, du brauchst die Infos, um dich auf deine Rolle in diesem Diplomfilm vorzubereiten."

„Woher wissen Sie …?" Szily verstummt, beißt sich auf die Unterlippe.

In Wahrheit kann der angebliche Zauberchip im Handy nicht einmal die Hälfte all dessen, was der Bravo behauptet hat. Von der kommenden Filmrolle hat er erfahren, weil Szily kürzlich etwas darüber auf Facebook gepostet hat. Aber das bindet er ihm nicht auf die blasse Nase.

„Ich werde mich bemühen und gleich morgen …"

„Heute, Pezi. Der Tag ist noch jung."

„Eigentlich hatte ich vor, mit Freunden im Museumsquartier Boule zu spielen. Wie jeden Donnerstag ab fünf, wissen Sie, und es täte mir echt leid …"

„Dir ist der Ernst deiner Lage aber schon bewusst, oder?" Der Bravo staunt über Szilys Oberflächlichkeit. „Du könntest bereits still, starr und stumm auf dieser Bank liegen. Ich lasse dich am Leben, solange du mir nützt. Falls du mir nützt. Sonst …"

„Ja. Okay. Sicherlich. Entschuldigung, ich war ein bisschen … unkonzentriert. – Wie kann ich Sie erreichen, wenn ich etwas herausgefunden habe?"

„Mach dir diesbezüglich keine Sorgen." Der Bravo zwinkert kumpelhaft mit dem rechten Auge. „Ich erreiche dich. Wann immer ich will."

5

Erst nach mehreren Anläufen schaffte ich es, den Schlüssel ins Schloss der Wohnungstür einzufädeln und aufzusperren, so sehr zitterten meine Hände. Mit weichen Knien wankte ich zum Sofa und streckte mich der Länge nach aus, obwohl ich noch die Schuhe anhatte.

Ich versuchte, mich an die Atemübungen zu erinnern, die man uns in der Schauspielschule empfohlen, ja eingebläut hatte. Durch die Nase ein, als tränke man Nektar; durch den Mund aus, so langsam, dass eine Kerzenflamme flackerte, jedoch nicht erlosch … Schon vor 20 Jahren hatte dies keine beruhigende Wirkung auf mich ausgeübt, eher im Gegenteil. Was dann? Eine Weile hatte ich Autogenes Training betrieben. Vielleicht funktionierte das?

Also: „Ich bin ganz entspannt … Meine Arme und Beine sind warm und schwer … Mein Herz schlägt ruhig und regelmäßig …

Bis der Bravo kommt und mich umbringt."

Fast hätte ich laut aufgeschrien. Ich setzte mich auf. So wurde das nichts. Eine Zigarette wäre fein gewesen. Aber ich rauchte seit fünf, nein sechs Jahren nicht mehr. Dies war einer der seltenen Momente, in denen ich das bereute.

Ich strich kreuz und quer durchs Wohnzimmer. Nach einer Weile gelang es mir ansatzweise, Ordnung in meine Gedanken zu bringen. Erstens, der Bravo war ein Freak, und zwar ein gefährlicher, zu so gut wie allem fähiger. So viel stand fest. Aber war er zweitens auch wirklich ein Berufskiller, oder bildete er sich das ein? Und machte das drittens in meiner konkreten Situation überhaupt einen Unterschied?

Mein Handy piepte, worüber ich dermaßen erschrak, dass mir ums Haar den Schädel an der Kante des Lampenschirms angestoßen hätte. Wenn das so weiterging, brauchte bald ich einen

Nervenarzt. Ich tippte aufs Display: Ein SMS war eingegangen, von der Filmakademie. Die Drehs mit den Szenen, an denen ich beteiligt war, sollten bereits diesen Samstag und Sonntag stattfinden, und zwar außerhalb von Wien. Ob ich prinzipiell Zeit hätte. Details würden folgen.

Ich bejahte mit fliegenden Fingern.

Danach stierte ich minutenlang das Smartphone an. In der abgedunkelten Oberfläche spiegelte sich mein verkniffenes Gesicht. Laut Kurzbeschreibung war der Charakter, den ich zu verkörpern hatte, fast doppelt so alt wie ich. Derzeit hätte ich das auch ohne Maskenbildnerin glaubhaft rübergebracht.

Hatte, viertens, der Bravo soeben mitgelesen?, setzte ich die Aufzählung fort. Würde er mich fünftens dafür bestrafen, dass ich, ohne ihn zuvor um Erlaubnis zu fragen, den Wochenend-Termin bestätigt hatte?

Nein. Nein und nochmals nein – ich durfte mich, sechstens bis mindestens zwölftens, nicht komplett kirre machen lassen! Ich würde, beschloss ich, in Ruhe überlegen, an wen ich mich um Hilfe oder Rückendeckung wenden könnte. Gugu Guthmann? Die Polizeiinspektorin Karin Fux, die angeblich hinter einem Auftragsmörder her war? Die Telefonseelsorge? Haha, Scherzchen. Jedenfalls musste es so geschehen, dass der Bravo auf keinen Fall Wind davon bekam. Mit dem Erwerb eines zweiten Handys würde es sehr wahrscheinlich nicht getan sein. Sowieso war angeraten, nichts zu überstürzen. Denn sollte sich herausstellen, dass mein neuester und bedrohlichster Bekannter doch nur ein Spinner war, hätte ich mich unsterblich blamiert, wenn ich mit der Geschichte von Pontius zu Pilatus hausieren gegangen wäre.

Daher Zwischenfazit: *Pomali, pomali*, wie meine böhmische Großmutter zu sagen pflegte. „Immer schön langsam und gemütlich. Vom Hudeln kommen die Kinder."

Vorläufig, bis ich einen vernünftigen Entschluss gefasst hatte, würde ich so tun, als hegte ich keinerlei Zweifel an den Aussagen des Bravos. Ich würde brav seine Anweisungen befolgen. Anders ausgedrückt, folgte ich der bewährten österreichischen Tradition, eine Entscheidung erst einmal so weit wie möglich hinauszuschieben und zu hoffen, dass sich derweil das Problem von selber löste.

Schon deutlich zuversichtlicher, brach ich zum Dombrowski-Platz auf.

Unterwegs durchforstete ich mein Gedächtnis nach potenziellen Auskunftspersonen. Wer könnte über das hiesige Wettgeschäft Bescheid wissen?

Eine Journalistin kam mir in den Sinn, besser gesagt das Kürzel, mit dem sie ihre Artikel zeichnete: ClaRa. Hm. Wovon war das noch mal die Abkürzung gewesen? Sie arbeitete als Reporterin für den Lokalteil eines Boulevardblatts, dessen Niveau im umgekehrten Verhältnis zur Auflagenhöhe stand. Vor einigen Jahren war ich bei einer Weihnachtsgala der Zeitung aufgetreten und hinterher, weit nach Mitternacht, zufällig Zeuge geworden, als ein betrunkener und entsprechend enthemmter Vorgesetzter der besagten Dame sehr ungalant auf die Pelle rückte. Geistesgegenwärtig hatte ich eingegriffen, den lallenden Romeo mit geheuchelter Bewunderung seiner Kolumnistenkünste abgelenkt, dadurch der von ihm Bedrängten den Abgang ermöglicht und zugleich einen Eklat vermieden, der sich wohl ungünstig auf ihre Karriere ausgewirkt hätte. Später hatte sie gesagt, zum Dank für die Rettung vor dem grindigen Grapscher sei sie mir einen Gefallen schuldig. Ich möge mich bei ihr melden, wenn ich einmal etwas bräuchte.

Bislang hatte ich noch nicht darauf zurückgegriffen. Ich war auch keineswegs sicher, ob ClaRa das Versprechen halten würde. Eine Frage, die sich gar nicht stellte, sofern mir nicht der volle Name einfiel.

Ich zermarterte mir den Kopf. Der erste Teil stand für … Claudia. Oder?

Nein.

Doch!

Claudia Rappold. Das war's!

Ich rief bei der Zeitung an, verlangte nach Frau Rappold von der Lokalredaktion, es knackste zweimal in der Leitung, und dann war sie erstaunlicherweise auch schon dran. „Mein Ritter in schimmernder Rüstung!", sagte sie, als ich mich zu erkennen gegeben hatte. „Lange nichts gehört von Ihnen. Womit kann ich dienen?"

Wie mir der Bravo geraten hatte, rechtfertigte ich mein plötzlich erwachtes Interesse an Glücksspiel und Sportwetten mit der unverhofft ergatterten Filmrolle. „Wenn ich mich nicht irre, haben Sie doch letztes Jahr eine Serie zu diesem Thema geschrieben?"

„Im weitesten Sinne. Das war aber schon vorvorigen Sommer, anlässlich der Neuauflage eines Buchs, das der Haupttäter in der Fußball-Betrugsaffäre von 2014 herausgebracht hat. Unter uns, der Ghostwriter, also der eigentliche Verfasser, war einer unserer Sportreporter."

„Wie doch die Zeit vergeht ... Könnten Sie vielleicht heute oder morgen ein halbes Stündchen für mich erübrigen? Mir geht es nicht so sehr um die Fakten, mehr um die Eigenheiten dieser Szene, sozusagen um den Stallgeruch."

„Heute Abend bin ich bereits vergeben. Aber morgen Vormittag dürfen Sie mich gern auf einen Mokka einladen. Zirka halb elf, passt Ihnen das? Und wo wäre es Ihnen denn genehm?"

In diesem Augenblick trat ich aus der Gasse auf einen ungefähr quadratischen Platz, den ich länger nicht mehr besucht hatte. Ich war am Ziel. Einige Schritte weiter rechts begann die Fensterfront eines großen Kaffeehauses. Der Windfang des Eingangs ragte an der nächsten Ecke hervor. Seitlich davon hing ein Schild, das vor mindestens einem halben Jahrhundert gemalt worden war, mit dem Namen des Lokals.

„Das Café Winterholzner am Dombrowski-Platz", sagte ich spontan. „Kennen Sie das?"

„Oh ja. Da waren wir früher manchmal kegeln. Nicht gerade ein Katzensprung für mich, aber Ihnen und der Nostalgie zuliebe … Das Winterholzner gibt's also immer noch. Na passt. Wir sehen uns dort, morgen zwischen halb elf und elf. Freut mich, bis dann!"

„Bis dann", echote ich, jedoch ins Leere. Sie hatte bereits aufgelegt.

Im Schanigarten wäre ein Tisch frei gewesen. Da ich mich ohnehin gerade für morgen hier verabredet hatte, ließ ich das Winterholzner trotzdem rechts liegen und ging weiter, um den Platz zu umrunden.

Der Springbrunnen in der Mitte, eine der skulpturalen Scheußlichkeiten, die Wien der Freundschaft eines mäßig begabten Bildhauers mit dem damaligen Bürgermeister verdankte, hatte den Blick auf den diagonal gegenüberliegenden Häuserblock verdeckt. Nachdem ich die Filiale einer Supermarktkette, einen Hanfshop und ein Spielwarengeschäft passiert hatte, in dessen Auslagen der diesmal absolut letzte Totalabverkauf angekündigt wurde, sah ich schräg hinüber zu dem, was von Hugo Pekareks Lucky Star Casino übriggeblieben war.

Viel war es nicht. Rot-weiß-rotes Absperrband hinderte am Zutritt zum klaffenden Loch im Erdgeschoß. Schwarzer Ruß bedeckte die Fassade darüber. Mehrere Fenster hatte man provisorisch mit Karton abgedichtet. Bis zu meinem Standort stank es nach einer Mischung aus Brandgeruch und Löschschaum.

Perverserweise bekam ich Hunger. Ich hatte seit dem Frühstück nichts mehr gegessen. Das Angebot des Bordbistros im Zug war nicht sonderlich verlockend gewesen. Nun aber knurrte mein Magen.

Wie schön, dass neben dem Brunnen, bei dem diverse marmorne Fabelgestalten um die Wette Wasser spien, ein Würstelstand Labung versprach! Ich ging hin und stellte mich an.

Vor mir war ein Pärchen, das haargenau so aussah, wie österreichische Karikaturisten deutsche Touristen zeichnen. Habe ich schon erwähnt, dass die meisten Klischees ihre Entsprechung in der Wirklichkeit finden? Diese beiden trugen locker schlabbernde Freizeitkleidung einer deutschen Wertmarke, sehr wahrscheinlich *made in China*. Die Frau las ihre Bestellung aus einem Reiseführer vor: „Wir hätten gern zwo-a Eitrige mit je o-an Buggel, o-an Geschissenen und o-an Krokodü-hül sowie zwo-a Sechzehner-Bleche."

„Zwei Käsekrainer mit Brot, Kremser Senf, Essiggurke und zwei Dosen Ottakringer Bier", übersetzte trocken der Mann hinter der Budel. Sein leicht gutturaler Akzent ließ auf türkischen Migrationshintergrund schließen. „Aufgeschnitten?"

„Was?"

„Ob ich die Würstel aufschneiden soll. Oder essen Sie sie lieber mit der Hand? Servietten sind im Preis inkludiert."

„Wie gehört es sich denn?", fragte der männliche Germane. „Sie müssen wissen, guter Mann, wir möchten es möglichst o-ri-gi-nal." Ein dritter Gast, der so aussah, als würde er das bisschen, das er aß, lieber trinken, lehnte sich herüber. „Des warat mit am Bauchstich, mindestens an Magenstrudel."

„Strudel habe ich schon gelesen", sagte die Frau eifrig, „müsste ich aber nachschlagen, Jens-Henning."

„Ist das nicht eine Süßspeise, Carmen?"

Ups. Ich hatte auf Sieglinde oder Gerhild oder beides getippt. Da war die Globalisierung wieder mal schneller gewesen als meine Vorurteile.

„Danke nein", sagte sie in Richtung sowohl des Standlers als auch des Tranklers. „Mein Mann und ich achten auf ausgewogene Ernährung mit niedrigem Zucker- und Fettanteil."

„Da sind sie bei mir genau richtig." Ohne eine Miene zu verziehen, reichte der Türkischstämmige die Dosen sowie die Pappteller mit den filetierten Würsten und der überreichen Garnierung heraus. „Macht bitte 12,90."

„Kann ich mit Bankomat zahlen?"

„Sicher."

„Geben Sie ein, ähem … 14 Euro und 20 Cent."

„Zu gütig, gnädige Frau."

„Sagnse mal, kennense eigentlich Currywurst?", fragte Jens-Henning, nachdem die Finanztransaktion erfolgreich vollzogen worden war. „Eine Delikatesse! Die solltet ihr in euer Angebot aufnehmen. Dann liefe der Laden noch mal so gut."

„Würde ich gerne. Leider ist der Koberer dagegen."

Die Deutschen schoben, ihre Beute balancierend, glücklich ab. Ich hörte noch, wie Carmen ihrem Gatten erläuterte, dass Koberer in der Rotwelsch genannten Wiener Gaunersprache Wirt, aber auch Türsteher, Animateur oder Geschäftsführer eines Bordells bedeutete.

„Der Nächste", sagte Hassan oder Achmed oder wahrscheinlicher Kevin zu mir. „Was darf's sein?"

„Dasselbe. Nur lieber ein Hubertus."

Sein Blick verriet mir, dass ich soeben in seiner Achtung gestiegen war.

Die Käsekrainer schmeckte großartig. Auch das Märzenbier aus der Privatbrauerei in Laa an der Thaya mundete mir ganz vorzüglich.

„Was ist denn dort drüben passiert?", wandte ich mich kauend an den Säufer, den ich als Stammgast einstufte. „War da nicht bis vor Kurzem ein Wettbüro?"

„Das vom Pekarek, ja. Ein feiner Kerl, der Hugo. Hat immer wieder mal nach seiner Sperrstunde eine Runde spendiert. Friede seiner Asche."

„So ist das halt", brachte sich der Würstelstandler ein. „Die Guten treten viel zu früh ab, die Arschlöcher bleiben übrig. Gell, Ferdl?"

Falls Herr Ferdinand den gegen ihn gerichteten Sarkasmus verstand, nahm er ihn widerspruchlos hin. „Alles geht den Bach runter“, sagte er, mehr zu sich als zu uns. „Ehrliches Handwerk bringt nichts ein, seriöses Bemühen zählt einen Scheißdreck. Gibst du mir noch eins, Machmut?“

„Du hast genug für heute, und kein Geld. Ich schreib's an, okay? Obwohl mir der Koberer verboten hat, dich überhaupt noch zu bedienen. Schau, ich schenk dir ein Packerl Manner Schnitten, damit du auch was Festes in den Magen kriegst. Aber jetzt geh heim, Ferdl. Sei froh, dass du wenigstens noch ein Dach über dem Kopf hast, durch das es nicht hineinregnet.“

„Red nicht so mit mir!“ Der Betrunkene bäumte sich auf. „Ich war einmal wer, es ist noch gar nicht so lange her, da hättet ihr alle, ihr alle hier auf diesem gottverlassenen Flecken Erde, was heißt, Beton“, er schwenkte den Arm so heftig, dass er, vom Schwung übermannt, um die eigene Achse rotierte und beinahe das Gleichgewicht verlor, „darum gebettelt hättet ihr, jawoll, dass ich euch ein Sujet entwerfe, ein Logo, einen Claim oder eine ganze Corporate Identity. Weißt du, wer dem Kanzler seine schlauen Wahlkampfsprüche geliefert hat, mitsamt der beschissenen Leni-Riefenstahl-Ästhetik, weißt du, wer das war?“

„Du nicht, Ferdl. Du warst schon fünf Jahre vor Corona am Sand. Geh heim weinen, ich sag's nicht noch einmal.“

Ferdinand, der sein Pulver verschossen hatte, zeigte Einsicht und schlurfte davon. Im Vorbeigehen trat er nach einer Pappschachtel am Boden, verfehlte aber.

„Traurig“, sagte ich.

„Wer hoch steigt, kann tief fallen. Der Ferdl war mal ziemlich weit oben, weißt du. Aber er hatte die falschen“, Machmut machte mit den Fingern Anführungszeichen, „Freunde.“

„Und du?“, fragte ich.

„Ich habe einen Bachelor in Soziologie. Aber immerhin diesen Job, und ich rede mir ein, ich kann nebenbei Sozialstudien betreiben.“

„Führst du Aufzeichnungen?“

Er feixte, tippte sich an die Schläfe. „Da. Zu mehr komme ich nicht."

Ich unterdrückte ein Gähnen. Nach der kurzen Nacht und dem ereignisreichen Tag forderte die Müdigkeit ihren Tribut. „Der Pekarek, vom Wettbüro?"

„Hat sich ebenfalls mit den falschen Leuten eingelassen. Wahrscheinlich ist ihm alles zu viel geworden, ich kann's ihm nicht verübeln. Dann hat er den Gashahn aufgedreht und sich eine Zigarette angezündet und es überstanden."

„Warum so fatalistisch? Du heißt Machmut. Mach Mut!"

„Sehr lustig. Ich mache sauber, in ein paar Stunden, wenn ich den Würstelstand zusperre." Er wischte mit einem grauen Fetzen, der ebenfalls schon bessere Tage gesehen hatte, über die Budel. Was wohl anzeigen sollte, dass er das Gespräch als beendet betrachtete. „Willst du noch was?"

„Manner Schnitten. Die vom Ferdl zahle ich mit."

„Sind schon auf Haus boniert. Aber eines seiner Biere könntest du übernehmen."

So geschah es.

FREITAG

„Auf der Simmeringer Had'
Hat's an Schneider verwaht,
Mit der Nadel samt dem Öhr,
Samt dem Zwirn und der Scher'.
Auf der Simmeringer Had'
Hat's an Schneider verwaht.
Es g'schieht ihm schon recht,
Warum sticht er so schlecht."
(Wiener Spottlied, ca. 1854)

Minestrone

*

Gebackenes Kabeljaufilet
mit Erdäpfel-Vogerl- bzw. -Mayonnaisesalat

o d e r

Sellerie-Cordon Bleu
mit Kirschtomaten und Sauce Tartare

*

Creme Caramel (flambiert)

6

Es regnete. Im weitläufigen, L-förmigen Innenraum des Café Winterholzner waren dennoch mehrere Tische frei.

Da ich auf keinen Fall unpünktlich sein wollte, war ich zu früh dran. Ich setzte mich in eine Nische und überflog die Speisekarte. Alles hausgemacht, stand in appetitlich verschnörkelter Schrift auf jeder Seite, und frisch zubereitet aus regionalen, überwiegend gentechnikfreien, biologisch angebauten, fair geernteten Zutaten. Fehlten bloß noch Fotos von glücklichen Schweinderln. Die Preise rangierten im oberen Bereich. Als die Kellnerin kam, klappte ich die Karte zusammen und sagte: „Fürs Erste nur einen Verlängerten schwarz bitte, ohne alles."

„Nicht einmal Zucker oder Süßstoff?"

„Nicht mal den uralten Keks, der immer dazugelegt wird", scherzte ich.

„Bei uns gibt es ein Stück Cantuccini."

„Was ist das?"

„Ein Mandelgebäck. Freilich würde ich für das Ablaufdatum auch nicht unbedingt die Hand ins Feuer legen."

Sie sah jung und fit aus. Erst auf den zweiten Blick und aus der Nähe verrieten die Fältchen in den Augen- und Mundwinkeln, dass sie wohl schon auf die 40 zuging. Der Hüftschwung, mit dem sie zurück zur Theke schwebte, war sehr beachtenswert.

Nachdem sie wiedergekommen war und den Kaffee vor mir abgestellt hatte – „Ohne alles", sagte sie dabei verschmitzt –, versuchte ich die Kellnerin in ein Gespräch zu verwickeln. „Sagen Sie, ist eigentlich die Kegelbahn noch in Betrieb?"

„Im Keller? Der gehört nicht zu meinem Rayon. Da müssen Sie den Chef fragen." Sie nickte in Richtung eines fülligen, gemütlich wirkenden Mannes Mitte 50. Er trug einen Trachtenanzug und plauderte, ein Proseccoglas in der Hand, angeregt an einem Stehtisch. „Oder doch besser gleich die Chefin."

Der Unterton signalisierte, dass damit auch die wahren Machtverhältnisse umrissen waren. Die steinalte Dame, die hinter der antiken, also nicht viel jüngeren Registrierkassa thronte, überwachte das Geschehen zu beiden Seiten der Theke mit Argusaugen.

„Führt sie ein sehr strenges Regiment?", raunte ich vertraulich der Kellnerin zu.

„Der Drache Smaug ist ein Kuscheltier dagegen", gab sie ebenso leise zurück. Dabei beugte sie sich herab und kam mir so nahe, dass ich einen Hauch von Parfüm erhaschte. Unter anderen Umständen hätte ich sie nach ihrem Namen gefragt, rein aus Höflichkeit, und spätestens beim Zahlen, ob sie an diesem Abend schon etwas vorhatte. Aber mir hockte der Bravo im Nacken.

Außerdem wurden wir unterbrochen.

„Na sowas", ertönte eine hohe Tenorstimme. „Wenn das mal nicht der Pezinator ist! So ein Glück aber auch, dass wir uns hier treffen, und zwar für dich."

Die kugelrunde Gestalt, die an meinen Tisch getreten war, kannte ich nur zu gut. Der „Gelddruck-Kurtl" war ein liebenswerter Wirrkopf. Zwei-, dreimal pro Woche entdeckte er eine andere „tausendprozentige" Chance, schlagartig zu sagenhaftem Reichtum zu kommen. Beharrlich durchstreifte Kurtl die Lokale der Stadt auf der Suche nach Investoren. Noch jeder Geheimtipp hatte sich als Rohrkrepierer entpuppt, weshalb auch nie jemand einstieg. Höchstens borgte man ihm kleine Beträge – natürlich auf Nimmerwiedersehen –, weil er seine Hirngespinste so rührend euphorisch anpries; und zwar stets mit der Formulierung, sie stellten „praktisch eine Lizenz zum Gelddrucken" dar.

„Servus Kurtl. Du, ich habe heute leider weder Zeit noch Kohle", versuchte ich ihn abzuwimmeln. „Und einen Besprechungstermin."

„Richtig – mit mir. Gratuliere!" Er breitete die Arme aus und strahlte dermaßen selig übers ganze rotwangige Gesicht, dass man ihm einfach nicht böse sein konnte. „Dein monetärer Engpass ist so gut wie behoben. Ich habe etwas aufgetan, eine neuartige Produktidee, deren Vermarktung eine Rendite abwirft, dass du mit den Ohren schlackerst. Praktisch eine Lizenz …“

„Zum Geldverbrennen“, unterbrach ich ihn. „Kurtl, im Ernst …“

„Sockenklemmen.“

„Was?“

„Jeder kennt das Problem, dass in der Waschmaschine Socken verloren gehen. Du legst sie als Paar hinein, aber danach findest du nur noch einen einzelnen wieder, während der andere verschollen ist. Dafür gibt es vielerlei Gründe. Sie sind jedoch allesamt sekundär, denn ich habe die Lösung: formschöne Klemmen, die über die gesamte Dauer des Waschgangs die Socken beisammenhalten.“

„Kurtl, das gibt es bereits. Man nennt es Wäscheklammern oder Kluppen.“

„Ha! Warum verwendet die dann niemand zu diesem Zweck? Ich werde es dir sagen, Pezi. Weil sie entweder die Trommel der Maschine beschädigen, oder doch nicht fest genug halten, oder schlichtweg hässlich sind. Weil die Welt immer noch sehnsüchtig wartet auf …“, er setzte eine Kunstpause: „Ta-taa! Die Cheesis.“

Mit bombastischer Geste präsentierte Kurtl einen Ausdruck, der kleine gelbe Plastikfiguren zeigte; Käsemännchen, deren Mäuler die Spitzen zweier Socken einzwicken konnten. „Cheesi, von wegen Zehenkäse. Super, nicht wahr? Und der Clou ist, dass es einen ganzen Haufen verschiedene von ihnen gibt. Papa Cheesi, Mama Cheesi, die Kinder, die Onkel und Tanten und Omas und Opas … Die Sammler werden sich darauf stürzen. Hast du eine Ahnung, was bei Überraschungsei-Börsen abgeht? Manche Leute spekulieren hauptberuflich mit diesen Dingern.“

Insgesamt klang das halbwegs aussichtsreich, verglichen mit Kurtls früheren Unternehmungen der Marke Wolkenkuckucksheim. Trotzdem lehnte ich das Angebot, mich an seiner speziellen Art von Crowdfunding zu beteiligen, dankend ab und überzeugte ihn schließlich mit dem neuerlichen Verweis auf meine nicht vorhandenen Mittel. Nicht im Mindesten enttäuscht oder beleidigt, zog der Gelddruck-Kurtl einen Tisch weiter.

Das Winterholzner war einer jener selten gewordenen Orte, an denen die Wiener Kaffeehauskultur seit rund einem Jahrhundert weitgehend unverändert hochgehalten wurde. Auf drei Billardtischen spielte man Karambol, mit einer Ernsthaftigkeit, als handle es sich um das Finale der Staatsmeisterschaft in der Altersklasse Ü60. Etwas gemischter gestaltete sich das Teilnehmerfeld bei den Kartenrunden, wobei tendenziell die Herren zu Tarock, die Damen zu Bridge neigten.

Eine Gruppe junger Leute unterhielt sich mit einem Spiel, das ich in diesem Ambiente nicht erwartet hätte. „Fliegen-Roulette" verband ich eher mit den Landgasthöfen meiner südsteirischen Heimat. Man benötigte dazu nur einen großen, runden, gläsernen Gastro-Aschenbecher mit mindestens vier Einkerbungen am Rand für die Zigaretten sowie eine lebend gefangene Fliege. Diese wurde unter dem umgedrehten Aschenbecher eingesperrt, und man setzte darauf, aus welcher der Öffnungen das Tier entkommen würde. In meiner Jugend hatte es sich um Groschen- oder niedrige Schillingbeträge gehandelt. Die heitere Gesellschaft im Winterholzner hingegen hielt sich nicht mit Münzen auf. Vielmehr lagen als Einsatz etliche blaue 20-Euro-Scheine auf dem Tisch.

Überhaupt erweckten die Mitglieder der recht homogen wirkenden Gruppe den Eindruck, samt und sonders aus gutbürgerlichem Haus zu stammen. Die Burschen, die in der Überzahl waren, hatten ausnahmslos hellblaue oder -graue Wollpullover um die Schultern ihrer Polohemden hängen, studierten also sehr wahrscheinlich Betriebswirtschaft oder Jus. Die jungen Frauen wirkten, als wären sie aus dem Sacré-Cœur-Gymnasium direkt an eine Model-Agentur gewechselt, wo sie primär für Modehäuser wie Brühl, Hämmerle oder Kleiderbauer posierten.

Einen scharfen Kontrast dazu bildeten die drei Maler in farbbefleckten Arbeitsmonturen am Nebentisch, die mit Weißen Spritzern den Anbruch der Mittagspause zelebrierten. Aber das machte eben den Charme eines solchen Traditionskaffeehauses aus: Wie draußen auf dem Dombrowski-Platz verschwamm auch im Winterholzner die Grenzlinie zwischen gentrifizierten Grätzeln und noch unberührter, naturbelassener Vorstadt. Und wenn Hackler und Schnösel auch sonst nicht viel gemeinsam hatten, einte sie doch, dass sie die Avancen des Gelddruck-Kurtls gleichermaßen belustigt ablehnten.

„Bitte vielmals um Vergebung“, keuchte Claudia Rappold, nachdem sie hereingestürmt war und sich abgebeutelt hatte wie ein nasser Pudel, ohne viel Rücksicht auf die nahe der Tür Sitzenden zu nehmen. Sie spannte den Regenschirm ab und steckte ihn in den bereits dicht gefüllten Ständer. „Die Redaktionskonferenz dauerte länger als üblich. Ach, bitte sind S' so lieb, Herr Szily, und erinnern Sie mich beim Gehen, dass ich den Schirm nicht vergesse. Es wäre der dritte diesen Monat.“

„Ich werde es versuchen“, versprach ich, während ich aufsprang, um ihr den Stuhl zurechtzurücken. „Aber ich warne Sie – mitdenken zählt nicht zu meinen herausragenden Fähigkeiten, und mein Gedächtnis ist dem Nudelsieb verwandter als dem Elefanten.“

„Immer noch ein Meister der geschliffenen Formulierung“, sagte sie schmunzelnd. Wir setzten uns. Sie musterte mich unverhohlen. „Lange nicht mehr gesehen. Wie geht's Ihnen?“

„Schlecht, wie sonst? Obwohl, allzu sehr klagen darf ich auch nicht. Ehrlich gesagt, habe ich die Krise besser überstanden als viele andere Freischaffende, dank meiner zahlreichen verschiedenen Betätigungsfelder.“

„Ein breit gestreutes Portfolio zahlt sich aus.“

„Meine Mutter sagte immer, ich würde mit einem Hintern auf sieben Leintüchern tanzen. Ich bevorzuge die Bezeichnung ‚Hanswurst in allen Gassen'."

Die Lokalreporterin lachte. Sie hatte schulterlange, brünette, mit weißen Strähnen durchzogene Locken. Bei den meisten anderen Frauen hätte die Frisur langweilig und altmodisch gewirkt. Bei Rappold jedoch unterstrich sie, zusammen mit den blitzenden Augen, den pfiffigen Elan der Trägerin. „Also, auf welche Weise kann ich dem österreichischen Film auf die Sprünge und Ihnen zu einer Oscar-Nominierung verhelfen?"

„Sehr liebenswürdig, aber Ihre Chancen auf den Pulitzerpreis sind um ein Vielfaches höher." Ironisch Honig ums Mäulchen Schmieren konnte ich ebenfalls. „Es wird ein experimenteller Streifen, fürchte ich. Inhaltlich dreht er sich um Sport, Wetten und Betrug."

„Das haben Sie gestern schon angedeutet. Ist es ein Zufall, dass schräg gegenüber von hier kürzlich ein Wettbüro in die Luft geflogen ist?"

Mit dieser Frage hatte ich gerechnet. „Nein. Der Regisseur, der auch Drehbuchautor und Produzent in Personalunion ist, hat das aufgeschnappt. Er giert nach aktuellen Bezügen, drum will er es einbauen und schreibt gerade alles um. Zur Stunde weiß ich nicht einmal, welche Rolle er mir letztendlich zuschanzen wird." Damit hoffte ich mein weitgespanntes Interesse zu rechtfertigen. „Da wir grade davon sprechen, was meinen eigentlich Ihre Kontaktleute bei der Polizei dazu? War es ein Unfall oder …?"

„Mord? *Strictly off records*: Möglich wär's. Die Spurensicherung ist noch am Auswerten. Aber falls bereits ein begründeter Verdacht bestünde, säße ich jetzt nicht gemütlich hier bei Ihnen. Vor allem ist noch niemand in den Fokus geraten, der ein Motiv haben könnte."

„Ah ja?"

„In der überwiegenden Mehrzahl der Mordfälle kommt der Täter aus dem unmittelbaren persönlichen Umfeld. Der Verunglückte war seit 15 Jahren geschieden und lebte allein, habe ich gehört. Die Konzession des Lokals lief dennoch weiter über die Ex-Frau, was auf eine friktionsfreie Trennung und ein entspanntes Verhältnis schließen lässt. Über eine neue Partnerin ist nichts bekannt. Das wird natürlich noch nachgeprüft, aber im Landeskriminalamt geht man derzeit nicht davon aus, dass eine Beziehungstat vorliegt."

„Und die Konkurrenz? In vielen Branchen ist nach der Corona-Krise Flurbereinigung angesagt. Warum nicht auch im Wettgeschäft?"

Rappold schüttelte den Kopf. „Diese Fluren wurden schon vor Jahren zubetoniert. Durch eine Monokultur, um bei der Metapher zu bleiben. Da halten sich abseits der großen Ketten nur noch ein paar kleine, armselige Pflänzchen. Für eine Klitsche wie das Lucky Star von diesem Pekarek würde sich niemand die Finger schmutzig machen. Wozu? So etwas bekommt man heutzutage nachgeschmissen."

„Hat nicht ein Karl Pekarek zur legendären Gürtel-Partie der 70er- und 80er-Jahre gehört?"

„Mag sein. Der Name sagt mir etwas. Aber selbst falls eine Verwandtschaft bestünde, ergäbe sich daraus kein Motiv. In den letzten Jahrzehnten hat sich die Rotlichtszene vollkommen verändert. Von der alten Garde lebt fast niemand mehr, und die zwei, drei verbliebenen Fossilien sind schon lange inaktiv."

„Verstehe. Schade. Wissen Sie, mein Regisseur hegt romantische Vorstellungen über die hiesige Unterwelt. Stichwort Gürtel-Mafia. Er träumt von wienerischen ‚Good Fellas'. Offenbar sollte er sich besser an ‚Ghost Dog' orientieren … Könnten Sie mich vielleicht mit einem solchen Fossil bekannt machen, Claudia? Das würde mir bei meiner Rollengestaltung helfen. Mir geht es nur darum, ein Gespür für den Typus zu bekommen."

Die Journalistin kniff die Augen zu schmalen Schlitzen zusammen. „Steckt das dahinter? Wollen Sie, dass ich Ihnen eine Rutsche zu meinem Paten lege?"

„Pate? Ich dachte … Sie sagten doch eben, dass es so jemand in Wien nicht mehr gibt."

„Ich meine meinen Taufpaten, Sie Scherzkeks. Den Schöneren."

„Bedaure zutiefst." Ich breitete die Arme aus. „Muss gestehen, nicht die geringste Ahnung zu haben, wovon Sie sprechen."

„Mein Großonkel und Taufpate ist eines der erwähnten Relikte. In den glorreicheren Jahren firmierte er unter dem Spitznamen ‚der Schönere'. Das geht auf irgendein Kartenspiel zurück, glaube ich."

„Hand aufs Herz", mit Mühe unterdrückte ich den Impuls, die dazu passende Geste auszuführen, „das wusste ich nicht. Gleichwohl wäre es fantastisch, wenn Sie eine Audienz bei Ihrem Onkel einfädeln könnten."

„Hm. Er ist über 80, dreimal so schwer wie Sie und sehr krank. Aber er redet gern über die alten Zeiten. Ich kann ihn ja mal fragen."

„Öhm … Es müsste noch heute sein. Falls es das Wetter zulässt, wird nämlich morgen bereits gedreht. In der Obersteiermark."

„Na, Sie sind gut, Pez! Sie lassen nicht oft was anbrennen, oder?"

7

Der Bravo mag Regentage. Schirme, Pelerinen, Kapuzenjacken vereinheitlichen die Stadtbewohner. Außerdem ist die Luft klarer.

Nicht so gern mag der Bravo das Gebäude, zu dem er unterwegs ist.

Die Votivkirche an der Ringstraße heißt so, weil sie als Votiv- oder Dankesgabe für die Errettung Kaiser Franz Josephs vor einem Attentat gestiftet wurde. Aus Sicht des Bravos ist der Täter, ein ungarischer Schneidergeselle, erbärmlich unprofessionell vorgegangen. Er hat sich auf den Kaiser, der mit seinem Flügeladjutanten einen Spaziergang machte, gestürzt und versucht, ihn zu erstechen. Dazu verwendete er ein Küchenmesser. Da Franz Joseph eine Uniform mit stabilem Pelzkragen trug, wurde er nur leicht am Nacken verletzt. Auch vernünftige Fluchtwege hatte der Schneider nicht eingeplant. Der Adjutant und ein vorbeikommender Zivilist konnten ihn flugs arretieren.

Mangelhafte Vorbereitung, untaugliche Ausrüstung – angesichts der drohenden Todesstrafe eine Art zeitversetztes Selbstmord-Attentat. Der Bravo verabscheut derlei irrational agierende Fanatiker. Daher bringt er kein solidarisches Gefühl für den gescheiterten Messerstecher auf. Trotzdem hätte man deswegen nicht gleich ein Mordstrumm Kirche herklotzen müssen. Aber die Habsburger erkannten und nutzten die Chance, dem damals beim Volk nicht sehr beliebten jungen Kaiser einen Popularitätsschub zu verschaffen.

Der Bravo folgt einer Horde Busreisender in die Kirche. Gerade kommt die Fremdenführerin zum Ende ihres Vortrags. „Den Schneider Libényi János, der wegen zahlreicher Hinrichtungen in Ungarn Groll gegen den Monarchen gehegt hatte, hängte man eine Woche nach dem Anschlag. 18 mit ihm befreundete Schneidergesellen wurden auf Verdacht zu 15 bis 20 Jahren

Zwangsarbeit verurteilt. 300 000 Wiener Bürger spendeten für die Errichtung der Votivkirche, die als einer der bedeutendsten neogotischen Sakralbauten der Welt gilt."

„Was denn, ‚Votivkirche'?", erklingt wenige Meter entfernt, ebenfalls in der Heckwelle der Reisegruppe, eine Frauenstimme. „Sach ma, Jens-Henning: Ist das etwa gar nicht der Stephansdom?"

Amüsiert biegt der Bravo in Richtung eines Seitenaltars ab. Dass die Votivkirche mit der um etliche Jahrhunderte älteren Kathedrale am Stephansplatz verwechselt wird, kommt häufig vor.

Überhaupt haben die Wiener diebischen Spaß daran, Besucher zu verwirren. Den Weg, den der Bravo genommen hat, würden Einheimische mit „entlang der Zweierlinie bis zum Jonasreindl" beschreiben. Womit Ortsfremde in die Irre geschickt wären, denn diese Bezeichnungen finden sich auf keinem Stadtplan. Jonasreindl steht für die zweigeschoßige Schleifenanlage, die am Schottentor in der Amtszeit von Bürgermeister Franz Jonas errichtet worden ist und die ungefähre Form einer Kasserolle hat. Eine Straßenbahnlinie 2 gibt es zwar. Perfiderweise verkehrt sie jedoch nicht mehr wie die früheren Linien E2, G2 und H2 entlang der Auersperg- und Landesgerichtsstraße. Aber der Bahnhof und die U-Bahnstation Wien Mitte liegen schließlich auch nicht im Zentrum, sondern im Bezirk Landstraße.

Am gegenüberliegen Rand des ersten Gemeindebezirks, in der Votivkirche, bummelt der Bravo zu einem Beichtstuhl, der wohl schon während Kaiser Franz Josephs Regentschaft gezimmert worden ist. Ein Rahmen an der tiefdunklen Seitenwand enthält ein welliges Pappkartonschild. Darauf steht in Frakturschrift: „Pater Beatus Silentius, Ordo Cartusiensis". Ein Beichtvater, der einem Schweigeorden angehört – nun, das ergibt Sinn.

Nach außen hin. Der Bravo ist jedoch nicht gekommen, um Vergebung seiner Sünden zu erlangen. Von hoch oben ertönt Glockengeläut. Als auch das Echo verklungen ist, öffnet der

Bravo die knarrende Tür des Beichtstuhls und setzt sich hinein. Im Dunkel ist wenig zu erkennen. Durch das eng vergitterte Fenster zum anderen Teil lassen sich nur die schemenhaften Umrisse einer Person erahnen. Als wäre das noch notwendig, verschattet die Kapuze der Mönchskutte das Gesicht.

„Gelobt sei Jesus Christus", sagt der Bravo. „In Demut und Reue möchte ich meine Sünden bekennen."

Die Gestalt vollführt mit dem Arm ein Kreuzzeichen.

„Gemäß dem Evangelium nach Lukas, Kapitel 15 Vers 7, hoffe ich, dass im Himmelreich mehr Freude über mich sein wird als über 99 Gerechte. Als Nachweis meiner Bußwilligkeit habe ich bereits einen kleinen Obolus an die Kongregation der Unbeschuhten Schwestern gespendet."

„Deine milde Gabe wurde wohlwollend in Empfang genommen", nuschelt der angebliche Kartäuserpater. So viel zum Thema Schweigegelübde. „Wie viele Silberlinge umfasste sie genau?"

„Um drei mehr als der Lohn des Judas." In Wahrheit waren es Euro, und nicht 33, sondern das 20-Fache. Aber der gesamte bisherige Dialog gehört zum vereinbarten Ritual.

„Was hätte sich der Sikarier darum kaufen können?" Dieser Beiname des Jüngers verweist auf eine Gruppe von Zeloten, die als „Dolchträger" Guerilla-Attacken auf die römischen Besatzer verübten.

„Einen Esel oder eine Töpfergrube", antwortet der Bravo.

„Das ist richtig."

„Würdig und recht."

„Geziemend und heilsam."

„Amen."

Alle Kodewörter sind gefallen, die Formalitäten somit abgeschlossen. Nun kann sich der Bravo sicher sein, dass ihm die angeforderte Auskunftsperson gegenübersitzt. Er hat über einen toten Briefkasten beim „Faniteum" in Hietzing Kontakt aufgenommen und dort auch die Anzahlung deponiert. In der ursprünglich als Genesungsheim mit Mausoleum errichteten

Anlage ist seit fast einem Dreivierteljahrhundert ein Karmelitinnen-Kloster untergebracht.

„Was willst du wissen?", fragt der falsche Mönch.

Der Bravo erkundigt sich nach Hugo Pekareks finanziellen Verhältnissen und wichtigsten Geschäftspartnern, insbesondere nach Name, Aufenthaltsort und Lebensumständen der Witwe des Verstorbenen. Weiters begehrt er Informationen über etwaige aktuelle Gerüchte, das Wettgeschäft in Wien, Österreich und den Nachbarländern betreffend. Gab es in letzter Zeit signifikante Aktivitäten, Verschiebungen in den Machtstrukturen, Anzeichen für geplante feindliche Übernahmen?

Die Person auf der anderen Seite des Gitters macht sich keine schriftlichen Notizen. Es werden auch keine akustischen Mitschnitte angefertigt, das wäre eine grobe Verletzung der Etikette. Bei Treffen wie diesem kommen Spezialisten zum Einsatz, die in der Lage sind, sich sämtliche Details zu merken.

Als der Bravo alle Punkte auf seiner geistigen Liste abgehakt hat, sagt er: „Fertig." Fragen, die auf seinen unbekannten Auftraggeber abzielen, hat er nicht gestellt. Nachforschungen in diese Richtung würden gegen ein Tabu verstoßen und den sofortigen Abbruch der mühsam etablierten Beziehung nach sich ziehen. Anstiftung zum Mord ist eine kriminelle Handlung. Genaues Wissen darüber böte die Möglichkeit zur Erpressung. Wer auch nur den Verdacht erweckt, mit diesem schmutzigsten aller Verbrechen zu liebäugeln, verliert schlagartig seinen Status in der Schattenwelt. Das kann und will der Bravo nicht riskieren.

„2000 Euro", sagt der falsche Pater.

„Wie lange?"

„Drei Stunden."

„Wo?"

Anstelle einer Antwort öffnet sich auf Kniehöhe eine Klappe. Ein Handy fällt heraus, nein: ein Pager, wie er eigentlich nur mehr in Restaurants oder bei Feuerwehren in entlegenen Regionen Verwendung findet. Der Bravo hebt das Gerät auf und steckt es ein. Nachdem sein Gesprächspartner den Beichtstuhl verlassen hat, bleibt er noch einige Minuten lang sitzen. Dann tritt auch er wieder in den Kirchenraum hinaus.

Die Organisation, deren Dienste der Bravo nicht zum ersten Mal in Anspruch nimmt, hat keinen Namen. Ihre Mitglieder sind mindestens so auf Geheimhaltung bedacht wie er. Selbst im Schattennetz scheinen sie nie direkt auf, nur andeutungsweise, unter Umschreibungen wie „die Barmherzigen", „die Bloßfüßigen" oder „die Gesichtslosen". Dem Bravo gefällt der Gedanke, es könnte sich bei den mittelalterlichen Mönchskutten um eine frühe Form von Tarnanzügen gehandelt haben. Schließlich strebt er selbst stets danach, sich mit möglichst einfachen Mitteln möglichst unkenntlich zu machen.

Vor der Votivkirche breitet sich eine Grünanlage aus, der Sigmund-Freud-Park. Jäh flammt die Erinnerung an den Lapsus in der Grazer Gruppenpraxis auf.

Immerhin, tröstet sich der Bravo, hat er dadurch Peter Szily als Hilfskraft gewonnen; wiewohl sich dessen Wert erst noch erweisen muss. Diesbezüglich ist der Bravo nach wie vor unschlüssig. Vielleicht wäre es doch die bessere, weil klarere, endgültigere Lösung gewesen, den Spaßvogel gleich auszuschalten. Aber das kann er ja jederzeit nachholen. Szily entkommt ihm nicht.

Inmitten des Parks liegt ein Kreis aus Bäumen, die anlässlich der EU-Erweiterung von 2004 gepflanzt wurden. Eine Scheinakazie steht für Frankreich, eine Eberesche für Schweden, ein Zierapfel für Griechenland. Die Rotbuche, die Großbritannien symbolisiert, ist trotz des Ende Januar 2020 erfolgten Austritts des Vereinigten Königreichs aus der Union noch nicht geschlägert worden; eine typisch österreichische Inkonsequenz. Im Vorbeigehen seufzt der Bravo, aber keineswegs vor Bitterkeit. Die hiesige, generell schlampige Lebenseinstellung erleichtert beherzten, nicht zimperlichen Professionals wie ihm vieles, was anderswo wesentlich schwerer fiele.

Er erwägt, die Wartezeit auf der nahe gelegenen Universitätsbibliothek zu überbrücken, verwirft den Gedanken jedoch gleich wieder. Stattdessen spaziert er im leichten Nieselregen den Schottenring entlang, vorbei an der Landespolizeidirektion Wien. Kurz erheitert ihn die Vorstellung, dass irgendwo in dem hässlichen, siebenstöckigen Quader die Chefinspektorin Karin Fux über ihren Akten brütet. Oder residiert der Ermittlungsbereich 1, „Leib und Leben", nicht im Landeskriminalamt Berggasse? Egal, der Bravo wird dieses und jenes Gebäude meiden wie der sprichwörtliche Teufel das Weihwasser.

Einige Schritte weiter, gleich nach der Börse, erstreckt sich über einen ganzen Häuserblock die Fassade des Palais Hansen Kempinski. Durch die Drehtür betritt der Bravo das Foyer des Fünf-Sterne-Hotels. Bereits anlässlich der Wiener Weltausstellung von 1873 hat es Gäste beherbergt.

Er nimmt in einer der Art déco-Sitzgruppen in der weitläufigen *Lobby Lounge Bar* Platz. Oberkellner in schwarzen Anzügen und Piccolos mit weißen Jacken und Schürzen wuseln beflissen zwischen den Tischen herum, von denen etwa die Hälfte besetzt ist. Zum Bravo kommt niemand, um eine Bestellung aufzunehmen. Wenn die Kellner zu ihm hersehen, wenden sie den Blick gleich wieder ab, oder sie schauen durch ihn hindurch.

Die meisten Menschen hätte das verärgert. Den Bravo indes freut es.

Während kaum jemand an Unsichtbarkeit glaubt, trifft man doch immer wieder auf Zeitgenossen, die sich für unhörbar halten. Nicht selten sind sie mit lauten, durchdringenden Stimmen gesegnet.

Ein solches Exemplar defiliert gerade telefonierend vor der lang gestreckten Bar auf und ab. Bei ihm kommt zum einprägsamen Organ und der selbstverliebt larmoyanten Sprechweise noch hinzu, dass er seine Aussagen regelmäßig mit Redensarten und Binsenweisheiten würzt: „… Zum hundertsten Mal, Conny, nimm Vernunft an und steig da aus! Wie ich zu sagen pflege: Lieber ein Ende mit Schrecken als ein Schrecken ohne Ende. – Nein, Kinderl, ich denke gar nicht dran, dir noch was zu borgen. Auch nicht für ein Anwaltshonorar. An der Börse heißt es: ‚Never catch a falling knive.' Von einem toten Gaul muss man absteigen, da kann man nichts mehr zurückholen. – Conny-Baby, hör doch zu: Die wollen dich nur noch weiter auspressen. Schreib es als Lehrgeld ab. Wie viel hast du insgesamt schon …? – Du meine Güte. Was predige ich dir ständig: Dummheit ist eine Gabe Gottes, aber man sollte sie nicht missbrauchen. Finger weg von Dingen, die du nicht mal ansatzweise kapierst! Differenzkontrakte, binäre Optionen, noch dazu auf Kryptowährungen. Himmelherrgott, wer glaubst du denn, dass du bist? Gordon Gekko? – Nein, kein Salamander. Der Typ aus dem Film. Der gesagt hat, ‚Wenn du einen Freund brauchst, kauf dir einen Hund.' – Nicht du! Ach, vergiss es. – Was heißt todsicherer Tipp aus seriöser Quelle? Garantierte Rendite und hohen Gewinn bei sehr geringem Risiko, so etwas gibt es auf diesem Planeten nicht. Zumindest nicht für dich oder mich. Die süßesten Früchte ernten nur die ganz großen Tiere. Das lernt man doch schon in der Volksschule. – Nein, Conny. – Nein, tut mir leid, Baby, das ist mein letztes Wort. Da fährt, wie ich zu sagen pflege, die Eisenbahn drüber. Aus, basta. Grüß mir den Papa."

Der Bravo hat verstanden, was der Person namens Conny widerfahren ist. Sie ist einer Abart des *Boiler Room Scams* aufgesessen.

In Zeiten niedriger Zinsen werden Kleinanleger über Social-Media-Plattformen von Finanzmaklern geködert, die Vertrauen als „persönliche Berater" aufbauen und zu immer größeren Investitionen verführen. Dabei trifft die Entscheidung stets der Kunde. Allerdings entsteht aufgrund angeblich zeitlich begrenzter Angebote Druck, wie in einem Dampfkessel. Über Wochen und Monate gaukelt man dem ahnungslosen Anleger vor, er hätte erfolgreich investiert. Dabei wurden die eingezahlten Gelder nie angelegt. Das Portal und das online einsehbare Kundenkonto sind nur Fake. Will der Anleger sich irgendwann sein Guthaben auszahlen lassen, ist plötzlich kein Kontakt zur Handelsplattform mehr möglich. Langsam beginnt ihm zu dämmern, er könnte betrogen worden sein … Oftmals täuschen die ach so hilfsbereiten Berater jedoch sogar gezielt Rückschläge vor, um die Angst des Kunden vor dem Totalverlust auszunutzen. Dann schlägt der Trugschluss der versunkenen Kosten zu: „Da habe ich schon so viel reingesteckt, das ziehe ich jetzt durch!"

Emotional vom Makler abhängig, lässt sich das Opfer zu weiteren Zahlungen verleiten. Etwa, wie im Fall der armen Conny, zur Begleichung ebenso fingierter Bank-, Anwalts- oder Notariatskosten. Selbstverständlich ist auch dieses nachgeschossene Geld verloren.

Das Geflecht vielfach gestaffelter Betreiberfirmen mit Offshore-Adressen reicht um den ganzen Erdball. Auf die Auslandskonten bekommt die österreichische Polizei keinen Zugriff. Letzteres findet der Bravo durchaus in Ordnung, und sowieso hält sich sein Mitleid mit den Connys dieser Welt in Grenzen.

Der Pager summt. Eine schwarz-weiße, altertümlich digitale Schrift teilt mit, wo die erwünschten Auskünfte abzuholen sind. Der Bravo erhebt sich und verlässt das Hotelpalais. 50 Minuten lang hat ihn kein Kellner bewusst wahrgenommen, geschweige denn bedient.

8

Mitte des Nachmittags hörte der Regen auf. In der Wolkendecke zeigten sich vereinzelte blaue Lücken. Für die am Wochenende geplanten Film-Außenaufnahmen sah es also ganz gut aus.

Wie auf Stichwort piepste mein Handy: SMS von der Produktionsabteilung der Akademie. Man teilte mir mit, dass unser Dreh am Samstag stattfinden sollte, und zwar im Steirischen Salzkammergut, ganztägig, eventuell bis in den Abend hinein, sowie am Sonntag Vormittag, weshalb für eine Übernachtungsmöglichkeit gesorgt wäre. Ein Kleinbus fahre um acht Uhr früh vom Wiener Westbahnhof ab. Da der Platz knapp würde, habe man auch nichts dagegen, wenn einige Mitwirkende privat nach Bad Mitterndorf reisten, sofern sie dort nicht später als um 12.30 Uhr einträfen. In diesem Fall würde der Gegenwert eines Bahntickets zweiter Klasse erstattet.

Sofort schrieb ich zurück, dass ich von diesem Angebot Gebrauch machen würde, zumal ich bei längeren Autofahrten unter Reiseübelkeit litte. In Wahrheit verursachte die Aussicht auf eine mehrstündige Busfahrt mit enthusiasmierten Filmstudenten mir Schaudern, und nicht unbedingt erfrischendes.

Bald darauf verständigte mich Claudia Rappold, dass ihr Taufpate bereit war, mich noch heute am späteren Nachmittag zu empfangen. „Ihr Glück, dass sich das Wetter gebessert hat", fügte sie hinzu. „In sein Haus lässt er keine Fremden, der Garten ist das höchste der Gefühle. Ich erwarte Sie um 17 Uhr an der U-Bahn-Station Alte Donau."

„*Cum tempore?*"

„Nein. Diesmal pünktlich, ich schwör's."

Angeblich gehörten die Grundstücke am Uferstreifen vis-à-vis der „Gänsehäufel" genannten Flussinsel im Altarm der Donau zu den teuersten Latifundien Wiens. Mehrere Restaurants wetteiferten um den Titel der besten und beliebtesten Spare-Ribs-Grillhütte. Dazwischen lagen Gebäude, die vor Jahrzehnten als schlichte Strandkabanen begonnen hatten, mittlerweile aber zu schmucken Zweit- oder Hauptwohnsitzen herangewachsen waren. Gepflegte Gärten umgaben sie. Das klassische Duett aus Maschendrahtzaun und übermannshoher Thujenhecke sorgte für Sichtschutz.

Nachdem wir die Wagramer Straße überquert hatten, sagte Rappold: „Einige Regeln sind im Gespräch mit Onkel Alfred unbedingt zu beachten." Sie zählte an den Fingern ab, beginnend beim Daumen. „Punkt eins: Keine Bemerkungen über seinen Gesundheitszustand, weder bedauernd noch bewundernd, klar? Halten Sie ihr flottes Mundwerk im Zaum. Auch, was den Elektrolarynx betrifft."

„Er hat ein ... Dings?" Ich griff mir an den Hals.

„Ja. Eines dieser Geräte, die es ermöglichen, nach einer krebsbedingten Kehlkopfentfernung zu kommunizieren. Falls Sie etwas nicht gleich verstehen, fragen Sie ruhig nach; aber reißen Sie um Himmels willen keine Witzchen darüber. Punkt drei: Bitten Sie ihn nicht, mit Ihnen Karten zu spielen. Das hasst er wie die Pest."

„Ich dachte, er hat sein Vermögen auf diese Weise begründet?" Die Lokalreporterin hatte etwas in diese Richtung angedeutet.

„Das soll er Ihnen selbst erklären. Aber nur, wenn er von sich aus das Thema anspricht, weil er Lust dazu hat."

„Versteht sich. Ich werde still wie ein Mäuschen und fügsam wie ein Hündchen sein."

„In Ihrem eigenen Interesse. Sonst sind Sie schneller wieder draußen, als Sie dumm schauen können."

Wir kamen an ein stählernes Gartentor. Im massiven Steinrahmen rechts davon befand sich eine Gegensprechanlage. Rappold drückte auf den Knopf.

Einige Atemzüge lang geschah nichts. Die Journalistin schürzte die Lippen und schlug die Augen hoch zum immer mehr aufklarenden Himmel, als zähle sie die Sekunden. Schließlich neigte sie sich zu den senkrechten Schlitzen im Alublech und sagte: „Hallo, ich bin Claudia, die Großnichte. Wie ausgemacht, bringe ich einen Besucher mit."

Ein Summen ertönte, ein scheppernder Klick, dann schwang der Torflügel auf. Rappold ging voraus.

Der Garten wirkte wie eine Miniatur-Version, besser gesagt: ein Ausschnitt der Parkanlagen von Schloss Schönbrunn. Dichter, millimeterkurzer Rasen; nach französischer Manier zu Kugeln und Kegeln gestutzte Zierbäume; blendend weiße Kieswege. Wir gingen zu einem Pavillon, der auf einem Sockel aus rosafarbenem Marmor ruhte. Unter dem mattweißen Stoffdach standen zwei Hollywoodschaukeln und mehrere, im 50er-Jahre-Design dazu passende Stühle, die mit Plastikschnüren in leicht verblichenen Pastellfarben bespannt waren.

An der Seite des Hauptgebäudes, das jegliche Sicht auf die Wasserfront verdeckte, öffnete sich eine gläserne Schiebetür. Ein skurriles Gefährt rumpelte heraus und die flache Rampe herunter. Es handelte sich um einen überbreiten Rollstuhl, offensichtlich eine Sonderanfertigung. Der Koloss darin trug einen weinroten Morgenmantel, wohl ebenfalls maßgeschneidert, über einem blütenweißen Hemd mit graugrüner Paisley-Krawatte. Viel weniger als 200 Kilogramm wog der Mann gewiss nicht. Seinen Schädel beschattete ein riesiger Panamahut. Eine schwarze Sonnenbrille verbarg die Augen. Der Mund verschwand fast zwischen Speckfalten.

Die winzige, zarte Gestalt hinter dem Rollstuhl bemerkte ich erst, als das ungleiche Duo zu uns einschwenkte. Sie war eine Asiatin undefinierbaren Alters, gekleidet in die blau-weiße, gestärkte und makellos gebügelte Uniform einer Krankenschwester.

„Meine Lieblingsgroßnichte. Hallo und herzlich willkommen“, sagte der Onkel, jede Silbe auf derselben Tonhöhe. Er presste die Hand an eine Stelle unterhalb des Fünffachkinns. Zwischen den Wurstfingern war die elektronische Sprechhilfe kaum zu sehen. „Schön, dass du dich endlich wieder einmal in dieses bescheidene Refugium wagst. Meinen treuen pflegenden Engel Li Hong kennst du ja bereits. Und das ist der Herr Schauspieler, von dem du mir erzählt hast. Was erhofft er sich von mir.“

Das war eine Frage. Aber Fragezeichen konnte das Gerät nicht. Es erzeugte Schallschwingungen, die mittels einer vibrierenden Membran auf den Hals und in den Rachen übertragen wurden. Mund, Zunge und Lippen modulierten die Töne, wie bei einem natürlichen Sprechorgan, und formten die einzelnen Laute und Wörter.

Aufgrund der fest eingestellten Frequenz klang die Stimme monoton und roboterhaft. Modernere Apparate verfügten über eine Betonungstaste, mit der sich eine etwas höhere Frequenz erzielen ließ. Ich erinnerte mich an einen amerikanischen Country-Sänger, der auf diese Weise ein eigenes unverkennbares Markenzeichen entwickelt hatte. Was nichts an der Qualität seiner Songs änderte … Wie auch immer, ClaRas Taufpate beschränkte sich auf stets dieselbe Tonhöhe. Dafür artikulierte er sehr sauber und gut verständlich.

Die Reporterin erwiderte die Begrüßung und rundete sie mit einem Schmatz auf die fettig glänzende Wange ab. „Peter Szily“, sagte sie, „hat mir einmal zur Flucht aus einer ziemlich unangenehmen Situation verholfen. Deshalb helfe ich jetzt im Gegenzug ihm bei seiner Rollenvorbereitung. Ich bin sicher, du wirst mir dabei tatkräftig unter die Arme greifen.“

„Mein Kind, mir ist alles lieber, als in meinem künftigen Sterbezimmer vor dem Fernseher der Verwesung entgegenzudämmern. – Hatten Sie in Ihrer Schulzeit“, wandte der Onkel sich, ächzend den Oberkörper verlagernd, an mich, „sehr unter dem Anklang Ihres Namens an Petersilie zu leiden.“

„Und ob. Ab der Unterstufe des Gymnasiums wurden meine ach so netten Mitschüler außerdem nicht müde, mich darauf hinzuweisen, dass ‚silly' auf Deutsch albern bedeutet."

„Trotzdem haben Sie sich keinen Künstlernamen zugelegt."

„Ich habe durchaus mit dem Gedanken kokettiert, aber dann doch darauf verzichtet. Wir sind nun mal, wer und was wir sind, nicht wahr?"

„Diese Größe besaß ich nicht. Zu meiner aktiven Zeit firmierte ich unter dem Nom de Guerre ‚der Schönere'. Sagt Ihnen das was."

„Ich kenne den Ausdruck vom Watten."

„Exakt daher stammt er. Sie kommen ursprünglich aus Kärnten oder Osttirol." Dort erfreute sich dieses Kartenspiel traditionell großer Beliebtheit.

„Nein, aus der Südsteiermark. Aber ich bin recht nahe an der Grenze zu Kärnten aufgewachsen, und in meiner Jugendzeit haben wir viel gewattet."

„Kritisch oder unkritisch."

„Unkritisch. Das andere ist für Kinder oder Glücksritter."

„Völlig richtig. Sie gefallen mir, Herr Peter. Setzt euch doch endlich, Claudia, hier auf die Schaukel. Ich würde mich gern auf die andere schwingen, aber sie hält, fürchte ich, mein Gewicht nicht aus. – Was wollt ihr trinken. Wir haben Campari, Cynar, trockenen Sherry, einen ganzen Barschrank voller Gesöffe, die mir der Arzt bei Todesstrafe verboten hat. Aber ich sehe euch gern beim Schlürfen zu. Na. Was darf's sein."

„Campari Soda klingt gut", sagte Rappold.

„Schließe mich an", sagte ich.

Li Hong nickte und eilte leichtfüßig zurück zum Haus.

Watten spielte man meist mit einem doppeldeutschen Blatt aus 32 Karten. Der Überlieferung nach war das Spiel zur Zeit der napoleonischen Kriege entstanden, als die verbündeten Franzosen und Bayern ihre Freizeit in den Feldlagern damit verbrachten. Dem zufolge ging der Name auf den französischen Begriff *va tout* zurück, auf Deutsch „letzter Trumpf".

Im Gegensatz zu Schnapsen, Schafkopf oder Skat kam es beim Watten nicht nur auf das strategische Können an, sondern auch in hohem Ausmaß auf die Fähigkeit zu bluffen. Ob zu zweit oder zu viert, der Vorhand-Spieler „rief" eine Kartenart, also beispielsweise „Damen". Der Geber bestimmte danach die Trumpffarbe, etwa Pik. Somit war die höchste, in dieser Runde unschlagbare Karte die Pik-Dame. War einer von beiden mit seinem Blatt nicht zufrieden, durfte er ein „Schöneres" verlangen. Offenbar hatte Claudia Rappolds Großonkel zu Beginn seiner Karriere von dieser Option so häufig Gebrauch gemacht, dass ihm der Spitzname hängengeblieben war.

Ich verzichtete darauf, näher auf die Feinheiten des Spiels einzugehen. Nicht verkneifen konnte ich mir jedoch die Anmerkung, dass ich einige Jahre lang mein Taschengeld durch die beim Watten erzielten Gewinne erheblich aufgestockt hatte.

„Respekt. Diese Anfänge", schnarrte der Großonkel, „haben wir gemeinsam. Allerdings denke ich doch, dass ich mir erheblich leichter tat als Sie."

„Inwiefern?" Sogleich erntete ich von Claudia Rappold einen warnenden Blick.

„Hat sie Ihnen das nicht brühwarm aufgetischt."

„Nein. Vielmehr hat sie mir verboten, diesbezüglich zu fragen."

„Ha. Ha. Ha. Stets um Dezenz bemüht, meine liebe Nichte. – Aber weil Sie so ehrlich waren, Ihre Neugier nicht zu verhehlen, sollen Sie die Geschichte hören."

Er hatte eine Schlosserlehre absolviert, erzählte er. Sehr viel mehr Auswahl hätte es im oberösterreichischen Heimatdorf nicht gegeben. Anfang der 60er-Jahre folgte er seinem älteren Bruder, Claudias Großvater, nach Steyr, wo sie an der Produktion des legendären Puch-Geländewagens vom Typ Haflinger mitwirkten.

Eines Tages spielte plötzlich eine Maschine verrückt. Anstelle des Werkstücks erfasste der Greifer der hydraulischen Presse einen Zipfel von Alfreds Monteurbluse. Unaufhaltsam wurde zuerst das Kleidungsstück, dann der halbe Oberbauch in den Schlund der Maschine gezogen.

„Nur um einen Millimeter bin ich dem Tod von der Schaufel gesprungen. Ich hatte Glück im Unglück. Ein geistesgegenwärtiger Kollege konnte die Maschine gerade noch rechtzeitig stoppen. Der Werksarzt stabilisierte mich. Im Krankenhaus Steyr päppelte man mich über mehrere Monate hinweg wieder auf. Wie Sie sehen, kann man sich auch mit reduzierten Verdauungsorganen eine ordentliche Wampe anessen. Ha. Ha. Ha."

Lebenslänglich arbeitsunfähig geschrieben und mit einer kleinen Invalidenrente versorgt, blieb Alfred weiterhin in Steyr, des Bruders wegen. Damals besuchten alle paar Monate Abordnungen der Wiener Rotlicht-Szene die größeren Provinzstädte. Mehr als die Prostituierten verdienten die sie begleitenden Zuhälter, und zwar beim Kartenspielen. Sie zogen auch die Gäste in Alfreds Stammlokal, die spendierten Schnäpsen niemals abgeneigt waren, bis auf die Unterhose aus. Alle, außer einen, der sich mehrere Tage lang partout nicht abzocken ließ und sogar seinerseits beträchtliche Margen einstreifte.

„Das gefiel den Herrschaften vom Gürtel gar nicht. Kurz bevor sie abreisten, nahmen sie mich zur Seite und stellten mich vor die Wahl. ‚Entweder du fängst dir einen Fisch ein – gemeint war ein Messer in den Unterleib –, oder du kommst mit uns mit.' Was hätte ich machen sollen. Außerdem hatte mich Wien immer schon gereizt."

Alfreds außergewöhnliche Begabung für das Kartenspiel, führte er aus, basierte darauf, dass er eine Art eidetisches Gedächtnis besaß. Wenn am Ende einer Runde die Karten auf den Tisch geworfen, zusammengeschoben und neu gemischt wurden, konnte er sich die Positionen der meisten, insbesondere der höchsten und wichtigsten Karten, ohne große Anstrengung merken. Er wusste daher, wo diese sich nach dem Austeilen befanden, also auch recht genau, was seine Gegner jeweils auf der Hand hielten. Speziell bei Spielen mit Bluff-Komponente wie eben Watten, Färbeln oder Poker war das natürlich ein entscheidender Vorteil.

„Bevor Sie mich jetzt um diese Fähigkeit beneiden, Herr Szily, bedenken Sie, dass sie auch ein Fluch sein kann. Mir macht das Karteln schon lange keinen Spaß mehr, weil ich sowieso gewinne. Aber wissen Sie, was noch weniger lustig ist. Wenn Sie absichtlich verlieren müssen, um ihre Mitspieler bei Laune zu halten. Beim Ausnehmen großspuriger Bauernsöhne war das ja noch okay. In meinen späteren Jahren traf ich mich einmal die Woche zum Tarockieren mit einigen hochrangigen Politikern und Wirtschaftsleuten. Glauben Sie mir, das war eine Qual. Noch dazu spielten die Kerle haarsträubend schlecht."

Die Pflegerin brachte ein Tablett mit mehreren Gläsern, einer Flasche Campari, einem altertümlichen Sodawasserspender und einem Eiskübel in Form eines umgedrehten Zylinderhuts. Auf der Seite war der goldene Schriftzug „Kings Club" eingestanzt.

„Aber ich rede und rede", sagte der alte Mann, während Li Hong für Rappold und mich die Erfrischungsgetränke mixte. „Und Sie kommen gar nicht zu Wort, geschweige denn zu den Fragen, derentwegen Sie doch wohl hier sind. Am Telefon sagte meine Nichte, Sie sollen morgen vor der Filmkamera einen Mafioso darstellen."

„So ist es. Allerdings hat sich der Regisseur bis dato noch nicht entschieden, ob es sich um einen zeitgenössischen Gangster oder eher um einen Vertreter jener Riege drehen soll, der Sie angehört haben. Ich nehme an, da gibt es gewaltige Unterschiede."

„Das können Sie laut sagen. Freilich sollte man die Vergangenheit nicht glorifizieren. Als ich nach Wien kam, war gerade die sogenannte ‚große Galerie' von der ‚kleinen' abgelöst worden. Zwischen den verschiedenen, ‚Platten' genannten, Fraktionen herrschte Krieg. Es ging um die Vorherrschaft am Gürtel, um die Kontrolle der Stoß-Partien und somit um das Hauptgeschäft. Sind Sie mit den Gepflogenheiten des Stoßspiels vertraut."

Ich verneinte. „Davon habe ich immer die Finger gelassen."

„Sie taten gut daran, junger Mann. Es ist eine der härtesten und verheerendsten Drogen, das Heroin des Spielsüchtigen. Das Crack wären in diesem Vergleich die Automaten. Aber ich greife vor. Beim Stoß lukrierten wir ein Vielfaches dessen, was das horizontale Gewerbe einbrachte. Vorsichtig geschätzt, wurden dabei in einer einzigen Nacht in Wien etwa drei Millionen Schilling umgesetzt. Allein die Miete für eines der Hinterzimmer, in dem die schärfsten Partien stattfanden, betrug 2000 Schilling, und zwar pro Stunde. Die Anordnung war stets dieselbe. Ein Spieler, der ‚Bankerer', hielt die Bank. Beliebig viele andere, die sogenannte ‚Galerie', setzten gegen ihn."

„Der Ausdruck leitet sich wahrscheinlich von den Fotos im Verbrecheralbum der Wiener Polizei ab", warf Claudia Rappold ein. „Die darin abgebildeten Personen heißen im Unterweltslang bis zum heutigen Tag Galeristen."

Onkel Alfred nickte seiner Großnichte wohlwollend zu, dass die Fettwülste wabbelten. Der Spieler, erläuterte er, welcher die Karten mischte und zum Stoß aufstapelte, wurde als „Schneider" bezeichnet. Jener, der den höchsten Einsatz getätigt hatte, hieß „Guckerer". Er durfte die unterste Karte, die „Guck", nehmen, vorzeigen und an beliebiger Stelle in den Stapel schieben. Dort wurde abgehoben, dann zog der Bankerer die ersten beiden Karten ab, den „Schuss" und den „Einwender".

„Und so weiter, die Raffinessen ersparen wir uns", schnarrte Onkel Alfred. „Wir waren bei der Historie. 1971 galten die Platten-Kriege als beendet, aufgrund wechselseitiger Ausrottung. So gut wie alle bis dahin führenden Köpfe waren eines gewaltsamen Todes gestorben: der ‚Gschwinde', der ‚Notwehr-Krista', die ‚Schmutzer-Buam' … Nach den verlustreichen Diadochenkämpfen herrschte für eine Weile ein Vakuum, das schließlich der ‚Rote Heinzi' ausfüllte. Nicht zuletzt, weil es ihm gelang, die verbliebenen, konkurrierenden Partien zu vereinigen und auf diese Weise die nachdrängenden Banden aus dem Balkan und der Türkei in Schach zu halten."

„Vom Roten Heinzi habe ich gehört", sagte ich. „Stimmt es, dass er einen feineren Stil in die Szene einbrachte?"

„Er war ein wahrer Gentleman, ja. Er hatte absolute Handschlagqualität. Freilich bin ich voreingenommen, denn unter ihm erlebte ich meine schönste Zeit."

Alfred hatte sich langsam hochgearbeitet, vom „Schmierer", der außerhalb des Lokals aufpasste und gegebenenfalls vor der Polizei warnte, bis zur einträglichsten Position, dem „Saugerl". Dieser gab den „Frankisten", den von Schleppern zum Spiel verführten, zahlungskräftigen Geschäftsleuten und Industriellen, freundlicherweise Kredit, wenn sie alles Barvermögen eingebüßt hatten, aber ihr Glück verbissen noch in derselben Nacht erzwingen wollten.

„Als Saugerl", sagte der Onkel, „hättest du dich über die Verballhornung ‚Saukerl' auch nicht beklagen dürfen. Aber so lief das nun mal. Mancher Geldsack, der in wenigen Minuten verspielt hatte, wofür andere ein Leben lang schuften müssen, wurde von unsereins nachträglich noch umso gründlicher gerupft, wie die sprichwörtliche goldene Gans. Die gängigen Zinssätze betrugen zehn Prozent pro Tag. Wohlgemerkt bei kleineren Summen bis 100 000 Schilling, darüber oft bis zu 100 Prozent. Täglich. Da geht schnell was weiter. Wir nahmen einen Porsche oder einen ‚Brüller', einen Brillantring, als Sicherheit, notfalls taten es aber auch zwei Oberschenkelknochen. Tja. Wie heißt es im Lied, ‚I was the ruin of many of poor boys'."

„‚House of the Rising Sun', wenngleich etwas frei zitiert", fügte die Rappold unnötigerweise hinzu.

„Danke für den Ohrwurm", sagte ich, und zu Onkel Alfred: „Hochinteressant und äußerst lehrreich. Aber darf ich bitte auf die Unterschiede zu heute zurückkommen?"

„Ach, was heute am Gürtel oder sonst wo in der Stadt vor sich geht, ist nicht einmal ein matter Abklatsch. Der Rote Heinzi war ein echter Sir, von aller Welt geachtet, auch bei der Exekutive. Wussten Sie, dass die Polizei im internen Funkverkehr ein eigenes Kodewort für ihn verwendete, nämlich ‚Indianer'. Eine solche Ehre wurde sonst nur dem Bundes- und dem Polizeipräsidenten zuteil."

Das lautlos gestellte Handy in meiner Hosentasche vibrierte, zweimal im Abstand weniger Sekunden: zwei Nachrichten. Stammte eine von der Filmproduktion, die andere vom Bravo? Ich wagte nicht nachzusehen, aus Sorge, der Redefluss des Onkels könnte versiegen, wenn ich meine Aufmerksamkeit von ihm abwandte.

„Der Rote", setzte er fort, „war noch ein Nobelstrizzi, der auf seine Leute geschaut hat, auch auf die Nutten. Kennen Sie die Geschichte vom Innenminister, der sich schlecht gegenüber einer Hure benommen und sie übel zugerichtet hat. Danach wurde er nackt an eine Straßenlaterne mitten am Hernalser Gürtel gekettet, mit ‚Achtern', also Handschellen. Diese Geschichte ist wahr."

„An Ihrer Stelle würde ich sie, so g'schmackig sie auch klingt", sagte Claudia Rappold, „trotzdem nicht in der Öffentlichkeit ausbreiten. Der Mann lebt noch, und er kann sich teurere Anwälte leisten als Sie oder ich."

„Stichwort sich etwas leisten können. Habt ihr Hunger. Darf ich euch auf Spareribs einladen. Ich bin stiller Teilhaber des diesbezüglich führenden Restaurants, zumindest hier in der Nachbarschaft. Mich kostet das nichts. Na, wie wär's. Soll Li zwei Portionen für euch ordern."

Ich hätte nichts dagegen gehabt, sah aber sicherheitshalber zur Lokalreporterin hinüber, die fast unmerklich den Kopf schüttelte. Deshalb verneinte ich dankend.

„Wir wollen deine Geduld nicht mehr viel länger strapazieren, lieber Onkel", sagte die Rappold.

„Ach, ich komme gerade erst in Fahrt."

Li Hong ergriff zum ersten Mal das Wort. „Sie müssen bald Ihre Tabletten einnehmen, Herr Alfred."

„Sehen Sie, wie gut es mir geht, Herr Peter Szily. Beneiden oder bemitleiden Sie mich. Ich werde so perfekt behütet, dass ich mich kaum rühren kann. – Nun gut, zur tristen Gegenwart. Der Rote Heinzi ist 2015 friedlich entschlafen. Aber sowohl er als auch ich hatten uns bereits Jahre davor zur Ruhe gesetzt. Die Zeitungen schrieben vom ‚Tod des Rotlichtkönigs' und dem damit verbundenen ‚Ende des Stoßspiels'. In Wahrheit war dieses schon früher eingetreten, nämlich mit dem massiven Aufkommen der Automaten. – Claudia, mein Augenstern – wann war das genau?"

„Die nach wie vor in Gumpoldskirchen bei Wien ansässige Firma *Novomatic* wurde 1980 vom gelernten Fleischermeister Johann Graf gegründet", rasselte die Lokaljournalistin herunter, als läse sie aus einem eingebauten Nachschlagewerk ab. „Zuvor hatte er Flippergeräte aus Belgien importiert. Er verlegte sich aber bald auf die Herstellung von Glücksspielautomaten. Mit einem Startkapital von nur 50 000 Schilling, wenn's denn wahr ist. 1990 hatte er bereits Niederlassungen in mehr als 50 Ländern. Mittlerweile ist Novomatic ein Weltkonzern, auf diesem Sektor die unangefochtene Nummer eins in Europa. Grafs Vermögen wird auf sieben Milliarden Dollar geschätzt. Er rittert mit Dietrich Mateschitz von Red Bull um den Titel des reichsten Österreichers."

„Zwei, die wahrlich Segen über die Menschheit gebracht haben … " Onkel Alfred bäumte sich im Rollstuhl auf. „Diese Maschinen sind die Hölle. Dagegen waren selbst die Saugerln meiner Generation Waisenkinder. Automatenspieler werden noch viel leichter und schneller süchtig gemacht als unsere damaligen Opfer. Weil die Dinger so verdammt clever programmiert sind.

Ein Beinahe-Gewinn, der in Wahrheit niedriger ist als der getätigte Einsatz, lässt dank des Geklimpers und der hypnotisch aufleuchtenden Animationen den Spieler glauben, er hätte gewonnen, obwohl er eigentlich verloren hat. Für unsereins waren Grafs anfangs sträflich unterschätzte Maschinen praktisch der Todesstoß. Die jetzige Galerie besteht nur mehr aus Zombies. Wer spielt denn heutzutage noch Karten. Der Nervenkitzel, das große Geld, die mörder Quoten sind längst anderswo. Umso bitterer, als ungefähr zeitgleich auch die Preise im Prostitutionsgewerbe eingebrochen sind, wegen der Billigkonkurrenz durch die globalen Menschenhändlerringe. Blasen oder Vögeln kostet ja fast nur noch einen Nasenrammel. Und im Internet ist Pornographie überhaupt gratis. Für Zuhälter oder Kartenzauberer vom alten Schlag lohnt sich das Risiko längst nicht mehr. Wie schon der selige Heinzi sagte, kurz bevor er den Löffel abgegeben hat: Darauf steht zu viel Häfen bei zu wenig Profit."

„Ah ja. Verstehe", sagte ich. „Es scheint, als hätten die aktuellen Zampanos einen uralten Ganoventraum verwirklicht, nämlich den Schmuddelkeller verlassen zu können und sich zu angesehenen, ehrbaren Bürgern zu mausern. Mit weißer, nicht vom kleinsten Blutspritzer bekleckerter Weste."

„Da mögen Sie recht haben. Ich Trottel bilde mir ein, gut ausgestiegen zu sein, als letzter Mohikaner meiner Sorte. Weil nach all den Jahrzehnten immerhin ein paar Immobilien an der Alten Donau im Grundbuch auf meinen Namen eingetragen sind, allesamt schuldenfrei. Ha. Und dann lese ich, dass ein ehemaliger, ziemlich erfolgloser Rennfahrer seine Firma für Sportwettenterminals um sage und schreibe 200 Millionen Euro verkaufen konnte. Ha. Ha. Dass die Anbieter von Online-Glücksspielen 2019 allein in Österreich fast eine halbe Milliarde, über 400 Millionen, an Bruttoeinnahmen erwirtschaftet haben. Ha. Ha. Ha. Dabei verfügt nur die Casinos Austria-Tochter *win2day* über eine Lizenz. Die übrigen, in Steueroasen wie Malta registrierten Anbieter, die zwei Drittel des Marktanteils einstreifen, werden vom österreichischen Finanzministerium als illegal eingestuft. Hat das Auswirkungen. Kümmert das irgendjemanden. Nein. Ich will nicht lamentieren, aber gerecht ist das nicht. – Ach, vergessen Sie's bitte gleich wieder, und verzeihen Sie mir lebendem Leichnam einen seltenen Gefühlsausbruch."

„Herr Alfred ...", flüsterte Li Hong mahnend.

„Schon gut, mein Engel. – Sie sehen, Peter Szily, ich werde mich weiterhin damit begnügen müssen, in Nostalgie zu schwelgen. Vielleicht schaffe ich es ja doch noch, meine Lieblingsnichte, ehe ich abtrete, dazu zu überreden, dass sie mir bei der Verschriftlichung meiner Memoiren beispringt. Sie behauptet, es gäbe nicht genug Leserschaft für eine Abhandlung über die Geschichte des Glücksspiels in Österreich. Wussten Sie zum Beispiel, dass der Ausdruck ‚Puff' für Freudenhaus auf das Geräusch der fallenden Würfel beim Backgammon zurückgeht. Während das Wort ‚Jazz' wiederum ..."

Seine monotone Stimme war immer leiser und kraftloser geworden. Nun erstarb sie. Er röchelte und wedelte matt mit den Händen. Aus der Kanüle in der Manschette um den Hals troff weißliche schaumige Flüssigkeit auf die Seidenkrawatte.

„Es ist genug", sagte Claudia Rappold. Sie erhob sich. „Wir gehen. Vielen lieben Dank, Onkel Alfred."

„Bitte nur noch eine kurze, letzte Frage", sagte ich. „In der Nacht auf gestern ist der Betreiber eines kleinen Wettbüros am Dombrowski-Platz ums Leben gekommen. Er hieß Hugo Pekarek. Ein Namensvetter war an einer Schießerei zum Jahreswechsel auf 1968 vor dem Domingo in Meidling beteiligt. Könnte es da einen Zusammenhang geben?"

„Warum wollen Sie das wissen."

„Mein Regisseur lechzt nach historischen Bezügen, nach Verbindungen zwischen dem Einst und Jetzt, die er in Parallelmontagen realisieren könnte. Oder so. Derlei hochtrabendes Zeug schwafelt er ständig daher."

„Der Pekarek-Karl, ja. Ich erinnere mich an ihn. Er hat von

seinem Ruf gelebt, einen nervösen Abzugsfinger zu haben, und manche Spielschuld eingetrieben. Das liegt jedoch lange zurück. Falls Ihr Regisseur damit einen Gegenwartsbezug herstellen möchte, geht er leider in die Irre. Selbst wenn eine Verwandtschaft bestünde. Wer sollte sich nach so langer Zeit noch an einem Nachkommen revanchieren wollen."

„Danke, Herr Alfred. Das liefert mir Munition gegen den lästigen Nachwuchs-Fellini."

„Gern geschehen. Es war mir eine Freude, um nicht zu sagen ein innerlicher Stadlauer Kirtag. Mit Ihnen kann man sich sehr nett unterhalten. Sie sind ein guter Zuhörer."

„Könnten Sie mir das bitte auf ein Tonband sprechen? Damit es mir meine Ex-Frauen glauben?"

„Ha. Ha. Ha."

9

Peter Szily wirkt verdächtig aufgekratzt, als er zum kurzfristig anberaumten Treffen erscheint. Der Bravo hat ihn in den Donaupark beordert. Dahin hatte Szily es nicht weit, von seiner vorigen, per präpariertem Handy übermittelten Position auf der anderen Seite der Wagramer Straße aus.

Die über eine halbe Million Quadratmeter große Grünanlage an der Arbeiterstrandbadstraße ist in den 60er-Jahren auf einer ehemaligen Mülldeponie errichtet worden. Nun bietet sie mehrere aufwendig gestaltete Spielplätze, schöne Laufstrecken, eine Schmetterlingswiese samt Zuchtstation, eine Liliputbahn, Büsten von Simon Bolívar, Salvador Allende und Ernesto „Che" Guevara sowie mit dem Donauturm Österreichs höchstes Bauwerk.

Hinter dem Koreanischen Kulturzentrum und dem Irissee, den zahlreiche Enten bevölkern, liegt ein wenige Meter hoher Hügel, der euphemistisch „Kaffeehausberg" genannt wird. Vom Café, das dort einige Zeit stand, ist nur mehr das blaue quadratische Flachdach übrig. Darunter befindet sich eine Brunnenskulptur, gewidmet Sigmund Freuds Tochter Anna, die ebenfalls eine führende Psychoanalytikerin war. Dem Text auf der Gedenktafel zufolge symbolisiert die stilisierte Rose „den weiblichen Eros, das Leiden, das Sprudeln des Wassers, die Schwelle zum Unbewussten, Geburt und Geborgenheit". Gleich daneben zeigt ein Keramik-Reliefbild eine Kaffeehausszene. Der Künstler hat als Maître Leherb signiert, was französischer und schicker klang als sein Taufname Helmut Leherbauer. Eine klobige, hölzerne Kombination aus Tisch und zwei Bänken, wie man sie sonst eher beim Heurigen findet, vervollständigt das bizarre Ensemble.

Der Bravo mag den Ort, besonders in der Dämmerung. Noch besser als die Spiegelung der untergehenden Sonne im Ententeich gefällt ihm, dass man nach allen Seiten freie Sicht hat. Niemand kann sich anschleichen, um ein Gespräch zu belauschen.

Szily, der schon nach dem kurzen Anstieg außer Atem, aber blendend gelaunt ist, bittet um Entschuldigung, weil er auf die Nachricht des Bravos nicht sofort reagiert hat. „Dafür konnte ich meinen Wissensstand über das Wiener Rotlichtmilieu erheblich aktualisieren und erweitern. Ich denke, eine Unterweltfehde ist als Mordmotiv auszuschließen."

„Nicht so eilig", sagt der Bravo. „Eins nach dem anderen, Pezi, und fang ganz von vorne an."

Der Komiker erzählt. Dabei lässt er sich die Chance nicht entgehen, die elektronische Sprechhilfe seiner Auskunftsperson nachzuahmen.

Als er fertig ist, fragt er: „Na, was meinen Sie? Der Würstelstandler, die Reporterin und der pensionierte Galerist sind sich einig, dass nach Pekareks Lucky Star Casino kein Hahn gekräht hat. Vor 50 Jahren hat man sich wegen derartiger Lokale vielleicht noch die Schädel eingeschlagen. Heute nähme jemand, der die Grundrechnungsarten beherrscht, so etwas nicht mal geschenkt."

Bei den letzten Worten kommt dem Bravo eine Idee; aber nur die Ahnung davon. Er muss zuwarten, bis sie von selbst klarere Konturen ausbildet.

Prinzipiell liegt Szily richtig. Der Bravo hat, gemäß der via Pager erhaltenen Anweisung, die Karlsplatz-Passage aufgesucht. Dort steht fast jeden Tag ein hochgewachsener *Augustin*-Verkäufer mit kohlrabenschwarzem, immer lachendem Gesicht, grün-weiß gefärbten Dreadlocks und einer Rapid-Dress, Nummer 11, „Hofmann". Er spielt vom Handy Reggae-Musik, tänzelt dazu auf der Stelle und singt mit. Zwischendurch ruft er den Vorbeihastenden ein fröhliches „Grüß Gott!" zu.

Der Bravo ist zu ihm gegangen und hat gleich drei Exemplare der Straßenzeitung sowie einen Aufstellkalender verlangt. Ohne mit der Wimper zu zucken, hat der Rapid-Rastafari die genau abgezählten Münzen und ein verschlossenes Kuvert entgegengenommen, dem Bravo drei *Augustins* gegeben, dann aus einem Plastiksack einen Kalender gezogen und diesen ebenfalls überreicht. Darin befanden sich auf drei eingelegten, eng bedruckten Seiten die Informationen, die der Bravo im Beichtstuhl der Votivkirche erbeten hatte.

Natürlich ist ihm nicht entfallen, dass auch der tote Hugo Pekarek ein Rapid-Leibchen getragen hat. Höchstwahrscheinlich handelt es sich um eine zufällige Koinzidenz. Der Hütteldorfer Fußballklub ist schließlich sehr populär, nicht nur in Wien. Trotzdem hat sich der Bravo vorgenommen, diese Nebensächlichkeit nicht gänzlich aus dem Auge zu verlieren.

Wie auch immer. Aus dem Dossier geht hervor, dass Pekarek in den letzten Jahren mehr schlecht als recht über die Runden gekommen ist. Mit der relativ günstigen Miete für das Lucky Star war er meist zwei oder drei Monate im Rückstand. Die Beiträge für die Online-Wettterminals hingegen wurden regelmäßig per Einzugsauftrag abgebucht. Größere oder sonstwie auffällige Kontobewegungen gab es nicht.

Auch die Fragen nach markanten, aktuellen Vorfällen in der Sportwetten-Branche und im Gang befindlichen Veränderungen der Machtverhältnisse, die sich bis hinunter zu lokalen Einzelkämpfern wie Pekarek auswirken könnten, erbrachten keine Hinweise. Längst haben die Big Player, allen voran die Novomatic-Tochter *Admiral*, den österreichischen Markt unter sich aufgeteilt. Die Corona-Krise änderte daran kaum etwas. Für einige Wochen waren die Aktienkurse sämtlicher Wettanbieter im Sinkflug. Kein Wunder, worauf sollte man auch setzen? Zeitweise wurde nur mehr in vier Ländern auf der Welt Fußball gespielt, nämlich in Burundi, Nicaragua, Weißrussland und Tadschikistan. Und FC Istlikol aus Duschanbe gegen FC Khatlon Qurghonteppa war nun mal nicht ganz so attraktiv wie die Champions League.

Die Sportler fast aller anderen Disziplinen mussten gleichfalls pausieren. Der belgische Rad-Olympiasieger Greg Van Avermaet gewann immerhin die seit 1913 ausgetragene Flandern-Rundfahrt – von daheim aus, auf dem Smarttrainer, per *Zwift*-App. Während des Lockdowns gingen dafür die Umsätze der Online-Glücksspiele, Pokerportale und dergleichen durch die Decke.

Der hiesige Markt ist einfach zu klein, als dass sich ein verschärfter Konkurrenzkampf lohnen würde; der findet auf anderen, internationalen Ebenen statt. Österreich gilt zwar nach Großbritannien als zweites Mekka der weltweiten Wettindustrie. Aber das hängt zum einen damit zusammen, dass der mittlerweile in Gibraltar ansässige, an der Londoner Börse notierte Konzern *bwin*, der im Laufe der Jahre Dutzende Mitbewerber geschluckt hat, in Österreich gegründet wurde; und zum anderen damit, dass hierzulande Sportwetten nur mit zwei Prozent Konsumsteuer belastet sind. Laut Aussage eines Experten für Finanzrecht, der im *Augustin*-Dossier zitiert wird, gäbe es „keine sachliche Rechtfertigung für die krasse gesetzliche Ungleichbehandlung" gegenüber Lotto, Toto oder etwa Poker. Das Argument des Verwaltungsgerichtshofs, der Ausgang eines Sportwettbewerbs hänge nicht allein vom Zufall ab, sondern auch von beeinflussbaren Faktoren wie Geschick, weshalb weder Glücksspielabgabe noch Umsatzsteuer griffen, erscheint nicht nur dem Bravo hanebüchen.

Ob ihn das alles bei seiner Fahndung nach Hugo Pekareks Mörder und dessen Motiv weiterbringt, muss sich erst noch herausstellen.

„Du hast weder mich noch das Ohr im Gurkenglas erwähnt", sagt der Bravo. Es ist eine Frage, jedoch als Feststellung formuliert, sodass Peter Szily im Glauben gehalten wird, er würde permanent überwacht.

„Natürlich nicht. Das haben Sie mir ja streng untersagt."

Szily transpiriert, nicht nur, weil er sich beeilt hat. Er fürchtet sich vor dem Bravo. Das kommt auch darin zum Ausdruck, dass er die unausgesprochene Übereinkunft beibehält, ihn zu siezen, während er selbst geduzt wird.

Gut so.

„Du stinkst nach Alkohol, Pezi."

„Mir wurde ein Campari Soda kredenzt."

„Kredenzt? Was soll das heißen?"

„Angeboten. Serviert. Aufgetischt."

Beim Wort Kredenz muss der Bravo an die Anrichte in der Küche seiner Mutter denken. Sie hatte harte Kanten, ziemlich genau in Stirnhöhe eines Heranwachsenden, der vom Stiefvater dagegen gestoßen wurde. Er wischt die Erinnerung beiseite. „Tu das nicht wieder."

„Was?"

„Trinken, während du für mich ermittelst."

„Na kommen Sie, ein Glas Aperitif muss doch wohl noch erlaubt sein."

„Alkohol vernebelt die Sinne und lockert die Zunge. Die bei dir ohnehin permanent in Gefahr ist, sich zu verplappern. Also bleib künftig nüchtern, wenn du Nachforschungen anstellst, klar? Hast du sonst noch was zu berichten?"

Szily schluckt. „Äh. Ja. Die Rappold, meine Bekannte von der Boulevardzeitung, hat schon am Vormittag gemeint, es gäbe keine Indizien für eine Beziehungstat. Soll heißen, laut Claudias Polizeikontakten wird Pekareks Witwe derzeit nicht verdächtigt."

„Das deckt sich mit den mir vorliegenden Informationen. Trotzdem muss die Frau überprüft werden, und zwar gleich morgen. Ich habe ihre Adresse."

„Da bin ich aber beim Filmdreh im Salzkammergut."

„Weiß ich", lügt der Bravo. Diesen Teil der Recherche wird er also selbst übernehmen müssen. Obwohl der charmante Spaßvogel besser dafür geeignet wäre.

„Eins habe ich mir noch gedacht", sagt Szily. „Großonkel Alfred konnte sich gar nicht einkriegen in seiner Wut über die Spielautomaten, die den Gürtelgaunern den Teppich unter den Füßen weggezogen haben."

„Ja, und?"

„Seiner Meinung nach haben diese Maschinen weit mehr Existenzen vernichtet als er und seine Spießgesellen. Das sogenannte kleine Glücksspiel ist 2015 in Wien verboten worden, wie auch in drei anderen Bundesländern, ausgenommen an den Standorten der Casinos Austria. Aber davor hatte Pekarek sicherlich solche Automaten in seiner Bude. Vielleicht wollte ihm ja ein ehemaliger Spieler, oder irgendein in Mitleidenschaft gezogener Angehöriger, das heimzahlen?"

„Das wäre eine sehr späte Rache gewesen." Dennoch ist der Gedanke nicht gänzlich von der Hand zu weisen. Auch diese Fährte gehört verfolgt. „Außerdem erklärt es nicht, wieso zeitgleich ich mit einem Auftrag zur Terminierung betraut und dafür bezahlt wurde." Der ausstehende Restbetrag ist inzwischen über die perfekt abgeschirmten Kanäle bei ihm eingelangt.

„Nein. Stimmt. Äh. Ich habe Ihnen alles gesagt, was ich weiß. Kann ich jetzt gehen?", fragt Peter Szily flehentlich. „Mein Zug fährt morgen früh um kurz vor halb neun."

Der Bravo entlässt ihn mit einer beiläufigen Handbewegung. Er selbst bleibt sitzen, bis die Sonne untergegangen ist. Die Enten schnattern. Frösche quaken. Grillen zirpen.

Im Donaupark ist die Welt noch in überschaubarer Ordnung.

WOCHENENDE

„Und am Heibodn is a Mentsch drobm.
Waunn s a Schejne waar, waar i längst drobm.
Dass s a Schiache is, is ma ollwal gwiss,
Wal s am Heibodn drobm is."
(Gstanzl aus dem Salzkammergut,
im gesamten deutschen Sprachraum
verbreitet durch Wilfried Scheutz)

Bunter Salatteller mit Pfeffererdbeeren

*

Tafelspitz
mit Semmelkren und Erdäpfelsterz

o d e r

Linsenbraten
mit Räuchertofu und Topinambur-Chips

*

Kardinalschnitte

10

Am Bahnhof von Bad Mitterndorf erwartete mich eine freudige Überraschung.

Die Zugfahrt war ereignislos verlaufen, nachgerade erholsam. Noch erquicklicher wäre sie gewesen, hätte ich mich mit dem Skript, das mir die Filmakademie eine knappe Stunde vor der Abfahrt gemailt hatte, und dem darin für mich vorgesehenen Part anfreunden können. Das war leider nicht der Fall. Auch nach mehrmaligem Durchlesen wusste ich nicht, wie ich die Rolle anlegen sollte. Immerhin wurde ich dadurch von Reflektionen über den Bravo, einen explodierten Wettsalon und ein menschliches Ohr in einem Gurkenglas abgelenkt.

Wenn ich die Intentionen des Drehbuchautors richtig interpretierte, kreiste der auf insgesamt etwa 40 Minuten angelegte Kurzfilm um Macht- und anderen Missbrauch im österreichischen Schisport. Ich spielte den Verbandspräsidenten, der in manchen Szenen als verknöcherter Greis, in anderen wieder als fideler Naturbursch auftrat. Möglicherweise war er eine Art Vampir. Denn zwischendurch schien er Lebenskraft aus seinem äußerst groben, autoritären Umgang mit Nachwuchs-Rennläuferinnen zu saugen. Sicher war nur eines: Ich stellte nicht den Guten dar.

Der Text strotzte vor mehr oder weniger verklausulierten Anspielungen auf diverse Skandale, die der ÖSV bereits seit den Zeiten Toni Sailers in unregelmäßigen Abständen, aber verlässlich wiederkehrender Folge geliefert hatte. Insofern war es ein typisches Akademie-Projekt: Einerseits überfrachtet mit Symbolik, andererseits vermisste man eine stringente, ohne Gebrauchsanweisung nachvollziehbare Handlung.

Mir hätte das, in Anbetracht der spärlichen Gage, egal sein können. War es aber nicht. Man hatte mich wohl gebucht, weil ich bei der Agentur als Dialekt-Experte gelistet wurde. Allerdings war der Präsident, der im Drehbuch „Glücksnagel" hieß, Tiroler. Jenes harte, die Stimmbänder strapazierende Idiom zählte eigentlich nicht zu den Stärken meines Repertoires. Aber wie bereits früher erwähnt, in Zeiten wie diesen nahm man, was man kriegen konnte; dies galt für beide Vertragspartner. Daher hatte ich mich in mein Schicksal gefügt. Während die sonnenbeschienenen bukolischen Tallandschaften der drei steirischen Hauptflüsse Mürz, Mur und Enns am Abteilfenster vorbeigezogen waren, hatte ich beflissen meine durchwegs kryptischen Dialogstellen mit Leuchtstift markiert. Vollinhaltlich verstehen musste ich sie ja nicht, nur auswendig aufsagen.

Aus dem Grüppchen, das mich am Bad Mitterndorfer Bahnhof in Empfang nahm, stach eine Person hervor. Die anderen waren ebenfalls bemerkenswert, weil sie ihre jeweilige Profession so lässig unkaschiert zur Schau stellten. Sagte ich bereits, dass Klischees häufig zutreffen? Sobald ich aus dem Zug gestiegen war, boten sich mir etliche Musterbeispiele.

Der Kameramann und seine Tonassistentin trugen schwarze T-Shirts, kurze Cargohosen und ärmellose, mit einer Fülle von kleinen und kleinsten Taschen übersäte Jacken. Die Maskenbildnerin war betont ungeschminkt, hatte lila Leggins, eine zerstrubbelte rostrote Haarmähne und mehrere Schminkkoffer umgehängt. Die Ausstatterin im sichtlich selbst gefärbten pinken Hosenanzug schleppte drei IKEA-Säcke, prall gefüllt mit Gewändern, die sie im besten Fall in Second-Hand-Läden erworben, wahrscheinlicher aber direkt aus Sammelboxen geklaut hatte. Ein pickliger Jüngling, der mit unstet flackernden Augen die Flightcases des technischen Equipments bewachte, war zweifellos der Produktions- und Regieassistent, der auch sämtliche für diesen Dreh vorgesehenen männlichen Nebenrollen zu bestreiten hatte.

Dann gab es noch ein Pärchen in Designerware, unverkennbar eineiige Zwillinge, in denen ich messerscharf die Verfasser des Scripts und regieführenden Produzenten erkannte – sowie die Kellnerin aus dem Café Winterholzner.

Wir begrüßten einander mit der üblichen exaltiert coolen Begeisterung und stellten uns vor. Die Namen der Zwillinge lauteten Alexander und Alexandra Karagossjadingsda … irgendwas mit -ian am Ende. Ich tippte auf einen georgischen Migrationshintergrund. Von den allermeisten anderen merkte ich mir auf die Schnelle gar nichts.

Die Kellnerin hieß Alice Volatnig. Ihre dunkelbraunen Haare, die sie bei unserer ersten Begegnung zu einem Dutt aufgesteckt getragen hatte, fielen ihr jetzt, befreit, weich auf die Schultern. Sie umrahmten ein Gesicht mit hohen Backenknochen und einem äußerst attraktiv-spöttischen Zug um die vollen Lippen.

Nun war es nicht unbedingt sensationell, dass Alices Tätigkeit im Winterholzner nicht dem erlernten Hauptberuf entsprach. Ohne unterbeschäftigte Schauspieler und Schauspielerinnen, die sich irgendwann doch noch einen Durchbruch erhofften, gäbe es in Hollywood und allen sonstigen Filmstädten der Welt einen eklatanten Mangel an Servierpersonal.

Trotzdem war ich kurzzeitig baff. Mehr als ein schales „So sieht man sich wieder" brachte ich nicht heraus.

Sie lächelte sehr entzückend.

Nachdem der aus Richtung Attnang-Puchheim kommende Gegenzug den dritten Schauspieler, einen mir flüchtig bekannten, übergewichtigen und daher auf gemütlich-bäuerliche Rollen abonnierten ehemaligen Religionslehrer namens Laimgruber ausgespuckt hatte, quetschten wir uns alle zusammen in den Bus. Ich achtete darauf, dass ich nicht neben Alice zu sitzen kam. Zu frühe, zu enge Nähe hat schon manches zarte Pflänzchen der Zuneigung zerdrückt.

Der Assi-für-Alles fuhr. Er hatte den Neunsitzer ganz passabel im Griff, abgesehen von gelegentlichen Schaltfehlern, die sich in protestierendem Aufheulen des Getriebes niederschlugen. „Mehrmals täglich Zähne putzen", scherzte Laimgruber. Womit auch die Position des Klassenkaspers besetzt war.

Wir durchquerten eine Haufensiedlung und bewunderten im Vorbeifahren einen aus einem Wurzelstock geschnitzten Brunnen, zweifelsohne die hervorstechende örtliche Sehenswürdigkeit. Aus dem langen Ast, der die Nase des von einem Schindelhut gekrönten Gesichts darstellte, spritzte der Wasserstrahl in einen zum Trog ausgehöhlten Baumstamm. „Ein bisschen phallisch. Aber immer noch besser als das grässliche Ding mitten am Dombrowski-Platz", kommentierte Alice.

Ich widersprach nicht.

Auf dem verwaisten Parkplatz vor dem lang gezogenen Auslauf der Kulmschanze stellten wir das Auto ab, stiegen aus und reckten die Glieder. „Ihr werdet euch vielleicht schon gefragt haben", sagte Alex I, der männliche, „wieso wir hier filmen und nicht an der ursprünglich vorgesehenen Location in Hinterstoder. Das liegt daran, dass uns die oberösterreichischen Lokalbehörden die Drehgenehmigung verweigert haben. Sie rochen wohl den Braten und die Sprengkraft, die unser Projekt in sich birgt. Die auf dieser Seite des Gebirgsstocks ansässigen Steirer erwiesen sich als aufgeschlossener."

„Außerdem lässt der hiesige Ortskaiser, ein ehemaliger Schisprung-Weltcupsieger, nichts aus, was ihm und seiner Schanze irgendwie als Reklame dienen könnte", ergänzte Alex II, die Zwillingsschwester. „Er hat auch versprochen, uns einen kundigen Führer zur Verfügung zu stellen. Na schau, da kommt er schon!"

Ein Traktor tuckerte heran und parkte sich neben dem Bus ein. Aus der Fahrerkabine des Gefährts, das wegen des überdimensionierten Kühlergrills und zweier, ebenso blendend die Mittagssonne reflektierender, senkrechter Auspuffröhren eher der Zugmaschine eines nordamerikanischen Highway-Lasters glich, kletterte ein Mann in Lederhose und blau-weiß kariertem Hemd. „Griaß enk, ös Weana Schaustölla-Gsindl", rief er.

„Pfoatzichtig sein", bellte ich zurück. „A Lita Bluat is schnöll vatröpflt."

„Und ma kaun aa oune Untakiefa Sterz fressn. – Va wou bist hiazn du?"

„Eibiswold."

„A eh. – Ejs wullts auffi auf die Schaunzn, göll?"

„Muass des zfuass sei?"

„Wegn eich poa Hansln kau i net den Aufzug ausn Summaschlof weijkn. Und da Katapillaweg is aa gspirrt."

Entgeistert fragte mich Alex II: „Was redet ihr da?"

„In der warmen Jahreszeit ist der Lift außer Betrieb", übersetzte ich, „und die Forststraße gesperrt. Wir müssen zu Fuß hinauf gehen."

„Wie viele Höhenmeter sind das?"

„Nicht der Rede wert. Habt ihr euch denn vorab nicht erkundigt?"

Ich erntete bloß ein Achselzucken und einen verschwörerisch-entschuldigenden Seitenblick auf den Bruder. Die Alukoffer und die übrigen technischen Gerätschaften wurden auf die Anwesenden verteilt. Durch geschicktes Lavieren schaffte ich es, dass mir nur eine Kabelrolle und ein Scheinwerfer-Stativ aufgebürdet wurden.

Dann wanderten wir los.

Neben dem Grimming, dem größten alleinstehenden Kalkstock Europas, der wegen seiner wuchtigen Anmutung lange für den höchsten Berg der Steiermark gehalten worden war, wirkte der Kulm wie ein kleiner Hügel. Aber die Serpentinen den Hang hinauf zogen sich. Ungefähr auf halber Höhe legten wir eine Verschnaufpause ein. Alle waren froh, ihre geschulterte Last zwischendurch absetzen zu können.

Schon von hier aus war die Aussicht beeindruckend. Dem Grimming gegenüber lag die Tauplitzalm, man sah jedoch auch weit bis zu Sommeralm und Dachsteinregion hinüber.

„Da lässt sich's aushalten", sagte Alice. „Bei dieser Gelegenheit, Sascha – etwas leuchtet mir an den für heute geplanten Szenen nicht ein. Glücksnagel will nicht, dass Birgit", sie tippte sich an die Brust, „die rituellen sexuellen Nötigungen, Doping- und Drogenexzesse in der Schihauptschule publik macht. Er droht, sie von der Schanze zu stürzen, und wird erst im letzten Moment von Niki", sie zeigte auf Laimgruber, „daran gehindert."

„Richtig", sagte der männliche Zwilling. „Wo ist das Problem?"

„Wieso geht sie überhaupt mit Glücksnagel da rauf? Und was hat Niki auf der Sprungschanze verloren?"

„Äh ... das kommt in der vorletzten Drehbuchfassung, die wir euch geschickt haben, noch nicht so raus. In Wahrheit ist der Kulm ein uralter Kultplatz. Birgit und Niki, die beide parasensibel sind, werden von der Aura des Ortes angezogen."

„Das mit dem Kultplatz stimmt", ergänzte die Schwester. „Die Ortschaft Krungl, durch die wir gefahren sind, wurde auf einem uralten Gräberfeld errichtet. Noch heute stoßen Häuslbauer beim Kelleraushub auf Knochenreste. Ist das nicht toll gruselig? Es gibt auch eine Sage, der zufolge der Hufschmied von Krungl das Totenheer der Wilden Jagd beschlagen haben soll."

„In Krungl drehen wir übrigens am Abend. Ebenfalls eine faszinierende Location. – Habt ihr euch erholt, können wir weiter?"

Oben, am höchsten Punkt der Schanze, befand sich eine kleine Kabine. Darin wärmten sich im Winter die meist untergewichtigen, deswegen verfrorenen Schispringer auf. Die Tür war verriegelt. Über eine Stiege gelangte man aufs Flachdach, das auch als Aussichtsplattform genutzt wurde. Beim Blick entlang des mit Planen abgedeckten Anlaufs hinunter zu Schanzentisch und Aufsprunghügel bekam bestimmt nicht nur ich eine Gänsehaut. Der Schanzenrekord, erklärte unser lederbehoster Führer, lag bei 244 Metern, aufgestellt 2016 vom Slowenen Prevc.

Über die Dreharbeiten möchte ich den gnädigen Lodenmantel des Schweigens breiten. Mit Laimgruber und Alice kam ich gut zurande. Die zwei waren ähnlich abgebrühte Haudegen wie ich, auch die Ausstatterin und die Maskenbildnerin. Die schrecklichen Zwillinge und der überambitionierte Kameramann jedoch hatten es sich in den Kopf gesetzt, das Genre des Trashkinos neu zu erfinden. Nicht zum ersten Mal verfluchte ich innerlich Robert Rodriguez und Quentin Tarantino, deren „From Dusk Till Dawn" wohl auch bei diesem Vorhaben Pate gestanden war.

Wenig Geld, schwer verdient. Den ganzen Nachmittag lang bedrängte, bedrohte und beschimpfte ich als Glücksnagel Alice alias Birgit in einem Pseudo-Tirolisch, bei dem sich jedem echten Tiroler die Haare aufgestellt hätten. Alexander und Alexandra hatten einfach Begriffe aus einem Dialekt-Wörterbuch reichlich willkürlich aneinandergereiht. Das klang dann etwa so: „Ich werd dich matschen, du marodes Mangei, bis dir ckein Garrezer und Gwigcketzer mehr ausckommt, du ckniepechtats Labuschi du!"

Die Saschas bestanden darauf, dass ich meine Partnerin dabei knuffte und puffte, schüttelte und würgte. Natürlich bemühte ich mich, ihr nicht weh zu tun. Alice ließ alles bewundernswert stoisch über sich ergehen. Nur einmal mussten wir für 15 Minuten unterbrechen, weil der Assi seine Aufgabe, im Off das Krächzen von Dohlen zu imitieren, mit derartiger Inbrunst ausführte, dass Laimgruber einen Lachkrampf bekam. Er steckte Alice und mich damit an, worauf wir eine Weile außer Gefecht gesetzt waren.

Das Abendessen nahmen wir in einem Gasthof ein, den die Produktionsleitung wegen der besonders günstigen Preisgestaltung ausgewählt hatte. Es gab nur zwei Hauptspeisen, nämlich Schweinsbraten oder Wiener Schnitzel. Auf die in schönem Einklang von Maske und Ausstattung gestellte bange Frage nach einem vegetarischen Gericht schlug der Wirt zunächst Schweizer Wurstsalat vor. Er ließ sich dann aber zum gastronomischen

Wagnis überreden, die als Rindsuppeneinlage vorgesehenen Kaspressknödel mit dem gemischten Salat und den Pommes des Schnitzels zu kombinieren. So konnte ein sich ankündigender doppelter Nervenzusammenbruch gerade noch abgewendet werden. Alice hingegen zickte überhaupt nicht herum.

Der Nachtdreh fand im Bauernhof des Traktorpiloten statt, wo wir auch einquartiert waren. Laimgruber, dessen Mitwirkung nicht länger erforderlich war, trat die Heimreise nach Linz an, nicht ohne sich die von den Vegetarierinnen nicht konsumierten Fleischstücke einpacken zu lassen. Anders als die Sequenzen auf der Schanze, war jene hinter dem Misthaufen rasch „im Kasten", wie Filmleute auch dieser Generation gern sagten; gut möglich, dass das olfaktorische Umfeld beschleunigend wirkte. Theoretisch hätte man noch nach Wien zurückfahren können. Aber der Allround-Assi schlief schon im Stehen ein, und die Nächtigungen samt Frühstück konnten sowieso nicht mehr storniert werden.

Es folgte der spannendste Moment des ganzen Tages: die Zimmereinteilung. Obwohl die Saschas schworen, ihnen wären zehn Einzelzimmer zugesichert worden, gab es ausschließlich solche mit zwei Betten, und nur insgesamt vier an der Zahl. Der Assi erklärte sich bereit, die Nacht auf der Rückbank des Busses zu verbringen. Dass Maske und Ausstattung sich jenes Zimmer sicherten, das am weitesten entfernt vom Kuhstall lag, stand außer Diskussion. Kamera und Ton verbündeten sich mit dem jeweiligen Zwilling gleichen Geschlechts; allerdings argwöhnte ich aufgrund gewisser verstohlener Blicke, dass die Belegung nicht die ganze Nacht hindurch dieselbe bleiben würde.

Übrig blieben Alice und ich. Unisono versicherten wir einander, dass es uns für diese eine Nacht nichts ausmache, das Zimmer zu teilen. Wir wären ohnehin hundemüde und außerdem solide Leute, die nicht sofort übereinander herfallen würden.

11

Im Weinbaugebiet Thermenregion Wienerwald, zirka 25 Kilometer südlich von Wien, ziemlich genau an der Grenze zwischen Pfaffstätten und Tribuswinkel, liegt eine Sportanlage aus zwei Fußball- und mehreren Tennisplätzen, einige davon in einer Traglufthalle und somit ganzjährig bespielbar. Was einem noblen Golfplatz das Clubhaus, ist den Mitgliedern der hiesigen Vereine das in einer einstöckigen Betonbaracke untergebrachte *Luggi's Sportbuffet,* nur original mit dem Deppen-Apostroph.

Der Bravo stellt die Vespa Primavera, auf der er gemütlich über die B17 gezockelt ist, an der Rückseite der Baracke ab, in einem Sicherheitsabstand zu den anderen geparkten Fahrzeugen. Sorgfältig versperrt er den Motorroller. Dann nimmt er die Schlägertasche vom Gepäckträger und geht zur Vorderfront des Gebäudes. Wie auch seine Kleidung – Trainingshose und – jacke – signalisiert, ist er ein durchschnittlicher Amateur-Tennisspieler. Allem Anschein nach hat er sich zur vollen Stunde, also in knapp 20 Minuten, zu einem Match verabredet. Da er noch etwas Zeit hat, nimmt er vorher ein Getränk zu sich. Er deponiert Tasche und Motorradhelm auf einem der Plastiksessel am Rand der etwa zwei Dutzend Tische. Nachdem der Bravo die Lage sondiert hat, geht er zum Ausgabefenster des Selbstbedienungslokals, das in nunmehr bereits dritter Generation von der Familie Luggerbauer betrieben wird.

Mathilde Luggerbauer ist eine jener Frauen mittleren Alters, die aussehen, als hätte man die geblümte Kleiderschürze für sie erfunden. Laut *Augustin*-Dossier ist sie, kurz nachdem sie von Hugo Pekarek geschieden wurde, zurück an den Heimatort gezogen. Einige Jahre später hat sie den Herzenswunsch der Eltern erfüllt und das Sportbuffet übernommen. Seither führt sie es, und zwar ununterbrochen, ohne Ruhetag, ausgenommen nur je zwei Wochen Urlaub im Oktober und im März. Winters werden die nicht überdachten Tennisplätze zu Eisstockbahnen umfunktioniert. Jagatee und Punsch erbringen eine weit höhere Gewinnspanne als Radler und Weißer Spritzer.

Von rechts kommen drei Halbwüchsige auf den Stoppeln ihrer Fußballschuhe dahergeschlittert. Der Bravo lässt ihnen den Vortritt. Sie bestellen drei Cola Zero und drei Extrawurstsemmeln mit Gurkerln. Darüber hinaus besteht das Speisenangebot, wie auf einer mit Kreide beschrifteten Tafel ersichtlich, aus „Spezialtoast", „Frankfurter oder Debrecziner m. Brot" sowie „Linseneintopf m. Nudeln – das Tribuswinkler Nationalgericht". Plakate an der Hauswand annoncieren einen „Romantikabend im Heurigen Wunderlich", die baldige Eröffnung zweier für das neuartige Padel-Tennis umgebauter Courts sowie das alljährliche Puch-Maxi-Rennen im steirischen Wünschendorf. Bei einer „Drei-Stunden-Hatz um den Rundkurs" würden sich dort „210 Fahrer in 70 Teams einen beinharten Kampf auf den selbst umgebauten Öfen" liefern, verheißt der „Verein Bist du Moped".

„Einen kleinen Apfelsaft mit Leitungswasser, bitte", sagt der Bravo. Als Frau Luggerbauer sich zum Wasserhahn umgedreht hat, beugt er sich über die Fensterbank, die als Tresen dient, weiter hinein und ergänzt, „Nicht zu kalt, bitte!" Niemand bemerkt, dass er dabei eine selbstklebende elektronische Wanze, die nur so groß ist wie ein Daumennagel und nicht viel dicker, unter der Resopal-Platte platziert. Er bezahlt den Saft, nimmt das Glas dankend entgegen und trägt es zu seinem Tisch.

Dezent Örtlichkeiten ausspionieren zu können, gehört zum Anforderungsprofil eines modernen Bravos. Damit kennt er sich aus.

Hingegen hat er keine Übung darin, Personen direkt zu befragen und ihnen durch geschickte Gesprächsführung Informationen zu entlocken, ohne dass sie Verdacht schöpfen. Das könnte Peter Szily viel besser. Aber der befindet sich irgendwo am Alpenhauptkamm. Deshalb muss der Bravo auf technische Hilfsmittel zurückgreifen.

Einige Minuten nuckelt er an seinem Getränk. Dann nimmt er Helm und Tennistasche und geht zum neben Luggi's Sportbuffet gelegenen Trakt mit den Herren-Umkleiden. Das leere Glas lässt er stehen. Es zurückzutragen, wäre höflich gewesen. Aber Höflichkeit prägt sich stärker ein als der Verzicht darauf.

Der Bravo wählt gleich die erste WC-Kabine, das ist im statistischen Durchschnitt die sauberste. Er lässt die Trainingshose hinunter, die Boxershorts jedoch an, breitet ein Taschentuch über den geschlossenen Klodeckel und setzt sich darauf. Aus der Sporttasche nimmt er den Funkempfänger und die Kopfhörer. Dann lauscht er. Eine Weile ist nicht viel mehr zu vernehmen als das Klappern von Geschirr, das Rauschen der Spülmaschine und gelegentliche Getränke- oder Speisebestellungen.

Aber er hat ja Zeit.

Die Geschichte des Fußballs und der Sportwetten ist in Österreich eng mit jener des Kaffeehauses verknüpft, weiß der Bravo mittlerweile. Obwohl gesetzlich verboten, war Billard- oder Kartenspielen in öffentlichen Lokalen seit Mitte des 19. Jahrhunderts allgemein üblich. Spätestens seit der in den 1880er-Jahren erfolgten Ausweitung des Pferdesport-Rennbetriebs wurde vor allem in einigen Kaffeehäusern entlang der Wiener Ringstraße auf Pferderennen gewettet, weshalb sich die Bezeichnung „Sportcafés" einbürgerte. Daraus entwickelten sich Anfang der 1920er-Jahre die „Fußballcafés", wo man auf die Ergebnisse von Fußballmatches tippen konnte.

Zahlreiche beliebte Fußballer eröffneten oder übernahmen selbst Kaffeehäuser. Das bekannteste Beispiel ist Matthias Sindelar: Der legendäre Stürmer des „Wunderteams" erwarb 1938 die Genehmigung zur Führung des arisierten Café Annahof in Favoriten. Allerdings verstarb er wenige Monate später unter mysteriösen Umständen bei einem Gasunfall … Im Café Neubau am Urban-Loritz-Platz wiederum konstituierte sich die erste Anhängervereinigung nach 1945, der „Club der Freunde des

S. C. Rapid". Um die von der sozialdemokratischen Presse angeprangerten illegalen Fußballwetten einzudämmen, kam es 1949 zur Einführung des Sporttotos als erlaubter Alternative. Nicht zufällig richtete man die ersten Annahmestellen in Kaffeehäusern ein.

Freilich wurden auch weiterhin Turniere im Preisschnapsen veranstaltet. Überhaupt pflegten die Wiener Kicker und deren Fans unverdrossen ihre traditionelle Nähe zum Billard- und Kartenspiel. Ernst Happel, der als Trainer insgesamt 18 Titel in Belgien, Deutschland, den Niederlanden und Österreich errungen hatte, frequentierte regelmäßig eine Altherren-Kartenrunde im Ottakringer Café Ritter. Dort wird der „Wödmasta" nach wie vor kultisch verehrt und durch ein Ölgemälde gewürdigt. Eine Gedenktafel hängt auch im Sektor B des posthum nach ihm benannten Praterstadions.

Der Bravo schreckt aus seinen Gedanken auf, denn soeben wird es in Luggi's Sportbuffet interessant.

Eine Frauenstimme hat mit „Griaß di, Hilde. Gibst ma an Hugo? Apropos, stimmt des, dass dein Ex das Zeitliche gesegnet hat?" ein gepflegtes Tratscherl eröffnet.

„Kommt sofort, Gerti. – Ja, der Pekarek hat's hinter sich, Friede seinem Angedenken."

„Mein aufrichtiges Beileid, Hilde."

„Ach weißt, es hat mich weder bsondas überrascht noch 'troffen. Wir hatten ja kaum mehr Kontakt. Ein-, zweimal im Jahr hat er mich zum Heurigen eingeladen, oder auf a Stelzen ins Schweizerhaus, zum Dank dafür, dass seine Tschumsn weiter auf meine Konzession g'laufn is. – Bitteschön." Offenbar hat sie den Cocktail aus Prosecco, Holundersaft und Sodawasser vor ihrer Bekannten abgestellt.

„Jooo, jooo", singsangt die Gerti, „fia jedn von uns schlogt amol die letzte Stund, oba kana waaß, wann genau." Sie schlürft.

„I bin mir net sicher, ob's der Hugo net doch gewusst hat."

„Du maanst ...", Gerti senkt die Stimme zu einem Flüstern, „er hot ... Selbstmord ...?"

Leise knisternde Geräusche deuten darauf hin, dass sie ein Kreuzzeichen geschlagen hat. Suizid wird in ländlichen Gegenden immer noch als Sünde betrachtet. Obwohl die katholische Kirche schon lang nicht mehr verbietet, dass Menschen, die sich das Leben genommen haben, in geweihter Erde bestattet werden.

„Naja, wenn ein starker Raucher auf einmal vergisst, den Gashahn abzudrehen, macht man sich halt so seine Gedanken, gell?", sagt Mathilde Luggerbauer. „Viel hat der Pekarek jedenfalls nicht mehr gehabt vom Leben, wennsd' mich fragst. Seit Jahren hat er gejammert, es wäre immer derselbe Trott, eintönig und ohne Zukunftsaussichten. Ich hab ihm dann gesagt, Tschocherl kommt halt von Tschoch. Aber das hat er nicht lustig gefunden."

Für den Bravo bestätigen Hildes Aussagen, dass sie nicht als sein Auftraggeber infrage kommt und auch sonst nichts mit Pekareks Ermordung zu tun hat. Um derart überzeugend unbeteiligt zu klingen, hätte sie schon eine noch begnadetere Stimmakrobatin sein müssen als Peter Szily.

Diese Fährte ist als erkaltet abzuhaken. Dennoch horcht der Bravo noch ein bisschen länger zu. Und er wird für seine Geduld belohnt.

Nachdem die beiden Damen eine Reihe vergleichbar trauriger Fälle im weiteren Bekanntenkreis ausgiebig durchgekaut haben, kommt Hilde Luggerbauer doch noch einmal auf Pekarek zurück. Der Hugo, erzählt sie, habe ihr alle zwei, drei Monate irgendwelche Dateien als Sicherungskopien gemailt, gelegentlich aktualisierte Adresslisten seiner Stammkunden, wahrscheinlich zur Verwendung für etwaige Werbeaussendungen. „Was meinst du, Gerti, kann ich die jetzt löschen? Er braucht sie ja nicht mehr."

„Hat sich denn schon die Polizei bei dir erkundigt?"

„Ein Gruppeninspektor hat am Freitag angerufen, ja. Ob ich vielleicht was über eine Lebensversicherung wüsste, in der ich begünstigt wäre. Ich hab laut auflachen müssen, trotz dem traurigen Anlass. Der Pekarek hat nicht einmal das Geld für eine Haushaltsversicherung gehabt."

„Hm. Von den E-Mails hast du nix erzählt?"

„Nein, im ersten Schock hab ich gar nicht daran gedacht."

„Dann würd ich's dabei bewenden lassen, wennsd' mich fragst. Wer weiß, was in den Dateien steht und in was du nicht alles noch hineingezogen werden könntest, wenn du das Zeug partout der Polizei aufdrängst. Wer viel fragt, geht weit irr. Ich tät's löschen, und a Ruah is."

„Hast recht, Gerti. Das mach ich gleich, wenn ich heut aufd' Nacht heimkomme. So oder so würde der Hugo davon nimmer lebendig. Apropos, magst noch einen?"

Der Bravo weiß, was er zu tun hat. Auch wann, nämlich schleunigst, und wo: Mathilde Luggerbauers Privatadresse steht im *Augustin*-Dossier.

Aber er wird aufgehalten. Als er zurück zu seinem Roller kommt, ist dieser von zahlreichen anderen Motorrädern umringt. Die Fahrer, rund zwei Dutzend hoch aufragende, muskelbepackte Gestalten, tragen einheitliche Kluft. Sie starren den Bravo an.

Reflexhaft stellt er die Tasche ab und hebt langsam die Hände hinter den Kopf. Im Kragen der Trainingsjacke steckt griffbereit eine fingerlange Pfefferspraydose, aber nicht das harmlose, in österreichischen Waffenläden erhältliche Zeug. Einmal kurz angetippt, wird ein Wirkstoff mit Capsaicin von der tausendfachen Schärfe einer Chilischote versprüht. Zusammen mit dem Teleskop-Schlagstock, der sich rasch aus dem linken Ärmelhalfter ziehen lässt, sollte dem Bravo auch gegen eine zahlenmäßige Übermacht die Flucht gelingen.

Allerdings sind die Maschinen, die den Weg versperren, keine Harley-Davidsons und ihre Besitzer keine *Onepercenter*. Auf den Jacken steht nicht „Hell's Angels" oder „Bandidos", sondern „Super Cub Club Biberach". Alle benutzen Honda-Kleinmotorräder dieses Modells. Es gilt als meistgebautes Kraftfahrzeug der Erde, erinnert sich der Bravo.

Der Vorderste setzt den Helm ab. Eine Brille mit Goldrand kommt zum Vorschein, ein schlohweißer struppiger Vollbart und eine ebensolche Haarmähne, die das gutmütige Gesicht umrahmen. „Seg emol, isch dein Blechle, die Primavera da, eine Tschinkwantenaria?"

„Bedaure, ich verstehe Sie nicht."

„Ah, du schwätzest koi Schwäbisch, klor. – Wir rätseln", schwenkt der ältere Herr auf Hochdeutsch um, „ob deine Vespa eines der Sondermodelle ist, die zum 50. Jahrestag der Baureihe vorgestellt worden sind. Der Klaus sagt Ja, wegen der maronibraunen Seidenglanz-Lackierung. *Der* Klaus", er nickt einem anderen, noch schmerbäuchigeren Kameraden zu, „sagt Nein, weil die zweifärbigen Alufelgen fehlen. Sie haben um eine Kiste Hefeweizen gewettet. Kannst du uns sagen, ob du den Lack oder die Felgen ausgetauscht hast? Ich bin übrigens der Klaus."

„Hallo." Es täte ihm leid, sagt der Bravo, aber er sei überfragt, weil er den Motorroller nur gemietet habe. Möglicherweise fänden sich am Zulassungsschein der Verleihfirma Hinweise.

Er nestelt im Hosensack. Inzwischen haben die schwäbischen Kleinmotorradfreunde jedoch schlagartig das Interesse an ihm verloren, da man mit ihm offenkundig nicht fachsimpeln kann. Sie weichen zur Seite und bilden fröhlich winkend ein Spalier, durch das der Bravo davonfährt.

Hilde Luggerbauers Wohnung liegt am Stadtrand von Mödling. Unterwegs kommt der Bravo abermals am Firmengelände der Novomatic AG im Weinort Gumpoldskirchen vorbei. Es besteht aus mehreren Betonklötzen. Der größte, ein blau verglaster Quader, ragt zehn Stockwerke hoch auf.

„Novomatic zahlt alle", sagte der künftige Ex-Vizekanzler im berühmt-berüchtigten Ibiza-Video. Ob, beziehungsweise in welcher Höhe und an wen, Bestechungsgelder geflossen sind, hat auch ein parlamentarischer Untersuchungsausschuss nicht vollständig klären können. Jedenfalls standen und stehen aktive und ehemalige Politiker fast aller Parteien ganz offiziell im Sold der Novomatic.

Während der ersten Corona-Krise nahm Johann Graf reichlich Staatshilfe in Anspruch, um die Löhne seiner 3200 Inlands-Mitarbeiter nicht aus der eigenen Tasche bezahlen zu müssen. Dabei ist umgekehrt die Novomatic, die in mehr als 75 Staaten elektronische Automatencasinos betreibt sowie insgesamt etwa 230 000 Gaming- und Video-Lottery-Terminals vermietet, kein besonders großer Steuerzahler in Österreich. Durch ein kompliziertes Firmen-Konstrukt und dank des sogenannten „Steuergruppen-Systems" schaffte Graf es 2019 sogar, trotz eines Bilanzgewinns von Hunderten Millionen Euro beim Finanzamt ein Guthaben zu erzielen. Statt Steuern zu zahlen, hat er also vom Staat noch Geld bekommen. Freilich ist die Novomatic beileibe nicht der einzige internationale Großkonzern, der die für ihn günstige Gesetzeslage dermaßen dreist ausnützt.

In der Kundentoilette einer Tankstelle wechselt der Bravo von Tennis- zu nicht näher definierter Alltagskleidung. Die Sporttasche legt er zusammen und verbirgt sie sowie die anderen Utensilien in einem Stoffbeutel.

Wenige Minuten später erreicht er eine Wohnhausanlage. Der Baustil weist sie als typische Bettenburg der 70er-Jahre aus. An der Tür zu Luggerbauers Apartment befindet sich ein Standard-Zylinderschloss. Als er sich vergewissert hat, dass er unbeobachtet ist, führt der Bravo mit einem kleinen Gummihammer mehrere Schläge aus einem bestimmten Winkel gegen den Türknauf aus, sodass der Riegel durch die Vibrationen zurückschnappt, und drückt unmittelbar danach die Tür auf. Von diesem Kunststück leben Aufsperrdienste allerorten. Die Methode zu kennen, nützt freilich nichts. Man muss sie exakt beherrschen, sonst klopft man sich die Finger wund.

Die Dreizimmer-Wohnung, die Hilde wohl ebenfalls von den Eltern geerbt hat, entpuppt sich als sauber, aufgeräumt und adrett eingerichtet. Beim Doppelbett im Schlafzimmer ist nur eine Seite bezogen. Mehrere Regaletagen füllt eine Menagerie aus Plüschtieren der Firma Steiff. Deren Fabrik, glaubt der Bravo sich zu erinnern, liegt in Baden-Württemberg. Vielleicht besteht ja schon eine längere Freundschaft mit den Honda-Liebhabern vom Biberacher Super Cub Club; schließlich bedeutet das englische Wort cub auch „Jungtier". An den Wänden hängen venezianische Masken sowie Kunstdrucke von naiven Malern. Daraus schließt der Bravo, dass Hilde Luggerbauers bevorzugte Musikrichtung eher nicht Free Jazz ist.

Den Computer findet er im Arbeitszimmer, einem Kabinett, das irgendwann mittels einer Gipskarton-Trennwand vom Hauptraum abgeteilt wurde. Das Password heißt „Luggishilde1". Es wäre wohl auch zu erraten gewesen, stünde es nicht auf einem gelben Zettel, der auf der Unterkante des Monitors pickt. Die Dateien im Mail-Unterordner „Lucky Star" sind ebenfalls fein säuberlich beschriftet, und zwar allesamt mit „HuPe" und einem Datum. Das älteste liegt fast zehn Jahre zurück, das jüngste zwei Wochen. Der Bravo kopiert sie auf den mitgebrachten USB-Stick, dann klickt er die aktuellste an. Sie enthält, alphabetisch geordnet, E-Mail-Adressen, Social-Media-Links, Zugangscodes für diverse Chatportale, Bezeichnungen von Gruppen auf Facebook, Instagram, TikTok … Mag sein, dass sich damit gar nichts anfangen lässt. Es wäre aber ebenso gut möglich, dass der Bravo soeben einen Goldschatz gehoben hat.

Er hinterlässt die Wohnung peinlich genau im selben Zustand, wie er sie angetroffen hat. Während er ohne Eile durch das Stiegenhaus dem Ausgang zustrebt, nimmt die Idee, die er schon einige Zeit mit sich herumträgt, immer konkretere Formen an.

12

Could you pull me out of this alive?
Ah-ah-ah-oh, ah-ah-a!
Where's my body? I'm stuck in my mind.
Ah-ah-ah-oh, ah-ah-ah!
Oh ma-ma-ma, oh ma-ma-ma,
I'm tired of screaming …

Stöhnend wälzte ich mich Richtung Nachtkästchen und tastete nach meinem Handy, um die Weckfunktion auszuschalten. Dann realisierte ich, dass a) ich sie gar nicht aktiviert hatte, b) dies sowieso keiner meiner Klingeltöne war und c) ich nicht alleine im Bett lag.

Unbarmherzig dröhnte Lady Gaga weiter: „Oh my mother, oh my mother! I'm in the hole, I'm falling down, down, so down, down …"

„Muss das sein?", protestierte ich.

„My name isn't Alice", sang Alice mit, was die blanke Unwahrheit war. „But I'll keep looking, I'll keep looking for Wonderland, Wonderland …"

„Gnade! Wie spät ist es überhaupt?"

„Viertel nach Acht. Frühstück wird nur bis halb zehn serviert, danach fährt der Bus ab. – Take me home, take me to Wonderland, Wonderland …"

„Als gäb's nicht angenehmere, fürs Aufwachen geeignetere Lieder mit deinem Namen", grantelte ich, nachdem die Musik endlich verstummt war. „‚Living next door to Alice' zum Beispiel, oder ‚Alice's Restaurant' von Arlo Guthrie. Ganz zu schweigen vom Gesamtwerk des unvergleichlichen Alice Cooper."

„Oder von ‚Alice in Chains'." Sie drückte ihre schlafwarme Hüfte an meinen Oberschenkel. „Ich in Ketten. Ohne alles. Würde dir das gefallen, Pezi?"

„Nicht so kurz nach Mitternacht“, spielte ich den Morgenmuffel, ohne mich sehr verstellen zu müssen. „Außerdem hast du mir ständig die Decke weggezogen. Man holt sich ja den Tod neben dir!“

In Wahrheit wehrte ich mich ebenso verzweifelt wie vergebens gegen in mir aufkeimende Glücksgefühle. Daran änderte auch der Schlafentzug nichts. Wir hatten uns auf Anhieb verstanden, sowohl verbal wie nonverbal. Aber ich wollte es noch nicht so recht glauben, dass mir das Schicksal zur Abwechslung einmal wohlgesonnen war.

„Und du schnarchst und furzt gleichzeitig“, stichelte sie zurück.

„Toll, nicht wahr? Und das sind längst nicht alle Kunststücke, die ich auf Lager habe.“ Ich drehte mich zu ihr, nahm sie in den Arm und küsste sie auf die entzückende Stupsnase. Teufel auch, ich war in Gefahr, mich in diese Frau zu verlieben!

„Gestern war für den Anfang schon mal nicht ganz schlecht.“ Sie kuschelte sich an mich.

Gleich regten sich wieder meine Lebensgeister. „Wegen zwei schrumpeligen Semmeln mit Marmelade und einem Gebräu, das die Bezeichnung Kaffee nicht verdient, hüpfe ich sicher nicht verfrüht aus dieser Kiste“, sagte ich. „Und überhaupt. Warum fährst du nicht mit mir zusammen im Zug zurück?“

„Weil ich im Winterholzner zur Nachmittags- und Abendschicht eingeteilt bin. Ab 15 Uhr. Das geht sich mit der Eisenbahn nicht aus, oder?“

Ich musste ihr leider recht geben. Aber dazu, zugunsten einer kleinen Reprise unserer nächtlichen Aktivitäten das Frühstück sausen zu lassen, zeigte sie sich durchaus geneigt.

Hinterher, als Alice sich ankleidete, sagte sie: „Unser Filmchen wird kein Welterfolg werden, schätze ich. Aber die Hintergründe finde ich schon ziemlich brisant. Wusstest du, dass dem Vorbild für deine Rolle massenhaft Firmen gehören, die am Wintertourismus-Geschäft partizipieren? In Hinterstoder, wo jeden Februar der Schiweltcup gastiert, ist er Mehrheitseigentümer an den Liften, die großzügig vom Land Oberösterreich gefördert werden. Dort besitzt er, habe ich gelesen, auch ein Hotel, in dem die Rennläufer nächtigen, und eine Onlineplattform für Zimmerreservierungen. Er vermarktet sogar die Bergkameras des Dorfes. Ich weiß nicht, ob sonstwo auf der Welt ein vergleichbarer Filz existiert."

„Wahrscheinlich verscherbelt er außerdem rot-weiß-rote Filzhüte", sagte ich, gähnte und räkelte mich.

Neben vielen anderen Dingen hielt ich Alice zugute, dass sie nicht angeregt hatte, ich solle ihr beim Liebesakt Kosewörter im Tiroler Dialekt zuflüstern. Es wäre nicht das erste Mal gewesen, dass eine Gespielin von mir verlangt hätte, stimmlich „in der Rolle zu bleiben". Ich war sogar mehrmals gebeten, um nicht zu sagen angefleht worden, „den Geschirrspüler" zu geben.

„Übrigens frage ich mich schon seit meiner Kindheit", schwadronierte Alice weiter, „ob die Rennveranstalter nicht ab und zu die Zeitnehmung manipulieren. Ich meine, beim Klammer-Franz oder der Annemarie Moser-Pröll hat man noch mit freiem Auge gesehen, dass sie schneller waren als alle anderen."

„So alt bist du aber nicht, dass du das live miterlebt hast."

„Eh nicht. Ich kenne nur die historischen TV-Aufzeichnungen. Mein Vater hat mich oft damit gequält. Wie auch immer. Wenn Zehntel- oder bloß ein paar Hundertstelsekunden über die Plätze am Stockerl entscheiden – da liegt doch der Gedanke nahe, dass bei dem einen oder anderen Teilnehmer ein bisschen nachgeholfen werden könnte. Nämlich bei solchen aus Ländern, die einen vielversprechenden Publikumsmarkt darstellen."

„Ich bin konsterniert", sagte ich. „Auf derlei ketzerische Gedanken wäre ich ja noch nie gekommen."

„Tja, auch ich habe einiges in petto, von dem du, Meister Pez, bisher nicht zu träumen gewagt hast." Sie neigte sich zu mir und knuffte mich in die Wange, weder zu leicht noch zu fest.

„Daran zweifle ich keineswegs. Übrigens beschäftige ich mich momentan für ein zukünftiges Projekt mit dem Thema Wettbetrug jeglicher Art. Vielleicht kannst du ja im Café Winterholzner, wo allerlei seltsame Typen verkehren, ein wenig die Augen und Ohren offenhalten."

Mich juckte es immens, Alice von der Bredouille zu erzählen, in der ich steckte. Jedoch hatte mir der Bravo streng verboten, irgendwelche andere Personen einzuweihen. Auch wenn ich nach wie vor nicht sicher war, ob ich ihm die Auftragskiller-Nummer abnahm, hatte ich beschlossen, einstweilen seinen Befehlen zu gehorchen.

„Gerne. – So, ich muss weg. Mach's gut, Süßer!"

„Soll ich dich nach Dienstschluss abholen?"

„Heute nicht. Ich brauche ein bisschen Abstand, um das, was … na das mit uns zwei Hübschen zu verdauen. Aber ich melde mich morgen, spätestens übermorgen." Sie hob zwei Finger zum Schwur. „Versprochen!"

„Und wird auch nicht gebrochen?"

„Nein, keine Sorge. Bis bald!"

Wir tauschten Telefonnummern und Abschiedsküsse aus. Dann entschwebte die reizende Alice Volatnig hüftschwingend, und ich versank wohlig matt in den Kissen.

Auf der Heimfahrt funktionierte das WLAN des Intercitys über weite Strecken ohne die sonst so nervigen Aussetzer. Deshalb konnte ich einige Gedanken nachgoogeln, auf die Alice mich mit ihrer Erwähnung von Manipulationsmöglichkeiten beim Schirennlauf gebracht hatte.

Neben dem Dopingsumpf in der Leichtathletik und bei Radrundfahrten sowie zahlreichen anderen Korruptionsfällen, erfuhr ich, gab es mutmaßliche Wettskandale vor allem im Tennis. Diese Sportart bot einen entscheidenden Vorteil: Ein einziger manipulierter Spieler genügte. Allerdings waren die Quoten entsprechend niedrig. Der überraschende Sieg der Weltranglisten-Nummer 250 gegen die Nummer 1 würde natürlich schon einen hohen Gewinn ausschütten. Das war aber äußerst unrealistisch. Zumal der Ranglistenerste es schlicht nicht nötig hatte, bei so etwas mitzuspielen.

Worauf wettete also der leidenschaftliche, risikobereite, wiewohl prinzipiell ehrliche Zocker? „Ob die nächste Freundin von Lothar Matthäus schon einen Führerschein besitzt?“ las ich im Posting eines Users auf einer Zitate-Seite. Desillusioniert kommentierte er: „Auch das könnte die Wettmafia einfädeln.“

2020 feierten Studenten im US-Bundesstaat Alabama eine Corona-Party. Dazu waren positiv auf das Virus getestete Personen eingeladen worden. Alle anderen Gäste erlegten einen hohen Dollarbetrag Einsatz und taten ihr Möglichstes, um angesteckt zu werden. Den gesamten Topf sollte derjenige gewinnen, der danach zuerst an COVID-19 erkrankte.

Gab es stringentere Beweise dafür, dass dieser außergewöhnlich lebensfreundliche Planet sich besser weiterentwickeln würde, wenn unsere parasitische Spezies sich selbst ausgerottet hat?

Angeblich zielte die seit Jahrzehnten beliebteste Wette in Großbritannien auf die Farbe des Hutes ab, den Elizabeth II. bei diesem oder jenem Anlass tragen würde. Das ergab in gewisser Weise Sinn. Wer sollte unbestechlicher sein als die Queen, mit einem geschätzten Vermögen von zwei Milliarden Euro eine der reichsten Personen der Welt?

Je länger ich recherchierte, desto klarer wurde mir, dass es praktisch nichts gab, worauf man nicht wetten konnte. Vor einigen Jahren zahlten US-amerikanische Buchmacher für 100 eingesetzte Dollar 170 als Gewinn aus, falls beim National Football League-Heimspiel der *Buffalo Bills* gegen die *New England Patriots* ein Dildo auf dem Feld landete – und 200 Dollar, falls nicht.

Die Wettanbieter gingen also von einer höheren Wahrscheinlichkeit für den Sexspielzeug-Wurf aus! Hintergrund war, dass im Oktober 2016 vor der Begegnung dieser beiden Mannschaften in der Stadt Buffalo eine Porno-Party im Stil der 70er-Jahre stattgefunden hatte. Ein Fan brachte davon einen Plastikpenis mit, beschriftete ihn mit „Brady“ und warf ihn während des Spiels aufs Feld. Anschließend erhielt er lebenslanges Stadionverbot.

Quarterback Tom Brady und seine Patriots ließen sich freilich nicht irritieren. Sie erzielten kurz danach einen Touchdown und siegten am Ende 41:25. Aber eine Art Tradition war begründet worden: Bei drei der vier folgenden Heimspiele der Bills gegen die Patriots wurde jeweils mindestens ein Dildo auf dem Footballfeld gesichtet.

So klickte ich mich guter Dinge durch die unendlichen Weiten des Internets. Kurz vor Wiener Neustadt stieß ich schließlich auf die Seite einer Initiativgruppe von ehemaligen Spielsüchtigen und Angehörigen, die durch deren Obsession in Mitleidenschaft gezogen worden waren.

Der letzte Eintrag war erst wenige Tage alt. Er befasste sich mit einem seit Jahren kursierenden Gerücht: Die Automaten an manchen Spielstätten, auch in denen der teilstaatlichen Casinos Austria AG, könnten von den Betreibern zentral gesteuert werden. Stammgäste von Spielbanken schilderten das Phänomen, dass entweder viele Spieler auf einmal gewannen oder beinahe niemand von ihnen. An manchen Tagen verloren gefühlt 49 von 50 Anwesenden ihr Geld und steckten nur weiter Schein für Schein in die Automaten. An anderen Tagen wiederum gewannen gefühlt 30 von 50 Personen.

Nun neigen Glücksspieler zu Mythen, Aberglauben und Zahlenmystik. Mir fiel ein, dass ich in Bregenz einmal einen Zauberkünstler kennengelernt hatte, der angefangen hatte, ernsthaft an Magie zu glauben. Dieser Mann, der mehrere Weltmeistertitel sowohl in Bühnenillusion als auch in der Close-up-Disziplin errungen hatte, war felsenfest davon überzeugt, man müsse beim Roulette, wenn draußen das Folgetonhorn eines Rettungswagens ertönte, sofort auf die Zahlen 14 und 4 setzen, wegen der Notrufnummer 144. Bei der Polizei und der Feuerwehr gäbe es je zwei Optionen, nämlich 13 und 3 oder 1 und 33, beziehungsweise 12 und 2 oder 1 und 22. Der Zauberer bekniete mich inständig, für ihn zu spielen; er selbst war im Bregenzer Casino gesperrt, da man ihn bereits bis aufs Existenzminimum gepfändet hatte.

Zurück zu den Automaten. Den Beteuerungen der Betreiber, jede Maschine verfüge über einen eigenen, autarken Zufallsgenerator, hielten die Blogger der „Initiative Spieler-Beistand“ einige Punkte entgegen: Der Großteil wäre an einen Server angeschlossen und mit einem Netzwerkkabel verbunden. Nur, wenn der Server erlaubte, Gewinne auszuschütten, ermittelte der einzelne Automat auch solche über seinen Zufallsmechanismus. Laut Finanzministerium war es gesetzeskonform, die Auszahlungsquoten der Glücksspielmaschinen anzupassen. Deren Steuerung böte, so die ISB, positive Effekte für die Betreiber. Wenn mehr Gäste anwesend waren, könne man die Gewinne reduzieren, etwa abends, an Wochenenden und Feiertagen. Zahlten Automaten im Wellen-Prinzip aus, nahmen sie also das Gewonnene gleich wieder weg, erhöhte sich die Verweildauer und mit dem Umsatz das, was an Prozenten in der Kassa blieb. Über die daran bemessenen Spielbankabgaben profitierte auch der Finanzminister. Am Monatsanfang, wenn die Leute Löhne und Gehälter bekommen hatten, könne man durch geschickte Steuerung ebenfalls die Einnahmen steigern, et cetera.

Die Blogseite kündigte weitere Enthüllungen an; ein bisschen sehr vollmundig, wie mir schien. Bei manchen Passagen grenzte der Tonfall an reißerisch bis fanatisch.

Hm. War es denkbar, dass militante Glücksspielgegner, eventuell sogar im Umfeld dieser Gruppierung, sich radikalisiert hatten? Planten sie Anschläge auf große Casinos? War Hugo Pekareks Lucky Star bloß als eine Art Vorübung abgefackelt worden?

„Wir erreichen in Kürze den Bahnhof Wien-Meidling", teilte der Schaffner via Lautsprecher mit. Hastig packte ich zusammen.

Ich ließ mich vom Strom der anderen Reisenden mitziehen, durch das erste Untergeschoß, vorbei am Kebab-Stand, den Fahrscheinautomaten, der Tabaktrafik und der Bäckerei-Filiale.

Hatte ich noch Brot daheim? Ausreichend für mich allein, befand ich. Und falls ich demnächst die wundervolle Alice in meinem bescheidenen Domizil beherbergen sollte, konnte ich morgen immer noch einkaufen …

Beschwingt von der Vorfreude, lief ich weiter. Ehe ich mich auf die Rolltreppe einfädeln konnte, berührte mich eine sanfte Hand zwischen den Schulterblättern.

Zugleich erklang die Stimme, die ich so hasste, weil ich sie nach wie vor nicht zu imitieren vermochte, in Ermangelung jeglicher charakteristischer Eigenheiten.

„Hallo Pezi", raunte mir der Bravo ins Ohr. „Gute Nachricht: Du musst nicht mit der U-Bahn fahren. Ich habe uns ein Taxi organisiert, das dich nach Hause bringt. Folge mir unauffällig, okay?"

Der Wagen war eines jener anachronistischen schwarzen Gefährte, wie sie in Großbritannien Standard sind, in Österreich jedoch die Ausnahme darstellen. Eine Trennscheibe zwischen Fahrer- und Gästekabine verhinderte, dass der Lenker mitbekam, was hinten gesprochen wurde.

Zweifellos nutzte der Bravo dieses Arrangement mit Absicht. Er nannte meine Adresse und fügte hinzu: „Ab jetzt Mikro aus!"

Nachdem der Taxler, ein Glatzkopf mit haarigen Speckwülsten im Nacken, durch seinen hochgereckten Daumen Einverständnis signalisiert hatte, sagte der Bravo: „Wir können offen reden. Diese Funkgruppe garantiert absolute Diskretion."

„Lassen Sie mich raten: Die Rufnummer kennen nur wenige Leute, die ebenso Wert auf Heimlichkeit legen wie Sie?"

Er bejahte.

„Kann ich sie haben? Die Nummer, meine ich."

„Nein. – Der Plan ist folgender. Ich konnte mir Zugang zu Listen mit Hugo Pekareks Stammkunden verschaffen. Nach dem Ausfall ihres bevorzugten Buchmachers sind sie derzeit sozusagen heimatlos. Notgedrungen werden sie sich Ersatz suchen. Dem kommen wir zuvor."

„Ah ja. Äh… Wie?"

„Wir richten ein Wettbüro ein, in dem quasi das Erbe des Lucky Star weitergeführt wird."

„Einfach so."

„Nicht ganz so einfach. Ich habe mittels meiner Beziehungen bereits eine Lokalität gefunden, nicht allzu weit vom Dombrowski-Platz entfernt, wo wir uns eine Zeit lang einnisten können. Sozusagen shop-in-shop, verstehst du?«

„Mmm … Ungefähr."

„Ungefährlich ist es nicht. Deshalb dürfen wir, du und ich, nicht an der Front in Erscheinung treten. Wir benötigen einen Strohmann, der nach außen hin den Chef unserer Unternehmung gibt. Eine Art Geschäftsführer. Hast du in deinem Bekanntenkreis wen, der sich dafür eignet, weil er einen Job braucht und keine dummen Fragen stellt?"

Ich versprach, darüber nachzudenken. Anschließend glichen wir die Ergebnisse unserer getrennten Nachforschungen ab; wobei ich keineswegs sicher war, dass der Bravo vollständig preisgab, was er bislang herausgefunden hatte. Übereinstimmend strichen wir Pekareks Ex-Frau Mathilde Luggerbauer von der Liste der Verdächtigen. Ebenso schlossen wir Revierkämpfe innerhalb der kläglichen Überreste der Wiener Gürtelmafia als Erklärung dafür aus, dass die Klitsche am Dombrowski-Platz in die Luft gesprengt worden war.

Ich brachte die ziemlich weit hergeholte Vermutung ein, es könnte sich um den Anschlag ehemaliger Spielsüchtiger auf ein zufällig ausgewähltes Wettbüro gehandelt haben. Unwahrscheinlich; aber restlos von der Hand zu weisen wäre das nicht, meinte der Bravo. Deshalb würde er alsbald seine Fühler nach der „Initiative Spieler-Beistand" ausstrecken. „Der am ehesten Erfolg versprechende Hebel ist dennoch der über Pekareks Kundendateien."

„Warum?"

„Ich habe die Querverbindungen noch nicht zur Gänze ausgewertet. Vielleicht kann ich das auch nicht selbst. Möglicherweise muss ich Experten aus den Schatten beiziehen, damit Kürzel entschlüsselt und konkreten Personen oder Vereinigungen zugeordnet werden können. Sicher ist jedenfalls, dass Hugo Pekarek abseits der ausgetretenen Pfade gewildert hat. Mit herkömmlichen Wetten war kaum noch was zu holen. Damit konnte er sich nicht über Wasser halten."

„Bei ihm wurde deswegen mit Vorliebe auf schräge Sachen gesetzt? Wie Dildo-Würfe, Hutfarben von Königinnen, Liebschaften ehemaliger Fußballstars?"

„Und noch viel abstrusere Dinge, nehme ich an. Zumindest deuten einige der rudimentären Notizen darauf hin. Darum will ich Pekareks Kunden anlocken, bevor sie sich in alle Winde zerstreuen und andere, ähnliche Anbieter suchen. Vielleicht befindet sich darunter sein Mörder."

„Verstehe", sagte ich, nicht ganz wahrheitsgemäß. „Na, wollen wir's hoffen."

Das verschwiegene Taxi setzte mich an meiner Haustür ab. Ich warf mir noch ein paar Kekse ein, dann flätzte ich mich, rechtschaffen müde, vor den Fernseher.

Wie geschlaucht und durcheinander ich war, kam mir erst zu Bewusstsein, als ich erkannte, dass ich bei einem Fußballmatch mitfieberte, das ich bereits Tage zuvor in voller Länge gesehen hatte. Gomez zu Wijnaldum, weiter zu Sané, Doppelpass mit Firmino, Haken, Drehung, noch ein Haken und – Tor … Ähem. Nix Déjà-vu, sondern Aufzeichnung, Wiederholung vom letzten Spieltag. Liverpool FC würde mit 4:2 als Sieger vom Platz gehen. Die triumphierenden Fans würden am Ende, wie auch sonst immer, egal wie es ausgegangen war, ihre Hymne anstimmen: „You'll never walk alone …"

Ich betätigte den Ausschaltknopf und beschloss, mir die paar Meter bis zum Schlafzimmer zu ersparen. Auch zum Zähneputzen konnte ich mich nicht mehr aufraffen. Ich entledigte mich bloß der Hose, schüttelte mir die Polster auf der Couch zurecht, schlang die dünne Decke um meine Beine und ließ den Herrgott einen guten Mann sein. Ich dachte an Alice und ihr warmes, weiches Wunderland, versuchte mir vorzustellen, wie fein und heimelig es vor Kurzem gewesen war, als sie bei mir lag.

Vergeblich. Denn auf der anderen Seite lauerte der Bravo, unerbittlich, nicht abzuschütteln, wie ein glitschiger, gespenstischer, unfassbarer Nachtmahr.

Wer solche Freunde hatte, musste sich um Feinde nicht bemühen.

Zwischenspiel

Du bemerkst, dass du einen Fehler gemacht hast, als du zu dir kommst und dein Schädel brummt wie ein Hornissennest. Obwohl du die Augen aufschlägst, kannst du nichts sehen.

Bewegen kannst du dich ebenfalls nicht. Du strengst dich an, mit aller Kraft. Aber Arme und Beine sind gefesselt. Deine Lage ist prekär zu nennen. Fast hättest du aufgelacht, wegen der geschwollenen Formulierung. In deinem Mund steckt jedoch ein feuchter Klumpen Stoff, der die Zunge niederdrückt und am Gaumen kratzt. Er saugt den Speichel auf und verwehrt dir nicht nur das Lachen oder Sprechen, sondern erschwert auch das Atmen.

Knebel, denkst du. So etwas nennt man einen Knebel.

Du bist gefesselt, geknebelt, und man hat dir die Augen verbunden. Wieso?

Du versuchst dich zu erinnern. Da war … eine ausgelassene Runde. Eine Einladung. Viele Einladungen, auf Shots und Alcopops und … Einer bist du gefolgt, schlussendlich. Weil man dich überredet hat. Charmant. Beiläufig. Es hat dich interessiert. Sehr.

Warum? Warum bist du mitgegangen?

Man hat dich geködert. So viel weißt du noch. Womit? Mit dem Versprechen einer Antwort, mit der Auflösung eines Geheimnisses. Das war nicht gelogen. Du hast etwas teils erfahren, teils selbst entdeckt, etwas von großer Bedeutsamkeit.

Dann … Au.

Du kannst dich nicht bewegen, aber du spürst, dass du bewegt wirst. Getragen? Ja, mit den Füßen voran; gleich darauf abgesetzt, und geschleppt.

Man zieht dich, mit hartem Griff an den Knöcheln. Jemand anderer hält dich unter den Achseln. Er lässt dich wieder los, als wärst du ihm zu schwer. Hart prallst du auf.

Es geht hinab, steil. Rumpelnd, über Steinstufen, deren Kanten, bamm! bamm! bamm!, gegen deinen Rücken knallen, jede einzelne, immer wieder, viele Male. So scharf und brutal, dass dir angst und bang um deine Wirbelsäule wird.

Ja, du hast Angst. Um dein Leben. Auf einmal. Du bemerkst, dass du einen *fatalen* Fehler begangen hast, im selben Moment, in dem dir die Panik einschießt, die nackte Todesangst.

Endlich hört die Tortur auf. Aber du zitterst weiter, am ganzen Leib.

Du liegst flach auf einem kalten Boden. Nässe kriecht unter dein Gewand. Hände fummeln an dir herum.

Plötzlich, mit einem schmerzhaften Ruck, wird der Knebel entfernt, aus deiner Mundhöhle gerissen. Du schnappst nach Luft. Willst um Hilfe rufen. Bringst keinen Ton heraus. Spürst den Rand eines Gefäßes an deinen Lippen, eine klebrige, scharf riechende Flüssigkeit, die deinen Schrei erstickt. Keine Gegenwehr möglich, man hält dir grob die Nase zu. Du schluckst aus purer Verzweiflung, schluckst alles, was man dir einflößt, schluckst und schluckst, bis du wieder, japsend, hustend, röchelnd, atmen kannst.

Kurz ist Ruhe.

Dir wird übel. In deinem Magen rumort es, heiß und sauer. Schwindel erfasst dich. Die Welt beginnt sich zu drehen. Du fühlst dich benommen, als würdest du in rotierende Watte gewickelt und immer schneller herumgewirbelt. Mit jeder Umdrehung, jeder Runde wirst du entspannter, gleichgültiger. Das ist gar nicht so schlecht, dieser sorglose Zustand. Irgendwie fast erleichternd. Schön.

Sehen kannst du nach wie vor nicht, aber hören. Stimmen. Mehrere? Sie klingen sehr ähnlich. Vielleicht ist es ja auch nur eine einzelne, die sich mit sich selbst unterhält.

„Muss das wirklich sein?“

„Es bleibt keine Wahl.“

„Nein.“

„Definitiv nicht."

„Die Schuld liegt beim Eindringling."

„Exakt. Lästige Wichtigmacher haben sich selber zuzuschreiben, wenn sie beseitigt werden. In einer solchen Lage darf man kein Risiko eingehen."

„Also?"

„Also. Auf drei."

„Eins …"

„Zwei …"

„Drei."

Du wirst hochgehoben, auf eine glitschige Mauer geschoben, rutschst haltlos darüber hinweg, fällst hinunter. Plätschern ertönt, dann ein finales, umfassendes „Platsch". Dir schießt ein, dass du einen fürchterlichen Fehler gemacht hast, für den du nun leider, leider büßen musst.

Man sagt, ertrinken sei kein schöner Tod.

Das stimmt.

MONTAG

„Die Menschen zanken und streiten
Viel mehr, als notwendig is,
Und machen die Welt sich bei Zeiten
Zur Hölle statt zum Paradies.
Doch nützt kein Jagen und Hasten.
Das Schicksal nimmt seinen Lauf.
Es zwingt einmal alle zum Rasten,
Dann kommen sie endlich darauf:
Das Glück is a Vogerl, gar liab, aber scheu.
Es lasst si schwer fangen, aber fortg'flogn is glei."
(Wienerlied von Alexander von Biczo und Karl Kratzl)

Linsen-Zucchini-Suppe

*

Gefüllte Paprika auf thailändische Art
mit Paradeissoße

(wahlweise vegan)

*

Malakoff-Torte

14

Die Frau ist klein, fast zwergenhaft, und dünn, aber drahtig, ein Energiebündel. Viel mehr als 40 Kilogramm wird sie nicht auf die Waage bringen, schätzt der Bravo. Wenn sie Kleidung von der Stange kauft, dann in der Kinderabteilung.

Sie schiebt ihm ein Vertragsformular über den Tisch. „Das sind die Regeln. Den angefangenen Monat bezahlt ihr voll. Spätestens am 25. gebt ihr Bescheid, ob ihr verlängert oder die Räume zu Monatsende besenrein zurückgebt."

„Passt", sagt der Bravo, während er eine seiner perfekt einstudierten Unterschriften auf das Papier setzt. „Ich habe die erste Miete in bar mit."

Normalerweise vermeidet er Unterhaltungen von Angesicht zu Angesicht, wenn es sich irgendwie einrichten lässt. Aber den zungenfertigen Peter Szily hat er auf eine andere, ebenso wichtige Mission geschickt. Außerdem herrscht hier in der *Cantina* ein reges Kommen und Gehen; permanentes Durcheinander, in dem einzelne, bereits von vornherein unauffällige Personen völlig mit dem Hintergrund verschmelzen.

„Sehr gut." Sie nimmt das Geldscheinbündel entgegen, zählt nach, nickt zufrieden. „Bei euch kommt noch ein Punkt hinzu. Kunstprojekt hin oder her, für sämtliche sonstigen, in einer unserer Einrichtungen Beschäftigten ist euer Schalter tabu. Sollte ich euch dabei erwischen, wie ihr auch nur mit einem einzigen meiner Angestellten eine Wette abschließt, fliegt ihr augenblicklich hochkant hinaus, und die Miete verfällt. Bei mir wird niemand angejunkt. Habe ich mich deutlich genug ausgedrückt?"

„Absolut."

„Dann haben wir einen Deal."

Sie heißt Omara und ist die unangefochtene Königin der Apollofabrik. Neben der auf lateinamerikanische Tänze spezialisierten großen *Tangorama Dancehall* und der zugehörigen Kantine im Tex-Mex-Stil gibt es Werkstätten, Proberäume und Kinderbetreuungseinrichtungen. Das Angebot der zahlreichen kleinen Geschäfte, manche davon kurzzeitige Pop-up-Läden, kann als esoterisch-exklusiv bezeichnet werden. In der hauseigenen Tabaktrafik findet sich ein breites Sortiment von extralangen Wuzelpapieren, Wasserpfeifen und Bongs. Es würde den Bravo auch nicht wundern, wenn die Zigarrenschachteln der kubanischen Edelmarken Cohiba, Montecristo, Romeo y Julieta und so weiter im Herstellungsland „von einem LKW gefallen" wären …

Vor einiger Zeit hat er mit einem Capoeira-Kurs geliebäugelt. Die brasilianische Mischung aus Tanz- und Kampfkunst hätte ihn angesprochen. Obwohl er es vorzieht, gar nicht erst in die Situation zu kommen, dass er sich selbst verteidigen muss. Für den Extremfall verlässt er sich lieber auf versteckte Waffen und sonstige schmutzige Tricks. Deshalb hat er von der Idee gleich wieder Abstand genommen. Regelmäßig, jede Woche zur selben Zeit, denselben Ort aufzusuchen, kommt für einen Bravo einfach nicht infrage.

„Dann würde ich jetzt gern eins eurer Whizzkids konsultieren", sagt er.

„Wie du telefonisch avisiert hast", bestätigt Omara. „Du bist für 8 Uhr 50 bei Yojimbo gebucht." Das ist in knapp zehn Minuten. „Auch ihm gegenüber kein Wort von Glücksspielen um Geld, egal ob online oder live!"

Die „Apollofabrik" hat eine wechselvolle Geschichte hinter sich. 1833, liest der Bravo auf einer hübsch gestalteten Wandtafel, schlossen sich sechs Wiener Seifensieder zusammen, um im damaligen Vorort Penzing eine Talgschmelze zu errichten. Damit wollten sie Ersatz für die teuren Wachskerzen erzeugen. 1840 verlagerte die „Gewerks-Gesellschaft" die Produktion in ein kurz davor bankrottgegangenes biedermeierliches Vergnügungsetablissement im siebenten Bezirk. Von den ehemaligen Apollosälen übernahm man den griechischen Gott als Markenname.

Da die Apollokerzen reine Stearinkerzen höchster Qualität waren, entwickelten sie sich zu einer erfolgreichen Handelsware. Ab 1862 eröffnete sich mit der Gewinnung und Verwertung des bis dahin unbrauchbaren Glycerins ein neues Feld: Nitroglycerin eignete sich als Arznei gegen Gefäßverengung, aber auch als Sprengstoff. Ab 1876 wurde zusätzlich Apollo-Margarine exportiert. Im selben Jahr wütete ein Großbrand in der Zieglergasse, der die Stammfabrik dem Erdboden gleichmachte. Wegen der Geruchsbelästigung und aus Angst vor neuen Bränden verhinderten Nachbarn und Behörden den Wiederaufbau am alten Ort.

1911 fusionierte die Apollo-Gesellschaft mit der Georg Schicht AG in Aussig an der Elbe. An deren „Schicht-Seife" kann sich der Bravo noch erinnern. Bislang hat er gedacht, sie hätte so geheißen, weil Industriearbeiter wie sein Stiefvater sie auf die Schicht mitnahmen … Wenigstens weiß er nun auch, wie die Redensart, „mir geht ein Seifensieder auf" entstand – weil diese eben auch Kerzen fertigten.

Nach dem Zweiten Weltkrieg schluckte ein immer noch größerer Konzern den jeweils kleineren. Ende der 70er-Jahre besetzten Aktivisten aus der Alternativszene das mittlerweile verlassene, verfallende Gelände, und nach einigen Scharmützeln mit der Polizei und der Gemeinde Wien feierte die „Apollofabrik" ihre Wiederauferstehung als basisdemokratisch verwaltetes Kulturzentrum. Da war die jetzige Vereinsobfrau Omara noch gar nicht geboren.

Yojimbos wertvolle, dementsprechend nicht billige Dienste hat der Bravo schon vor etwa einem Jahr in Anspruch genommen, wenngleich in einer anderen Verkleidung. Selbstverständlich bindet er ihm das nicht auf die Nase.

Der Computerspezialist residiert in einem Verschlag hinter dem Piercing- und Tatoostudio „Meisterstich". Eine Unzahl von Ventilatoren zur Kühlung der Standrechner rauscht und rattert, faucht und knattert. Mit geschlossenen Augen könnte man sich an Bord eines altertümlichen Segelschiffs bei Windstärke zehn wähnen. Trotz des offenen Fensters zum Lichtschacht ist es heiß und stickig im Kämmerchen, das ein halbes Dutzend Farbmonitore flackernd erhellen. Drei der Bildschirme zeigen rasch wechselnde Grafiken und Datenketten, die der Bravo keinen ihm bekannten Programmen zuordnen kann. Auf einem weiteren läuft ein Ego-Shooter, auf den beiden anderen dasselbe Kartenspiel, jedoch in verschiedener Ausführung.

„Ich dachte, Zocken wäre verboten", sagt der Bravo.

„Tu ich eh nicht. Das ist *Dominion*", antwortet Yojimbo, ein schlaksiger Junge, nach den teilweise rot entzündeten Pickeln zu schließen mitten in der Pubertät. Auf den strubbeligen hellbraunen Haaren sitzt eine Baseballkappe mit dem Logo der *New York Yan*kees, auf der Nase eine Datenbrille. „Dabei geht es nicht um Geld. Aber viele Ex-Pokerprofis steigen auf Dominion um, weil es ähnlich simpel und doch komplex ist, aber nichts kostet."

„Gewinnst du?" Der Bravo reicht ihm den USB-Stick.

„Meistens. Gegen die ersten 30, 40 der Weltrangliste verliere ich öfter, die sind ziemlich harte Knochen." Yojimbo klickt unaufhörlich, eine Hand auf der Maus, die andere auf einem Trackpad. Er hält nur so lange inne, bis er den Datenträger angesteckt hat.

„Du spielst zwei Partien gleichzeitig, und den Shooter noch dazu?"

„Das ist ein Video, mit *cheats* und so. Damit mir nicht langweilig wird, wenn die Gegner länger überlegen." Auf dem mittleren Monitor erscheinen neue Ordner, die in rascher Folge aufklappen. „Adressverzeichnisse. Unverschlüsselt. Word, Excel oder pdf. Wo liegt das Problem?"

„Ich glaube, dass manche Eintragungen Spitz- oder Decknamen sind. Speziell die für Chatgruppen und dergleichen. Kannst du sie den jeweiligen realen Personen zuordnen?"

„Datenforensik, hm? Nicht sehr spannend. Ich habe natürlich ein paar heiße Apps dafür. Wird aber ein Weilchen dauern."

„Wie lange?“

„Mal sehen. Lange genug, dass man Kaffee holen könnte. Für mich schwarz, mit doppelt Zucker.“

Der Bravo mag es nicht, herumkommandiert zu werden, und sei es bloß indirekt. Dennoch fügt er sich. Er versteht, dass jemand wie Yojimbo sich nicht gern über die Schulter blicken lässt.

Als er mit dem Kaffeebecher zurückkehrt, drückt ihm der junge Nerd im Tausch für das Getränk den Stick und einen Stapel Ausdrucke in die Hand. „97 Prozent zweifelsfreie, mehrfach nachgeprüfte Identifikationen. Dafür lege ich meine Finger in die Schrottpresse. Der Rest würde mindestens Tage in Anspruch nehmen, wenn nicht Wochen. Aber machbar ist alles.“

„Derzeit nicht nötig“, sagt der Bravo. „Die noch fraglichen Stellen …“

„Sind markiert. Teilweise wurden in die Listen Links übernommen, die ihrerseits kryptologische Gemeinheiten beinhaltet hatten. Wie gesagt, man könnte auch das aufdröseln.“

„Falls ich darauf zurückgreifen müsste, melde ich mich nochmals bei Omara an. – Sag mal, Yojimbo bedeutet doch Leibwächter, oder nicht?“

„Im Film von Kurosawa, ja. Der übrigens entscheidend zur Entstehung des Italo-Westerns beitrug. Nämlich, weil der Held, ein herrenlos umherwandernder Samurai, ambivalent dargestellt wurde. Moralisch zwiespältig, verstehst du? Sowohl großzügig und mit ausgeprägtem Gerechtigkeitsempfinden als auch zynisch und gewaltbereit. Mich hat aber mehr die Comicfigur mit den Hasenohren inspiriert, die an Miyamoto Usaschi angelehnt ist.“

Fast genau denselben Wortwechsel haben sie schon beim letzten Mal absolviert. Den Bravo hat es gereizt zu überprüfen, ob sich Yojimbo wirklich so gar nicht an ihn erinnert. Gleich darauf tadelt er sich für diese unangebrachte, fast schon sträfliche Leichtsinnigkeit. Er muss seine Eitelkeit wieder rigoroser im Zaum halten!

„Könntest du für mich noch kurz als eine Art digitaler Leibwächter fungieren?", schließt er gleichwohl an. „Ich würde gern eine E-Mail-Anfrage abschicken, aber mit einer Umleitung der Antwort."

„Um einer eventuellen Ausforschung vorzubeugen? Nichts leichter als das. So etwas bastle ich hundertmal die Woche. Wer ist der Adressat?"

Nach wie vor fliegen die Finger des Pickelgesichtigen abwechselnd über die verschiedenen Eingabemodule, so schnell, dass man ihnen mit freiem Auge nicht zu folgen vermag. Zwischendurch ballt er triumphierend eine Hand zur Faust oder stößt mit zusammengebissenen Zähnen einen Fluch aus.

Der Bravo nennt die „Initiative Spieler-Beistand" und diktiert den Text, in dem er um Hilfe für einen fiktiven spielsüchtigen Schwager bittet.

„Womit willst du empfangen? – Nein, warte", sagt Yojimbo eifrig und wühlt in einer Schreibtischlade. „Hier." Er tippt auf einem Smartphone älterer Bauart herum und gibt es dann dem Bravo. „Das ist idiotensicher. Sobald die Antwort eingegangen ist und ihr maximal eine Stunde lang hin und her geschrieben habt, spülst du es die Klomuschel hinunter."

„Mach ich", sagt der Bravo, der zwei Handvoll ähnlicher Geräte als *Burner-Phones* in Reserve hält. Aber er vergönnt dem Jüngelchen das Gefühl der Überlegenheit. „Was kriegst du dafür?"

„Ein Fünfziger an Omaras Sozialfonds, und wir sind quitt. – *Maldición!*, ich habe die zusätzlichen, kumulativen Siegpunkte aus den Seidenstraßen-Karten übersehen!" Yojimbo hämmert mit beiden Fäusten auf die einzigen zwei freien, schon recht abgewetzten und eingedellten Stellen am Arbeitstisch.

Der Bravo klemmt den Papierstapel unter die Achsel und verlässt auf leisen Sohlen die Kammer. Unter High-End-Professionals hat man es nicht so mit dem Grüßen und Verabschieden.

15

Um kurz nach elf Uhr betrat ich das Café Winterholzner, setzte mich an einen Tisch nahe der Schank und hielt Ausschau nach zwei Personen, von denen eine mir unvermutet ans Herz gewachsen war.

Zugegeben, ich hatte schon früher da sein wollen, aber verpennt. Der Schlafmangel infolge der ausgedehnten Liebesnacht mit Alice hatte seinen Tribut gefordert.

Ach, diese Hüften …

Ich rief mich im Geiste zur Ordnung. Die Göttliche war offenbar nicht präsent, genauso wenig wie derjenige, den ich als idealen Strohmann für die Pläne des Bravos auserkoren hatte. Beim Kellner, der Alices Station an ihrer Stelle beackerte, handelte es sich um einen hartgesottenen Veteranen des Gewerbes. Sein Habitus verhielt sich zum Begriff Diensteifer wie eine Schildkröte zum Flügelschlag des Kolibris. Ich benötigte mehrere Versuche, seine Aufmerksamkeit zu erregen, bis es mir endlich doch gelang, eine Melange und die Speisekarte zu ordern.

Nachdem mir beide Bestellungen serviert worden waren, las ich auf der ersten, in leicht fleckiges Klarsichtplastik eingeschweißten Seite: *Das gutbürgerliche Kaffeehaus am Dombrowski-Platz ist eine fixe Institution im gesellschaftlichen Leben unseres Bezirks. Es dient als Treffpunkt und Vereinslokal für zahlreiche gemeinnützige Organisationen wie den Lions Club, den Rotary Club, die Liedertafel Biedersinn u. v. a. Seit drei Generationen führt das Lokal, das aus der Restauration Rosenblatt hervorgegangen ist, die alteingesessene Familie Winterholzner. Bald wird Engelbert Winterholzner junior in die Fußstapfen seines Vaters Engelbert Winterholzner senior treten, worauf er sich mit einem Studium an der Wirtschaftsuniversität und der täglichen Mitarbeit im Betrieb bereits intensiv vorbereitet.*

Auf der nächsten Seite wurde das Tagesmenü offeriert. Das

Hauptgericht waren gefüllte Paprika. Weil mir von der Überdosis an Fleisch, Fett und Flachsen in der Gastwirtschaft bei der Kulmschanze immer noch der Magen grummelte, entschied ich mich für die vegetarische Version. Es gelang mir, dies dem Kellner nach kaum zehn Minuten mitzuteilen.

Die Linsen-Zucchini-Suppe schmeckte nicht schlecht, wiewohl ein wenig versalzen. Am unteren Rand der Tageskarte stand vermerkt, tadellos gegendert, dass die „Köch_Innen“ des Café-Restaurants Winterholzner sich darauf eingeschworen hatten, ausschließlich hochwertigste Rohstoffe zu verwenden, deren Erzeugung und Anlieferung möglichst CO_2-neutral vonstattengehe. Als Hobbykoch kannte ich den Impuls, den faden Eigengeschmack allzu naturnahen Gemüses mit mehr Würze im wahrsten Wortsinn „aufpeppen“ zu wollen. Insofern verzieh ich auch, dass das vordringliche Geschmackserlebnis der die Paprikafüllung dominierende Koriander war, was am Gaumen eine doch etwas verstörende Assoziation zu Seifenschaum mit sich brachte. Die Nachspeise versöhnte mich dann flugs wieder mit der Welt. Nicht einmal übelst gesonnene, vom berufsbedingten ständigen Sodbrennen der Eifersucht geplagte Gourmet-Kritiker hätten den lokaleigenen Patissiers vorwerfen können, dass mit hochprozentigem Rum und fluffigem Schlagobers geknausert worden wäre.

Gesättigt und mit der schwebenden, leicht geistesgestörten Glückseligkeit des frisch Verliebten schlenderte ich quer durchs Lokal zur Toilette. Ringsumher schien ebenfalls eitel Wonne zu herrschen.

Als ich zurückkehrte, lag jedoch plötzlich eine Anspannung in der Luft, wie in den Bergen kurz vor einem Gewitter. Gerade, dass ich nicht die Salpetersäure roch. Ein schwules Pärchen, das eben noch geturtelt hatte, giftete sich an. Der ältere Mann machte dem Jüngeren geflüsterte Vorhaltungen; dieser spielte, mit aufeinandergepressten Lippen und angespannten Backenmuskeln geradeaus starrend, abwechselnd „beleidigte Leberwurst“ und „stille Messe“.

Die soignierten Damen mit den ondulierten, durchsichtig auftoupierten Haaren am Bridgetisch betrieben sonst nach jeder Partie strategische Analysen, die ganzen Feldherrnhügeln zur Ehre gereichen würden. Wenn sie Kritik äußerten, dann mit vornehmer Ironie. Nun aber keiften sie schrill wie Waschweiber. Fehlte nur noch, dass sie einander mit den langen, makellos manikürten Fingernägeln die Augen auskratzten. Schließlich sprang eine auf. Sie zischte eine grobe Beschimpfung, schleuderte die Karten auf den Tisch und dampfte zur Tür hinaus. „Brauchst nicht glauben, wir würden dich anbetteln, dass d' wieder zurückkommst, depperte Bissgurn, depperte!“, rief ihr die verlassene Partnerin hinterher.

Auch an der Schank beziehungsweise am Stehtisch davor wurde gestritten. Die familiäre Harmonie wirkte arg gestört.

„Da schuftet man jahraus, jahrein, um eure Zukunft zu sichern“, zeterte die alte Frau Winterholzner, „und was erntet man? Nichts als Undank, Undank, Undank!“ Sie war ausnahmsweise hinter ihrer Registrierkassenbastion hervorgekommen und stützte sich mit gekrümmtem Rücken auf zwei dunkelbraune Gehstöcke. Eine schwarze Katze auf ihrer Schulter wäre mir nicht fehl am Platz erschienen.

„Reg dich nicht so auf. Ich bin dir ja unendlich dankbar, Oma. Aber die Zeiten haben sich geändert.“

„Gewisse Dinge ändern sich nie. Ein richtiger Cafetier ist auch Bäcker, Koch und sogar Fleischhauer. Das hat schon der Opa gesagt, Gott hab ihn selig. Der feine Herr Bertie jedoch betreibt statt einer ordentlichen Ausbildung lieber Luftgeschäfte!“

Die Matriarchin fuchtelte wild mit dem Stecken. Übrigens hatte sie tatsächlich „die Hosen an“, nämlich dunkelblaue Herren-Beinkleider mit messerscharfen Bügelfalten. Ihr betreten dreinschauender Sohn, der nominelle Chef, trug eine lederne, mit Jagdmotiven bestickte Knickerbocker, der designierte Erbe eine noch kürzere Superstretch-Golf-Bermuda.

„Dort spielt nun mal heutzutage die Musik, Oma. Der fünfte Julius“, dabei deutete Bertie auf die Kaffeetasse, die ein stilisierter Mohrenkopf zierte, „wäre nie so reich wie die englische Königin geworden, hätte er nicht rechtzeitig Ballast abgeworfen.“

„Ballast! Versündige dich nicht, dummer Bub! Was deine Vorfahren unter Schweiß und Tränen aufgebaut haben, ist kein Ballast, sondern finanziert nicht zuletzt auch dir deine Fisimatenten.“

„Weiß ich eh. Wie oft soll ich noch auf Knien danke sagen dafür?“

„Hab schon mehr als genug Blödheiten von dir ausgebügelt.“

„Lass gut sein, Oma. Wir kommen da nie auf gleich.“

„Auch wenn ich schon zum alten Eisen gehöre, werde ich ja wohl noch ein Recht auf meine Meinung haben.“ Sie richtete anklagend einen Gehstock auf ihren Sohn. „Sag halt du auch einmal was, Bertel!“

Winterholzner senior wand sich wie Pu der Bär, wenn man ihn über den Stand der Honigreserven verhörte. „Es stimmt schon, mit Finanztricksereien kann man schnell viel Geld machen, aber auch schnell wieder verlieren“, zog er sich diplomatisch aus der Affäre.

„Dieser eine Kerl, den ihr so angebetet habt, Bertie, du und deine Clique, weißt du noch? Euer Idol. Der sowas Ähnliches wie den Bankomat erfunden hat. Wie hieß er noch gleich, Grün oder Blau oder …“

„Schwarz.“ Der Junior verdrehte die Augen. „Und er hat ein Online-Zahlungssystem entwickelt.“

„Jaja. Der hatte doch zwischendurch auch zwei Milliarden, wie die Queen, nicht wahr? Dann kam man drauf, dass fast genauso viel Geld fehlt, und die Aktie fiel ins Bodenlose. Wurde gegen die Kerle nicht sogar wegen Bandenbildung ermittelt?“

„Schwankungen passieren. Der Mathias kommt schon wieder auf die Beine, dem wird von höchster Stelle geholfen.“

Bertie sah auf die golden blitzende Armbanduhr. „Ich muss

zu meinem Seminar. Bin spätestens um fünf wieder zurück, dann packe ich für die Schweiz. Tschau, Omi!" Und weg war er.

„Deine Erziehung, Bertel! Dass du dich nicht schämst für ihn."

„Mama, bitte nimm deine Tabletten."

Wirtsleute fassen die Gaststube nicht selten als ihr privates Wohnzimmer auf und benehmen sich, als wären sie allein. Nun jedoch bemerkte die Winterholznerin, dass ich mitgehört hatte, und schnauzte mich an: „Kann ich Ihnen behilflich sein?"

„Äh … ja. Kommt das Fräulein Alice heute noch?"

„Wer lässt fragen und wieso?"

„Mein Name ist Peter Szily. Ich bin Schauspieler und habe am Wochenende mit Alice gedreht. Gestern hatte sie Schlussdienst, nicht wahr?"

„Ja, und es ist etwas länger geworden", sagte der Senior in verbindlichem Tonfall. „Darum hat sie kürzlich angerufen und sich für heute entschuldigt, ihr wäre nicht gut. Interessieren Sie sich denn näher für die Dame, junger Mann?"

Das ging ihn nun wirklich nichts an. „Mit Alice zu arbeiten, war sehr angenehm."

„Sie hat ein einnehmendes Wesen, das kann man ihr nicht absprechen."

„Aber Sie wissen ja wohl, wie Kellnerinnen sind", ergänzte die alte Hexe. „Lose Geschöpfe. Man muss ihnen ständig hinterhersein, dass sie nicht rein zufällig aufs Bonieren vergessen. Obwohl Offenherzigkeit gegenüber den Gästen gut für den Umsatz ist."

„Wie darf ich das verstehen?"

Die Winterholzners wechselten verschwörerische Blicke. „Unter uns, das Fräulein ging nach der Sperrstunde nicht allein nach Hause", sagte Engelbert der Ältere. Mit den Fingerknöcheln strich er über die glänzenden Klubabzeichen, die sein geblümtes Samtgilet anstelle von Knöpfen verschlossen.

„Sondern?"

„Mit einem Mann. Ich hatte den Eindruck, sie kannten sich von früher."

„Oh." Das musste nichts zu bedeuten haben. Abgesehen davon, dass wir einander in Krungl ja nicht ewige Treue geschworen hatten. Trotzdem, ein wenig nagte diese Information schon an mir. „Wie sah er aus?"

„Wer?"

„Alices Bekannter. Können Sie ihn mir beschreiben?"

„Geben Sie's auf, lieber Herr." Die Oma stakste ächzend und schwankend wieder zurück auf ihren Posten hinter der Kassa. „So ein Flittchen ist der Mühe nicht wert."

„Der Mann war keine besonders auffällige Erscheinung", beantwortete Winterholzner meine Frage. Er schenkte sich Weißwein nach, schwenkte das Glas und betrachtete den Inhalt sinnend, als fände er in der schwappenden goldgelben Flüssigkeit seine Erinnerung wieder. „Eher Durchschnitt, würde ich sagen. Mittelgroß. Aber breitschultrig. Muskulös gebaut, fast wie ein Ringer oder Judoka." Er sah auf. „Ach ja, und er hatte einen leichten russischen Akzent; oder polnisch. Irgendwas Slawisches. Jedenfalls hat er gegen Ende hin Wodka-Runden geschmissen, als gäbe es kein Morgen. Kein Wunder, dass die Volatnig heute unpässlich ist."

„Ist ein Name gefallen?"

„Bedaure, ich war mit der Tagesabrechnung beschäftigt. Außerdem halte ich nichts vom Kiebitzen und dem Belauschen intimer Gespräche."

Ich bemerkte die gegen mich gerichtete Spitze, ging aber nicht darauf ein. Was sollte ich von der Geschichte halten? Alice hatte mir einige pikante Details ihres Vorlebens offenbart. Ein Russe oder Pole war jedoch nicht erwähnt worden …

In diesem Moment schob sich die zweite Person, die ich suchte, durch den schweren rostbraunen Vorhang des Windfangs herein, blinzelte und nahm Kurs auf den ersten besetzten Tisch. Schnell huschte ich hin und stellte mich in den Weg.

Der Gelddruck-Kurtl reagierte überrascht auf den Umstand, dass ihn jemand nicht nur nicht abwimmelte, sondern seinerseits für ein vielversprechendes Projekt gewinnen wollte.

„Falls es sich um einen *Surebetscanner* handelt", sagte er, nachdem ich ihm grob die Stoßrichtung skizziert hatte, „damit bin ich durch. Das funktioniert nur, wenn du Tag und Nacht dranhängst. Nein, danke. Sei mir nicht bös, Pezinator. Da könnte man ja gleich eine richtige Erwerbsarbeit annehmen."

Surebetscanner waren Online-Instrumente, die dem Spieler in jedem Fall einen Gewinn versprachen. Dazu nützte man die minimalen Differenzen der Wettquoten des gleichen Ereignisses bei verschiedenen Buchmachern aus und setzte auf alle möglichen Ergebnisse, sodass am Ende immer ein kleiner Profit herauskam, unabhängig vom sportlichen Resultat. Solche Situationen waren nicht leicht zu finden. Surebets benötigten einen erheblichen Recherche- und Rechenaufwand. Unterm Strich gaukelten auch diese Anbieter nur vor, mit ihnen ließe sich das Glück erzwingen.

„Nein, nein, nichts dergleichen", beruhigte ich den Kugelblitz. „Wie schon gesagt, es handelt sich um ein Kunstprojekt im erweiterten Sinn. Wir dokumentieren die Interaktionen, selbstverständlich unter Wahrung der Anonymität aller Beteiligten. Das Ganze wird dann mit Avantgarde-Musik unterlegt und bei den nächsten Festwochen als Installation präsentiert. Mehrere Tanzkompanien haben bereits Interesse bekundet, daraus eine Performance zu machen. Dann bleibt dem ORF gar nichts anderes übrig, als sich ebenfalls zu beteiligen. Zack!, steigen auch die internationalen Partner ein, und somit sind wir nicht mehr weit von einer Lizenz zum Gelddrucken entfernt."

„Schön für euch", sagte Kurtl. Zweifelnd kratzte er sich an der flachen, spiegelnden Stirn. „Aber wozu braucht ihr mich dabei?"

„Als Frontmann. Mein Gesicht wäre zu bekannt, vor allem aber meine Stimme. ‚Ich bin's, dein Geschirrspüler …'", intonierte ich meinen in all den Jahren breitenwirksamsten Publikumserfolg. „Da würden die Testobjekte sofort Verdacht schöpfen. Du hingegen verkörperst die ideale Mischung aus Vertrauenswürdigkeit und latentem Wahnsinn, wie große Gegenwartskunst sie erfordert."

„Na ja. Ich weiß nicht recht …"

„Außerdem würdest du einen Haufen Leute treffen, abseits deiner ausgetretenen Pfade und Jagdgründe." Ich umriss das Café Winterholzner mit einer großzügigen Armbewegung. „Und niemand verbietet dir, nebenbei Investoren für andere Unternehmungen zu werben."

„Da wir gerade davon reden – Sockenklemmen sind Schnee von gestern. Wenn allerdings jemand eine Methode finden könnte, wie sich Rolltreppen während der Fahrt beschleunigen lassen …"

„Gerade Techniker", stoppte ich den drohenden Wortschwall, „befassen sich in ihrer Freizeit leidenschaftlich gern mit Wetten. Ich sage nur Wahrscheinlichkeitsrechnung. Na, klingelt's? Dein idealer Kompagnon auf dem sagenhaft lukrativen Gebiet der Rolltreppen-Revolution ist möglicherweise nur ein paar Stunden und Kilometer von hier entfernt. Er wartet praktisch schon auf dich."

„Oder sie."

„Oder sie", wiederholte ich. Bisher hatte ich nicht gedacht, dass der Gelddruck-Kurtl Wesen weiblichen Geschlechts überhaupt als solche wahrnahm. „Dort, wo wir unsere Zelte aufschlagen, wimmelt es geradezu vor jungen, begabten Technikerinnen."

Trotzdem verhandelten wir noch eine Weile hin und her, bis ich ihn endlich doch überzeugen konnte und wir gemeinsam zur Apollofabrik aufbrachen.

Der Bravo hatte, unterstützt von ortsansässigen Fachkräften, bereits die dringlichsten Adaptationen vorgenommen. Die von uns gemieteten Räumlichkeiten bestanden aus zwei schmalen, hintereinander gelegenen Zimmern. Im vorderen war ein „klassischer" Wettannahmeschalter errichtet worden, gegen Übergriffe gesichert durch eine Plexiglaswand mit niedriger Durchreiche. Je zwei in den Ecken der Zimmerdecke strategisch installierte Kameras und Mikrofone übertrugen das Geschehen in den hinteren Raum, wo der Bravo und ich abwechselnd Posten beziehen würden.

Er stellte Kurtl und mich der Herrin des Hauses vor. Omara war extrem kleinwüchsig, dennoch sehr attraktiv. Ihre gesamte, aus mehreren dünnen Schichten bestehende Kleidung schimmerte in Gelbtönen. Um die linke Handwurzel schlenkerte ein ebenfalls gelbes Perlenband.

„Du folgst Oshún?", fragte ich.

Sie bejahte. „Woher weißt du über die Orishas Bescheid?"

„Ich habe einige Zeit auf Kuba verbracht und durfte etlichen Zeremonien beiwohnen."

„Mein Weg ist der des Cantomblé."

„Verstehe."

Die Anhängerinnen dieser afro-brasilianischen Religion verehrten Oshún als Göttin der Flüsse, der Liebe und des Reichtums. Sie galt als sanftmütigste aller Gottheiten, war aber auch eine Kriegerin. Im kubanischen Pantheon stand sie für feminine Selbstermächtigung, was frei gewählte Prostitution einschloss. Wir plauderten ein wenig über die Unterschiede zwischen den verwandten Glaubensrichtungen, dann verabschiedete sich Omara, nicht ohne uns viel Glück zu wünschen.

„Die hast du gut eingekocht", sagte der Gelddruck-Kurtl.

„Mitnichten. Wir teilen bloß kulturhistorische Interessen."

„Wer's glaubt, alter Schlemihl ... Ich nehme an, mein Platz ist hinter dem Schalter?"

„Ja", sagte der Bravo, den ich wieder einmal fast übersehen hätte.

Nachdem er Kurtl in der Bedienung der Rechner und sonstigen Geräte unterwiesen und ihn für seine schnelle Auffassungsgabe gelobt hatte, gab der Bravo den Startschuss für das Lucky-Star-II-Pop-up. „Jetzt kann an Pekareks Stammkunden die Einladung rausgehen, ihr Glück hier bei uns zu versuchen. Danach habe ich eine Verabredung. Pezi, du bleibst da und deckst unserem Freund Kurt den Rücken. Hinten liegt ein Handy, das eine einzige Nummer eingespeichert hat. Damit kannst du mich verständigen, falls Not am Mann wäre. Aber nur dann, klar?"

„Klar."

„Bleib wachsam."

„Sowieso. Aufmerksamkeit in zwischenmenschlichen Dingen ist eines meiner Supertalente."

Der Gelddruck-Kurtl lachte.

Der Bravo verzog keine Miene.

16

Im Prater blühen die Bäume.

Fast immer, kommt dem Bravo vor, scheinbar unabhängig von der Jahreszeit. Die Mitarbeiter der zuständigen Magistratsabteilung 42 vollbringen wahre Wunder.

In einem anderen Leben hätte der Bravo vielleicht Gartenarchitektur studiert. Oder Geschichte. Er mag es, wenn sich seine Tätigkeit mit historischen Nachforschungen kombinieren lässt. Aber das Gymnasium und erst recht die Uni waren für ihn unerreichbar. Nicht wegen der Noten, die hätten gepasst, sondern weil er der Mutter unmöglich so lange auf der Tasche liegen konnte.

Den Prater kennt der Bravo gut, er hat hier viel Jugendzeit verbracht. Allerdings mehr im grünen, größeren Teil. Für die Attraktionen im „Wurstelprater“ genannten Vergnügungspark fehlte das Taschengeld.

Trotz der vertrauten Umgebung hat er das Gefühl, sich auf unangenehm fremdem Terrain zu bewegen. Viel zu oft für seinen Geschmack muss er in letzter Zeit mit anderen Leuten direkt kommunizieren: zuerst beim Sportbuffet, dann in der Apollofabrik und nun an einem der belebtesten Orte Wiens überhaupt.

Unaufhörlich strömen Menschen kreuz und quer über den kreisrunden Platz, der das Entree zum Wurstelprater bildet. Etwa zur Hälfte umgeben ihn Betongebäude, bemalt im kitschigen Nostalgie-Stil der vorletzten Jahrhundertwende. Rechter Hand ragt das Riesenrad auf; links locken ein Schokoladen-Museum, Madame Tussauds Wachsfiguren-Kabinett und ein Rollercoaster-Restaurant. Die „Straße des Ersten Mai“ heißt so, weil an diesem Ort 1890 der bis dahin größte Arbeiter-Aufmarsch Wiens stattgefunden hat. Heute wimmeln Zerstreuungssüchtige, die den Begriff Klassenbewusstsein nicht einmal kennen, zwischen dem *Grand Autodrom* und dem *Prater Dome*, der größten Diskothek des Landes. Gleich daneben, vor dem Restaurant Neuzeit, warten ein Mann und eine Frau auf den Bravo.

Sie sehen nicht aus, als wären sie zum Vergnügen da.

Die „Initiative Spieler-Beistand" hat erfreulich prompt auf das E-Mail geantwortet, das Yojimbo für den Bravo abgeschickt hat. Nach kurzem Hin und Her ist ein zeitnahes Treffen mit Wiener Vertretern arrangiert worden.

Unzweifelhaft handelt es sich bei Helga und Helge Novakovski um ein Ehepaar. Der Bravo kann sich nicht erinnern, wann er zuletzt zwei Leute in derart vollständigem, perfekt übereinstimmendem Partnerlook gesehen hat, oder ob überhaupt jemals. Von den hellbraunen Mokassins über die sandfarbene Leinenhose und das beige Blouson bis zu den dunkelgelben Strohhüten könnte er nicht den geringsten Unterschied feststellen. Sogar der Schnitt der halblangen, natürlich aschblonden Haare ist identisch, der sauertöpfische Gesichtsausdruck sowieso. Allerdings lassen sich sekundäre Geschlechtsmerkmale erkennen; bei Helge ist das ein dünner, akkurat gestutzter Oberlippenbart.

Der Abtausch der vereinbarten Codes und die Begrüßung fallen knapp aus. Während und nach der Corona-Krise ist Händeschütteln aus der Mode gekommen. Der Bravo bedauert das keineswegs. „Danke", sagt er, „dass Sie Zeit für mich erübrigen konnten."

„Nichts zu danken", sagt Helga Novakovski. „Wir tun das gerne."

„Wir kennen die Probleme und die Zwickmühle, in der Sie stecken, nur zu genau", ergänzt ihr Gatte. „Die wenigsten Betroffenen suchen von sich aus Hilfe. Weil sie sich schämen, oder weil sie ihre Abhängigkeit auch vor sich selbst verleugnen. Umso wichtiger ist es, dass Personen aus dem familiären Umfeld sie zu diesem Schritt motivieren."

Der Bravo öffnet den Mund, aber die hellbraune Helga ist schneller. „Leichter gesagt als getan. Niemand weiß das besser als wir. Da ist viel Fingerspitzengefühl gefragt. Hat Ihr Schwager bereits hohe Schulden angehäuft?“

„Ich fürchte, ja. Genau weiß ich es nicht, weil ich ihn nicht gut nach seinem Kontostand fragen kann“, improvisiert der Bravo. „Im ganzen Verwandten- und Bekanntenkreis gibt es niemand, den er nicht schon mehrfach um dreistellige Summen angepumpt hätte.“

„Typisch“, sagt Helga. Sie streckt die Arme aus, als wolle sie den Bravo begütigend an den Händen fassen, schreckt dann aber doch davor zurück. „Lassen Sie den Mut nicht sinken! Zuallererst sollten Sie sich bewusst machen, dass Sie und Ihr Schwager bei Weitem nicht alleine sind. Laut einer Studie von 2011 haben in Österreich über 50 000 Personen ein problematisches oder krankhaftes Spielverhalten.“

„Das pathologische Glücksspiel“, sagt Helge, „wurde 1991 von der WHO, der Weltgesundheitsorganisation, ins maßgebliche Diagnostische Verzeichnis psychischer Störungen aufgenommen. Es ist somit eine wissenschaftlich anerkannte Impulskontrollstörung. Die Mechanismen der zur Abhängigkeit führenden Entwicklung sind dieselben wie beim Drogenkonsum. Nur dass die Süchtigen das Gift selbst produzieren! Exzessives Spielen löst körpereigene biochemische Veränderungen aus.“

„Wie gesagt, das weiß man seit drei Jahrzehnten.“ Helga stößt ein bitterliches Schnauben aus. „2015 hat die Wiener Stadträtin Ulli Sima medienwirksam Spielautomaten mit dem Vorschlaghammer zertrümmern lassen, um das Verbot des kleinen Glücksspiels zu feiern. Keine drei Jahre später waren die einarmigen Banditen wieder da.“

„Sie kamen, um zu bleiben.“ Helge zeigt auf das gegenüberliegende, von rot-weiß-roten Säulen flankierte Portal des zu den Casinos Austria gehörenden *WINWIN*-Tempels. „Über die juristische Hintertür, dass nicht der Automat selbst, sondern ein Server über Gewinn oder Verlust entscheidet. 50 sogenannte ‚Video-Lottery-Terminals‘ stehen da drin, nochmal so viele nur ein paar Ecken weiter vorne, bei der Geisterbahn."

„Strategisch günstig nahe den Messehallen. Auch die Trabrennbahn Krieau und das Ernst-Happel-Stadion sind nicht weit entfernt."

„Einhundert Mordmaschinen! In Niederösterreich hat allein Admiral mehr als das Elffache davon laufen, und zwar ganz legal. Jeder einzelne Automat ist ein Monster, das bimmelnd und blinkend Existenzen vernichtet."

„Sie sehen, wer hineingeht?"

„Genau! Überwiegend junge Männer."

„Oft arbeitslos oder gering verdienend."

„Häufig mit Migrationshintergrund."

„Jedenfalls meist Unterschicht."

„Aber nicht nur."

Der Bravo erhebt keine Einwände. Einerseits ist er ganz froh, selbst nicht viel reden zu müssen. Andererseits spielt er mit dem Gedanken, die allzu lehrreiche Doppelconférence vorzeitig abzubrechen.

Es bedarf keiner weiteren Indizien dafür, dass die Novakovskis fanatische Spielautomaten-Feinde sind. Aber würden sie deshalb einen Mord beauftragen? Oder gar selbst ausführen? Zumal an einer Randfigur, deren Ausschaltung rein gar nichts an der Gesamtsituation ändert?

Das monochrome Ehepaar geht dem Bravo auf die Nerven. Zugleich spürt er, dass hinter dem missionarischen Eifer noch etwas anderes steckt.

„Gehen wir ein paar Schritte?", schlägt er vor. „Wo es ein bisschen ruhiger ist?"

Sie stimmen zu. Während sie sich entlang des Kratky-Baschik-Wegs Richtung Hauptallee bewegen, versucht er das Thema von den Automaten zu Sport- und sonstigen Wetten zu lenken. Sein Schwager wäre ganz versessen darauf.

„Einstiegsdrogen", sagt Helga. „Im Prinzip dasselbe in Grün. Oder Grün-Weiß, bei Rapid-Anhängern. Meist verbunden mit anderem Risikoverhalten, wie etwa übermäßigem Alkoholkonsum."

„Fast 40 Prozent", sagt Helge, „beginnen noch vor dem 18. Lebensjahr zu zocken. In Kärnten haben sich die Spielsuchterkrankungen nach der Legalisierung des kleinen Glücksspiels innerhalb von zehn Jahren mehr als verzwanzigfacht."

„Und das sind nur die dokumentierten Fälle, die Dunkelziffer liegt mit Sicherheit viel höher."

„Die jugendliche Zielgruppe wird massiv angesprochen, etwa durch lustig bunte Werbespots mit Feen-Emojis, Superhelden-artigen Comicfiguren und dem Slogan, ‚Begib dich in eine bezaubernde Welt voller Glücksbringer'."

„Eine unglaubliche Schweinerei!"

Sie kommen zum Schulverkehrsgarten der Stadt Wien. Ein großmaschiges Gitter umgibt die Anlage aus Kreuzungen mit Zebrastreifen, Ampeln, Radwegen, Gehsteigen, unterschiedlichen Bodenmarkierungen … Mehrere Gruppen von Kindern üben, vor dem Überqueren einer Straße nach links und rechts zu schauen, auf dem Fahrrad beim Abbiegen Handzeichen zu geben, und dergleichen mehr. Nach den aufmunternden oder tadelnden Zurufen der Betreuerinnen zu schließen, sind die Kevins und Chantals mittlerweile von Daniels und Emmys abgelöst worden.

„Nichts gegen Verkehrserziehung", sagt Helga Novakovski. „Auf andere Gefahren sollte man die Kleinen jedoch ebenso vorbereiten. Was schätzen Sie, wie viele von denen", sie schwenkt den Arm über die schnatternde, klingelnde und hupende Menge, „haben bereits ein internetfähiges Handy?"

„Alle?"

„Und wie viele haben darauf *Coin Master* installiert?"

„Was ist das?"

„Eine der international beliebtesten Apps", doziert Helge. „Letztes Jahr das umsatzstärkste Spiel im deutschen Google-Play-Store. Mehr als 50 Millionen Mal heruntergeladen. Intensiv beworben von Promis wie Dieter Bohlen oder Influencern wie Bibis Beauty Palace. Nun raten Sie mal, worum es dabei geht?"

„Keine Ahnung."

„Man dreht an einem digitalen Spielautomaten im Stil eines einarmigen Banditen! Wenn drei Mal dasselbe Symbol erscheint, erhält man Münzen, die man für den weiteren Spielverlauf nutzen kann. Pro Stunde ist das nur fünf Mal möglich. Weitere Versuche können jedoch entgeltlich freigeschaltet werden."

„Zudem poppen in kurzen Abständen Mikrotransaktionspakete ‚zum Rabattpreis' auf", übernimmt Helga, damit ihr Ehemann Atem schöpfen kann. „Anders ausgedrückt: Durch Coin Master werden bereits Volksschulkinder zum Zocken verleitet!"

„Und die Behörden tun nichts dagegen. Die deutsche Bundesprüfstelle sieht keinen Grund für eine Indizierung, da ‚die Entwicklung von Kindern und Jugendlichen zu gemeinschaftsfähigen Persönlichkeiten nicht gefährdet' würde. Es gäbe ja Alternativen zu den käuflichen Münzen, und die Visualisierung weise Elemente auf, die sich von denen echter Spielautomaten unterscheiden. Ist das nicht ein Hohn?"

Der Bravo nickt, wie es von ihm erwartet wird. Warum sollte nur die österreichische Politik mit den Glücksspielkonzernen unter einer Decke stecken?

Er bemerkt, dass sich Helga Novakovski Tränen aus den Augenwinkeln wischt.

Helge legt ihr den Arm um die Schultern und zieht sie sanft zu sich heran. „Bitte entschuldigen Sie", sagt er zum Bravo. „Wenn es sich um Kinder dreht, ist meine Frau nahe am Wasser gebaut. Sie müssen wissen, wir haben unseren Sohn an diese furchtbare Sucht verloren."

Daher weht der Wind, denkt der Bravo. Lässt sich nun doch

ein mögliches Motiv erahnen? „Das tut mir leid", sagt er unter Aufbietung allen Mitgefühls, zu dem er fähig ist.

„Wir wollen sie damit nicht belästigen", schnieft Helga.

„Aber vielleicht kann es ja dazu beitragen", setzt Helge unbeirrt fort, „dass Ihre Familie vor einem ähnlich grausamen Schicksal verschont bleibt."

So erfährt der Bravo die tragische Geschichte von Marcel Novakovski und nebenbei einiges darüber, was sich hinter den Kulissen des Profifußballs abspielt.

Marcel war ein Ausnahmetalent, erzählt sein Vater: der geborene Mittelstürmer, gesegnet mit jenem speziellen Torriecher, der sich auch durch noch so hartes und ausdauerndes Trainieren nicht ersetzen lässt. Von der Volksschule an bis zum U18-Nationalteam war er der Star jeder Jugendmannschaft, in der er mitwirkte. Es schien nur noch eine Frage der Zeit, bis sein Name in einem Atemzug mit Krankl oder Polster, ja Messi oder Ronaldo genannt würde. Fast im Jahresrhythmus stieg er die Stufenleiter der Spielklassen empor. Direkt aus dem Leistungszentrum verpflichtete ihn schließlich einer der renommiertesten Bundesligavereine, mit einem Gehalt, von dem seine Eltern nie zu träumen gewagt hätten.

Aber manchmal arbeitet die Zeit gegen blutjunge Profikicker. Denn sie haben viel zu viel davon. Obwohl fast jeden Vormittag und Nachmittag Trainingseinheiten angesetzt sind, summiert sich das meist nur auf etwa drei Stunden pro Tag. In der überreichen Freizeit wird gezockt, bis die Playstation glüht. Und dabei bleibt es nicht. Schließlich haben die Burschen auch eine Menge Geld. Verschwenderischer Umgang damit zählt zu den Potenzbeweisen.

„Falls es einen Verein geben sollte, dessen Spieler nicht regelmäßig in Kasinos gehen", sagt Helge Novakovski, „dann ist er zumindest mir nicht bekannt. Die Vernetzung zu den Sponsoren trägt das Übrige bei. Sie wissen, dass die höchste österreichische Spielklasse ‚*tipico*-Bundesliga' heißt?"

„Äh … ja."

„Nicht zufällig. Auch andere Wettanbieter lassen es sich einiges kosten, ihr Image mittels Werbung auf Trikots und Stadionbanden aufzupolieren: *Cashpoint*, *hpybet*, *tipp3* … Admiral ist ohnehin omnipräsent. Obwohl die Bundesliga die Zuschauerzahlen schönt, um mehr Geld aus dem TV-Topf zu ergattern, hängt das gesamte System bis hinunter in die ‚Hirschenligen' stark von Sponsoren ab. Deshalb sieht man darüber hinweg, dass auf diese Weise Zocken salonfähig gemacht wird – nicht zuletzt auch für die eigenen Spieler."

„Wie gesagt, das sind junge Männer. Testosteron-Bomben auf zwei überdurchschnittlich begabten Beinen, aber mit permanenter leichter Gehirnerschütterung, vom Köpfeln", sagt Helga Novakovski sarkastisch. Sie scheint sich wieder erfangen zu haben. „Dazu massig Zeit und Geld, da kommt man leicht auf dumme Gedanken. Viele bekannte Fußballer aus den höchsten Ligen hatten und haben schwerste Probleme mit Spielsucht. Pokerrunden praktisch ohne Limit sind gang und gäbe, teilweise völlig absurde Wetten an der Tagesordnung. Wer nicht mitmacht, ist bei den Teamkollegen rasch unten durch."

Marcel hat erzählt, dass bei Flugreisen zu Auswärtsspielen gern hasardiert würde, wessen Koffer als Erster vom Förderband der Gepäckrückgabe ausgespuckt wird. 500 Euro Einsatz pro Person, da ist in Nullkommanix eine fünfstellige Gewinnsumme beisammen.

Fußballwetten im engeren Sinn sind Profis aus naheliegenden Gründen streng verboten. Offiziell. Natürlich machen sie es trotzdem. Die erfolgreichen Wettscheine picken als Trophäen an den Spinden in der Kabine. Und immer, immer wieder ziehen sie nachts um die Häuser; und immer, immer wieder landen sie am Ende im Kasino. Der weltweite Umsatz von Spielhöllen, soll ein weitgereister, ehemaliger Spitzentormann gesagt haben, wäre um einiges geringer, wenn es keine Fußballspieler gäbe.

Talent kann man nicht kaufen, es verschleudern jedoch sehr wohl. Eine Weile lebte Marcel Novakovski von seinem Torinstinkt, der den Mangel an Disziplin einigermaßen ausglich. Das Bett in der vom Verein zur Verfügung gestellten, nahe beim Stadion gelegenen Wohnung benutzte er immer seltener. Stattdessen schlug er sich die Nächte in Kneipen, Kasinos und Stundenhotels um die Ohren. Vielversprechende Transferverhandlungen kamen letztlich doch nicht zum Abschluss, weil die Körperwerte und Leistungen bei den Probetrainings zu wünschen übrig ließen.

Die Karriere stockte. Der Abstieg begann … und beschleunigte sich zum Totalabsturz.

Spielsucht führt zu Schulden, erzählt das tranige, Ton-in-Ton Partnerlook tragende Paar. Die Schulden wiederum treiben Fußballprofis in die Klauen der Wettmafia.

Obwohl nur mehr selten in der Kampfmannschaft und so gut wie nie vom Anpfiff weg eingesetzt, wurde Marcel dazu verleitet, Spielausgänge oder Detailergebnisse zu manipulieren. Er ließ sich bestechen. Die Geldpakete bekam er in DVD-Hüllen zugesteckt, manchmal bis zu 30 000 Euro am Stück. Auf Dauer war freilich auch das zu wenig. Gelegentlich musste er die Prämie retournieren, weil er das versprochene Elfmeterfoul beim besten Willen nicht zustande gebracht hatte, und sah sich Todesdrohungen gegenüber. Selbst, wenn ein Betrug funktionierte und den Hintermännern hohe Quoten bescherte, zerrann Marcel das Geld gleich darauf wieder zwischen den Fingern.

„Einen Tag vor seinem 22. Geburtstag kam unser Sohn bei einem Autounfall ums Leben“, beendet Helga Novakovski, fast tonlos, die Erzählung. „Spätnachts raste er mit einem dieser viel zu teuren, viel zu schnellen Sportwagen frontal gegen einen Laternenmast. Die Polizei verzeichnete es als ‚tödlich verunglückt ohne Fremdeinwirkung‘. Aber nicht nur die Bremsspuren eines zweiten Fahrzeugs legten die Vermutung nahe, dass es sich um eine Mutprobe gehandelt hat.“

„Eine Wettfahrt“, vervollständigt Helge. „Oder ein *chicken game*. Wie auch immer, wir ließen es dabei bewenden.“ Er seufzt. „Davon, dass wir einen zweiten Beteiligten ebenfalls ins Elend gestürzt hätten, wäre Marcel doch nicht wieder lebendig geworden.“

Ehe sie sich verabschieden, geben die Novakovskis dem Bravo noch einen Zettel mit Adressen diverser Suchtberatungsstellen. Er bedankt sich dafür, dass sie ihr Leid mit ihm geteilt haben und für den aufbauenden Zuspruch. „Sie haben mir sehr geholfen.“

Zu seinem eigenen Erstaunen meint er das ehrlich.

17

Unser provisorischer Wettschalter neben dem Foyer des Tangorama erhielt schon bald verblüffend regen Zulauf. Die meisten Besucher waren neugierige Teilnehmer – genauer gesagt: überwiegend Teilnehmerinnen – der angebotenen Tanz- und sonstigen Kurse. Auch einige Dragqueens schauten vorbei. Unter viel Gekichere und Gekiekse ließen sie sich vom Gelddruck-Kurtl die verschiedenen Wettmöglichkeiten erläutern. Bereitwillig posierten sie für Fotos, die im Rahmen der Dokumentation des „Kunstprojekts" Verwendung finden sollten.

Das rege Treiben drohte schon in eine Party auszuufern. Gesetzt wurden, wenn überhaupt, nur kleine und kleinste Beträge; nicht so sehr wegen des in Aussicht gestellten Gewinns, sondern eher als eine Art Spende für die neueste Attraktion der Apollofabrik.

Der Kugelblitz machte seine Sache großartig. Von Minute zu Minute wuchsen mein Respekt und meine Hochachtung. Souverän gab Kurtl Auskunft, ohne die potenzielle Kundschaft auf irgendeine Weise zu bedrängen. Er war ja gewohnt, dass kaum jemand seine Anpreisungen ernst nahm; umso mehr genoss er es, wenn dies doch einmal passierte.

Sobald die Hupfdohlen abgezogen waren, näherten sich dem Schalter mit zögerlichen Schritten drei rüstige Rentner. Sie hatten karierte Schirmmützen auf. An den zerfurchten, wettergegerbten Gesichtern konnte man ablesen, dass ihnen die multikulturelle Atmosphäre unheimlich war. Der Gelddruck-Kurtl winkte sie einladend heran. Geduldig beantwortete er ihre Fragen: Ja, das Lucky Star zwo bemühe sich redlich, das Erbe des bedauernswerten Hugo Pekarek zu bewahren und seine Geschäftstätigkeit in eingeschränktem Maße fortzuführen. Endgültig tauten die drei auf, als Kurtl den „Verein Spurkranz", dem sie angehörten, unter den vom Bravo erbeuteten Kundendateien fand.

Ich las in einem auf meinem Monitor eingeblendeten Fenster mit. Es stellte sich heraus, dass die pensionierten Eisenbahner als gemeinsames Hobby auf Zugverspätungen in aller Welt wetteten. Dank der von den Apollo-Nerds bereitgestellten Software war ihnen dies auch bei uns möglich. Sie zeigten sich überaus glücklich, sich weiterhin mit geistesverwandten Enthusiasten aus fernen Ländern messen zu können.

Somit bestätigte sich die Vermutung, dass Pekarek, weil er mit herkömmlichen Angeboten gegen die Konkurrenz nicht ankam, spezielle Nischen bedient hatte. Den geretteten Aufzeichnungen zufolge waren in letzter Zeit unter anderem Wetten auf demnächst eintretende Naturkatastrophen *en vogue* gewesen. Die höchsten Quoten wurden ausbezahlt, falls durch die von EU und UNO formulierten Klimaziele die Erderwärmung bis 2040 wider Erwarten doch gestoppt werden sollte …

Während die drei schrulligen Alten am einzigen Tischchen, über Kursbücher und zerknitterte, aufgefaltete Fahrpläne gekauert, eifrig ihre nächsten Coups planten, stolzierte ein wesentlich jüngerer, wesentlich besser gekleideter Mann zur Plexiglas-Trennwand. „Hallo", sagte er. „Ich habe ein Mail bekommen."

„Sie werden lachen", gab der Gelddruck-Kurtl zurück, „das ist auch mir schon das eine oder andere Mal passiert."

„Rasend witzig. – Meint ihr das ernst?"

„Was, bitteschön?"

„Die Einladung. Dass man hier", er bedachte die kärgliche Einrichtung mit einem abschätzigen Blick, „spielen kann wie früher beim schrägen Hugo?"

„Wonach würde Ihnen denn der Sinn stehen?"

„Nicht so schnell. Woher habt ihr meine Adresse?"

Ich betätigte die Zoom-Funktion der Kamerasteuerung. Das feiste, sommersprossige, fettig glänzende Gesicht und der blonde Mittelscheitel kamen mir vage bekannt vor. Aber falls ich den blasierten Heini schon einmal gesehen hatte, ließ mich mein Gedächtnis im Stich. Außerdem war sein Typ nicht gerade selten.

„Es ist uns gelungen", sagte Kurtl nonchalant, „eine Art Nachlass von Herrn Pekarek sicherzustellen. Aus einer Sekundärquelle. Sehr rudimentär, leider. Offen gesagt, nur ein paar Namenslisten. Alles Übrige ist bei der Explosion und dem nachfolgenden Brand seines Etablissements vernichtet worden."

„Stand bei meinem Namen etwas dabei?"

„Nun, dazu müssten Sie mir erst einmal sagen, wie Sie heißen. Falls es Ihnen darum ginge, dass Sie Herrn Pekarek noch etwas schulden – derlei ist in den mir vorliegenden Verzeichnissen nicht enthalten." Kurtl hob die kurzen Arme, dass sich die Ärmel seines an den Ellbogen abgewetzten Sakkos bedenklich spannten. Die Kameras erfassten ihn nur von hinten. Aber ich konnte mir sein einnehmendes Lächeln lebhaft vorstellen. „Diesbezüglich fängt bei uns jeder Kunde wieder mit einer weißen Weste und einer schwarzen Null an."

Ich beglückwünschte mich dazu, ihn als Mitstreiter geworben zu haben. Der Bravo hatte ihn ausführlich gebrieft. Trotzdem war keineswegs jede Eventualität besprochen worden. Das meiste schüttelte der Kugelblitz instinktiv richtig aus dem Ärmel. „Tja", sagte er in verbindlichem Tonfall. „Ohne Ihren Namen kommen wir nicht weiter, Herr …?"

„Conrad Haydn. Conrad mit C."

„Haydn, wie der Osttiroler Speckfabrikant?"

Man hätte vielleicht auch den Komponisten bemühen können. Aber manche zogen dem Streichquartett halt die Streichwurst vor. „Das ist mein Onkel." Kurz reckte der Blonde die Brust heraus, als wäre er darauf stolz, relativierte jedoch gleich wieder: „Mit dem Fleischskandal hat mein Zweig des Familienclans nichts zu tun. Wir halten bloß Aktien."

„Selbst wenn ich wüsste, was Sie meinen, ginge es mich nichts an", sagte Kurtl. „Wollen Sie jetzt den einen oder anderen Tipp platzieren?"

„Was würdet ihr mir empfehlen?"

Der Gelddruck-Kurtl scrollte durch Pekareks Dateien. Conrad Haydn schien mehrfach auf. Die Ordner waren betitelt mit „Marble League", „Bergrettung", „Wongs" und „Action Society". Letzterer enthielt allerdings ausschließlich Abkürzungen oder Pseudonyme. Fast alle waren rot unterlegt, was bedeutete, dass die Dekodierungs-Apps sie noch nicht konkreten Personen zugeordnet hatten. Einer davon, „Conny", leuchtete orange. Daneben stand, „Wahrscheinlichkeit der Übereinstimmung mit ‚Conrad Haydn': 17 %."

„Sie haben sich früher gern mit der Marble League beschäftigt", sagte Kurtl.

Haydn verzog das Gesicht. „Kinderkram, interessiert mich nicht mehr."

„Stichwort „Bergrettung"?"

„Ebenfalls Schnee von gestern."

Nun, er machte auf mich auch nicht unbedingt den Eindruck, als wäre ihm die Bergung von Menschen aus alpinen Notlagen ein Anliegen.

„Darf ich fragen, worum es dabei ging? Diese Information kam leider abhanden", sagte der Gelddruck-Kurtl entschuldigend.

„Ach, nichts Besonderes. Man setzt darauf, inwiefern Rettungsaktionen, über die in Medien berichtet wird, glimpflich ausgehen. Wenn Leute nach einem Lawinenabgang oder Erdrutsch verschüttet sind, zum Beispiel. Oder wie damals, als diese Schulklasse in einer Höhle festsaß. Ob und wann sie rauskommen, wie viele sterben, und so weiter. War ganz lustig. Aber seit sowas immer öfter gefakt wird, um die Wetten zu manipulieren oder einfach mehr Klicks abzusahnen, ist die Luft draußen. – Sonst steht da nichts in Hugos Aufzeichnungen über mich?"

„Momenterl …"

Für solche Fälle hatte der Bravo eine primitive, aber blitzschnelle Kommunikationsmöglichkeit einbauen lassen. Vor mir auf dem Pult gab es zwei Tasten, beschriftet mit JA und NEIN. Ich drückte die rechte. Bei Kurtl leuchtete, aus dem Blickwinkel der Kunden unsichtbar, das entsprechende Lämpchen auf – und schon wusste er, was er zu tun hatte.

„... nein“, sagte er. Der Bravo hatte sich ausdrücklich vergewissert, dass unser Frontmann kein Legastheniker war.

„Na dann.“ Speckneffe Haydn wirkte erleichtert. „Ehrlich gesagt, habe ich heute keine rechte Lust zum Zocken. Ich schaue vielleicht in den nächsten Tagen wieder vorbei.“

„Es wird uns eine Ehre sein“, rief ihm der Gelddruck-Kurtl hinterher.

Nachdem die Bundesbahn-Rentner nach langer, intensiver Beratschlagung um insgesamt 32 Euro und 70 Cent mächtig auf den Putz gehaut und ebenfalls unsere Lasterhöhle verlassen hatten, trat eine Flaute ein.

Ich zog mein Smartphone aus der Tasche und sah, dass der Akku dringend aufgeladen werden musste. Ehe ich das Ladekabel ansteckte, checkte ich Anrufe und Nachrichten. Alice hatte sich nicht gemeldet.

Hm. Sollte an der Geschichte vom russischen Verehrer doch mehr dran gewesen sein, als mir lieb war?

Das musste warten. Zuerst googelte ich am Rechner die von Conrad Haydn beiläufig abgetane Marble League. Dabei handelte es sich um das Juxprojekt eines Holländers, der mit Murmeln sportliche Großereignisse parodierte. Mitte des Jahres 2020 erlebte sein Youtube-Kanal einen raketengleichen Höhenflug. Er steigerte sich auf über 1,2 Millionen Abonnenten und fast 100 Millionen Zuschauer. Zum einen, weil ihn der von mir hochverehrte Late-Night-Showmaster John Oliver einem breiteren Publikum bekannt gemacht hatte; zum anderen, da wegen der Corona-bedingten Lockdowns im April und Mai weltweit fast keine „echten“ Sportveranstaltungen durchgeführt wurden. Mit anderen Worten: Statt dass die Zockerdeppen die Gelegenheit wahrnahmen, ihrer Sucht abzuschwören, weil weder Pferde galoppierten, noch Windhunde rannten, noch Autos blöd im Kreis fuhren, wetteten sie darauf, welches der bunten Kügelchen als Erstes einen mit Lego-Steinen gebauten Hindernisparcours bewältigte. In einer Videoaufzeichnung!

Der Menschheit war wirklich nicht zu helfen.

Ich starrte mein Handy an und sinnierte, ob ich Alice kontaktieren sollte.

Anrufen oder ein launiges SMS schicken? „Komm zurück, alles ist vergeben?"

Sicher nicht.

Das wäre ein Eingeständnis von Schwäche. Eine Grundregel im Umgang mit Veranstaltern oder Agenturen lautete: Niemals voreilig nachfragen! Damit kam man automatisch in die Defensive. Sinngemäß dasselbe galt fürs Liebesleben. Eigentlich lag der Fehler schon darin, dass *ich* auf *ihre* Nachricht wartete. Umgekehrt wäre besser gewesen.

„Morgen, spätestens übermorgen", hatte sie gesagt, und zwar gestern. Ergo gab es noch Spielraum für sie. Falls ich den mutwillig einengte, verscheuchte ich sie eher. Ich wusste noch nicht sehr viel über Alice Volatnig, aber sie war bestimmt nicht die Art Frau, die bevormundet werden wollte.

Was blieb mir also zu tun? Wenigstens einen individuellen Ringtone konnte ich für ihre Telefonnummer einspeichern. Ich setzte mir Kopfhörer auf und spielte einige Songs an. Schließlich wählte ich „Living next door to Alice"; jedoch nicht das Original der Gruppe „Smokie", sondern die Coverversion von „Gompie" aus dem Jahr 1995, mit der zusätzlichen Stelle „Alice, Alice, who the *beep* is Alice?"

Das, fand ich, geschah ihr recht.

Inzwischen war vorne ein neuer Besucher angetanzt. Wegen meiner Ohrstöpsel hatte ich ihn nicht kommen gehört. Umso perplexer war ich, als ich mich in den eben begonnenen Dialog einklinkte.

„Kollega, wos moken Geschisti und Geschasti mit Sochen wos zohlta sich nix aus?", fragte der Mann, der einen Staubmantel trug, so fleckig und verschlissen, dass selbst Columbo ihn der Altkleidersammlung spendiert hätte.

„Ich fürchte, ich kann Ihnen nicht ganz folgen", sagte der Gelddruck-Kurtl.

„*Jebem ti majku!* Kann nix folgen, no glaub ich dos gern. Eichara Bude do, wird sich moken nischta Profit, wann sich nur abgibta mit Kinkalitzka."

„Bitte gestatten Sie, dass ich versuche, den Sinngehalt ihrer Aussage zu rekonstruieren. Sie meinen, dass es um die Gewinnaussichten unseres Unternehmens nicht gut bestellt wäre?"

„Jo! Mussta dich kimmern fir Information bei Leite, wos kennta sich riktig aus, kapischo? Wos waaßta Bescheid wie funktionierta Geschäfta mit Sportwetten." Er rieb Daumen und Zeigefinger aneinander und zwinkerte dabei verschwörerisch. „Sogta da Name Taboga wos, Brudi? Oder Union BSC Graz?"

Dabei handelte es sich um Stichwörter, die für die beiden größten österreichischen Wettskandale der letzten Jahre standen. Mehr noch elektrisierte mich jedoch, wie der Kerl redete. Ich war gewiss kein Experte in Sachen slawische Sprachfärbungen und Zuwanderer-Dialekte, aber eines erkannte ich: Das seltsame Sammelsurium, das er absonderte, klang eher danach, als habe er es sich aus Kabarettnummern zusammengestoppelt.

Wodurch sich die Schlussfolgerung aufdrängte, dass mit ihm etwas faul war. Der Kerl mochte vieles sein, aber echt war er nicht. Sondern in hohem Maße verdächtig.

Ich griff nach dem neben der Computertastatur liegenden Billigtelefon, das mir der Bravo gegeben hatte. Sollte ich ihn zu Hilfe rufen?

„Falls Not am Mann wäre", hatte er gesagt. „Aber nur dann, klar?"

Unschlüssig wog ich das Handy in der Hand. Konnte man, was draußen am Wettschalter ablief, einen Notfall nennen?

Die eigenartige Unterhaltung schwappte noch eine Weile hin und her. Kurtl blieb ungebrochen freundlich. Der aufdringliche Pseudo-Balkanese versuchte recht unverhohlen, ihn zu einer Zusammenarbeit mit Leuten zu überreden, die eine mafiose Gruppierung aus dem ehemaligen Jugoslawien repräsentierten. So dies gewünscht wäre, könne er jederzeit Kontakt herstellen.

Der Gelddruck-Kurtl lehnte dankend ab. „Einstweilen kommen wir ganz gut zurecht. Aber falls Sie uns eine Adresse hinterlassen möchten, über die wir Sie erreichen können …?"

„*Dobro.*" Eine Visitenkarte wurde unter die Durchreiche geschoben. „Und mekta ich noch a Wette abschließna."

„Welcher Art?"

„Setzta 500 Euro darauf, dass ein Serienmörder, wos sich nennta Bravo, gefasst wird in die nächsten drei Tage. Wos gibsta mir fira Quote?"

Das war der Moment, als ich mit zittrigem Daumen auf „Senden" drückte.

18

Der Bravo kommt von hinten, von der „Maschek-Seite“, wie die Wiener sagen. Das Vokabel wurde aus dem Ungarischen importiert; *a másik* bedeutet „der andere“.

Ganz leicht stupst er Peter Szily mit dem Zeigefinger an die Schulter. Der fährt zusammen, gibt einen halb erstickten Schrei von sich und schwingt auf dem Drehsessel herum. Fast fällt er von der Sitzfläche. „Wer?“, stammelt er, „Woher? Was … Meine Güte. Sind … Sie das?“

„Wolltest du nicht wachsam sein, Pezi?“

„Jesus, Maria und Josef! Mussten Sie mich so erschrecken? Wie, wie … sind Sie überhaupt hereingekommen?“

„Du hast mich angerufen.“

„Ja, schon, aber …“ Szily fasst sich an die Ohren und zieht die Kopfhörer heraus. „Seit wann haben wir eine Hintertür?“

„Ein Fenster“, sagt der Bravo, „genügt mir.“

Nach dem durchaus aufschlussreichen Gespräch mit den Novakovskis ist er zu einem seiner Unterschlüpfe gefahren und hat begonnen, auf einer Pinnwand mit beschrifteten Klebezetteln, Reißnägeln und Bindfäden etwaige Querverbindungen zu visualisieren.

Dem Bravo war eingefallen, dass er Hugo Pekarek noch nicht auf eine sportliche Vergangenheit hin überprüft hatte. Die Internet-Suchmaschinen warfen aus, dass der – nicht von ihm! – Ermordete zwar anscheinend nie selbst wettkampfmäßig organisierten Sport betrieben hat, jedoch fungierte er einige Jahre lang als Schiedsrichter in unteren Basketball-Ligen. Dort besteht ein derartiger Mangel, dass jeder, der während der Schulzeit ein paar Körbe geworfen hat, einigermaßen die Regeln beherrscht und geradeaus laufen kann, mit Handkuss genommen wird.

Eben hatte der Bravo damit angefangen, Verbindungen zwischen den häufiger in Pekareks Dateien auftretenden Namen zu skizzieren, als ihm Szilys Notruf dazwischengekommen ist. Eilig hat er in seinem Verkleidungsschrank gestöbert und sich für das Outfit eines Paketzustellers entschieden. Die Angehörigen dieser Berufsgruppe streichen, wenn sie vergeblich an einer Tür geklingelt haben, nicht selten um Häuser herum, auf der Suche nach einem Nachbarn, der die Postsendung in Verwahrung nehmen würde.

Durch den Innenhof der Apollofabrik ist der Bravo unbehelligt zum gekippten Fenster des Hinterzimmers gelangt und hat gesehen, dass Peter Szily gemütlich vor sich hin döste. Mittels einer Drahtschlaufe den Riegel zu entsperren und lautlos einzusteigen, zählt zu den Grundfertigkeiten jedes Bravos, der diesen Ehrentitel verdient hat.

„Beruhige dich, Pezi. Was ist los?“, fragt er.

Szily berichtet. Dann sieht sich der Bravo die Aufzeichnung an.

Schnell stellt auch er fest, dass der ominöse Kunde etwas vorgespielt hat, und zwar schlecht. Ähnlich, wie Pez sich an dem Mischmasch von sprachlichen Versatzstücken gestoßen hat, fühlt der Bravo sich fast persönlich beleidigt durch die üble Maskierung. Der fette, an den Enden aufgezwirbelte Schnurrbart, die ebenso pechschwarzen Haarlocken und buschigen Augenbrauen, der Kunstlederhut und das blaurot karierte Holzfällerhemd unter dem erdfarbenen Polyestermantel – das alles passt nicht zusammen. Es ist viel zu viel; als hätte jemand wahllos in eine Kiste mit Karnevalskostümen gegriffen oder versucht, mindestens drei verschiedene Personentypen gleichzeitig zu imitieren.

Auf der Visitenkarte, die Szily dem Bravo reicht, steht unter einem rot-weiß-rot karierten kroatischen Wappen „Dragan Vlčić, *Vertrauensmann*“ sowie eine Telefonnummer.

„Du hast hoffentlich nicht angerufen?“

„Nein, wo denken Sie hin! Aber den Namen habe ich gegoogelt. Kein einziger Treffer, wiewohl Hunderte für Dragan Vlčić, mit U. Ein mazedonischer Musiker, der früher etliche Hits gelandet hat und Anfang Mai 2020 verstorben ist. An COVID-19, im Alter von 65 Jahren. Er ruhe in Frieden."

Der Gelddruck-Kurtl hat die Wette schlussendlich angenommen. „Mit einer mörderisch hohen Quote von eins zu 8000", sagt Peter Szily. „Was stattliche vier Millionen Euro ergäbe. Wollen Sie wissen, wie er darauf gekommen ist?"

„Im Netz zirkulieren fiktive Steckbriefe. Ich nehme an, Herr Kurt hat sich daran orientiert."

„Nachdem der angebliche Vlčić ihn nachdrücklich darauf hingewiesen hat, ja. Er weiß ja nichts von ... Ihrem Hintergrund. Aber beunruhigt es Sie denn gar nicht, dass ein dermaßen hohes Kopfgeld auf Sie ausgesetzt ist?"

„Nein. Nicht auf mich, sondern auf ein Phantom." Selbstverständlich kennt der Bravo diese Handvoll Postings. Samt und sonders stammen sie von Wichtigtuern, die irgendwann zufällig auf Kurzmeldungen in kleinformatigen Boulevardzeitungen gestoßen sind.

„Falls Sie tatsächlich verhaftet würden, wären wir schlagartig bankrott."

„Das ist momentan meine geringste Sorge", sagt der Bravo.

In Wahrheit lässt ihn die ganze Sache keineswegs so kalt, wie er vorgibt.

Er hat nicht gelogen, was die obskuren Internet-Fahndungsaufrufe betrifft. Davor fürchtet er sich nicht.

Der Bravo als solcher ist ein Mythos, ein Archetyp, eine Fabelfigur wie Dracula, der Vampir. Manch ein armes Würstchen, das in der realen Welt nichts zu melden hat, fantasiert sich selbst als Pendant zu Van Helsing oder Buffy Summers. Andere laufen Sturm gegen Chemtrails, Mobilfunkstrahlung, die Adrenochrom-Verschwörung, ... Oder sie glauben, gleich das gesamte heliozentrische Weltbild als Fälschung der NASA entlarven zu müssen. Einige dieser Spinner mögen durchaus gefährlich sein; aber nicht für ihn.

Andererseits lässt sich nicht leugnen, dass das zeitliche Zusammentreffen auffällig ist. Zwischen dem vorweggenommenen Mord an Hugo Pekarek und dem merkwürdigen Auftritt dieses Dragan Vlčić liegen gerade einmal viereinhalb Tage. War das Wettbüro am Dombrowski-Platz also doch primär als Falle für den Bravo gedacht gewesen?

Seit Donnerstag hat er weder über seinen ursprünglichen Auftraggeber noch über den wahren Mörder Entscheidendes herausgefunden. Viel Aktivität für wenig Ergebnis … Er hat schon einiges an Zeit und Geld investiert. Ein Teil des vereinbarungsgemäß erhaltenen, eigentlich unverdienten Honorars ist bereits wieder ausgegeben.

Soll er überhaupt weitermachen? Ist er nicht gerade im Begriff, dem „Trugschluss der versunkenen Kosten" zu erliegen?

Aber was, wenn hinter der ganzen Sache doch ein anderer Auftragskiller steckt? Ein Zunftgenosse, der den Bravo vom Spielfeld räumen oder zumindest seinen Ruf ruinieren will?

Er sollte im Schattennetz nachsehen, ob jemand das Gerücht streut, er hätte an Präzision und Zuverlässigkeit eingebüßt. Später, beschließt er; davor sind näherliegende Dinge zu erledigen. Und sich das Hirn zu zermartern, bringt ihn keinen Schritt weiter.

„Dieser Vlčić", sagt Peter Szily. „Könnte er ein verkappter Polizist sein? Der undercover gegen Wettbetrüger ermittelt, vom Lucky Star zwo Wind bekommen hat und uns einfach mal auf den Zahn fühlen wollte? Ich hatte schon mit Kriminesern zu tun, nur am Rande und rein beruflich, versteht sich. Man glaubt es nicht, wie dämlich sich manche von denen anstellen. Klischees galore. Etliche sind näher an Inspector Clouseau als an Inspector Barnaby."

„Möglich, aber unwahrscheinlich."

Der Zweck des Besuches kann auch gewesen sein, sie aufzuscheuchen und aus der Reserve zu locken. Sie im Sinne von „neue, unbekannte Buchmacher" – oder tatsächlich ihn, den Bravo? Mutmaßt jemand gar, er wäre an dem Pop-up-Laden beteiligt? Das hieße, dass man ihm auf die Spur gekommen wäre. Hat er irgendwann in den letzten Tagen einen Fehler begangen, ohne dies zu bemerken?

Er zwingt sich zur Besonnenheit. „Um den selbsternannten Vertrauensmann kümmere ich mich. Du übernimmst den UBSC, den Vlčić erwähnt hat."

„Meinen Sie, dass da was dran ist?"

„Pekarek war eine Zeit lang Basketball-Schiedsrichter."

„Na ja … Ich weiß nicht …"

„Du kennst doch Leute in Graz, oder? Hat jemand davon Verbindungen zu diesem Verein?"

„Hmmm …" Szily kratzt sich am Hinterkopf. „Den Bernhard könnte ich anrufen."

„Wer ist das?"

„Bernhard Thurnwallner. Der Ehemann einer Ex-Affäre. Längere Geschichte. Er hat erzählt, dass er gelegentlich in den Raiffeisen Sportpark zuschauen geht. Ich habe letzte Woche bei ihm übernachtet, bevor ich in Gugus Praxis gefahren bin, wo … Naja, den Rest kennen Sie."

„Worauf wartest du noch, Pezi?"

Während Szily telefoniert, stöbert der Bravo weiter in Pekareks Sicherheitskopien. Draußen am Schalter ist Ruhe eingekehrt. Die Uhr zeigt fünf vor halb sechs. Wenn sich nichts Besonderes mehr tut, werden sie bald zusperren und den kleinen dicken Mann in den Feierabend entlassen können.

Der Bravo hat keineswegs auf den zweiten Besucher vergessen, der sich ebenfalls verdächtig benommen hat: Conrad Haydn, der blonde Neffe des Lienzer Speckmagnaten. Allem Anschein nach ging es ihm darum, zu erkunden, ob im Nachfolgelokal des Lucky Star Casinos kompromittierende Aufzeichnungen über ihn existieren. Am Ende seiner Video-Passage sah er drein, als wäre ihm ein mittelschwerer Felsblock vom Herzen gefallen. Also hat er irgendeine Art von Dreck am Stecken. Aber wer nicht? Und dass ein direkter Zusammenhang mit Hugo Pekareks Ende besteht, ist eher zu bezweifeln. So hoch können etwaige Schulden nicht gewesen sein, dass der Spross einer Industriellenfamilie deswegen einen Mord begehen oder anstiften würde.

Wie auch immer. Die Ordner „Marble League“ und „Bergrettung“, in denen Haydns Name vorkommt, haben sich bereits als unergiebig erwiesen. Die Chance, dass er mit dem unter „Action Society“ gelisteten Conny identisch ist, wird von Yojimbos Programm als gering eingestuft. Dennoch studiert der Bravo auch die rund zwei Dutzend anderen Einträge. Es handelt sich wohl um Pseudonyme, wie sie auf Social-Media-Plattformen verwendet werden: *Bastardi, ClaRa, Damokles, Frizzi-Tante, Max Mustermann, Quasimoda, Trollfuß, Zara Duster* … Dem Bravo fällt dazu nichts ein außer, dass es sich um jüngere Leute mit einem Faible für halblustige Wortspiele handeln dürfte.

Im Ordner „Wongs“ hat Hugo Pekarek offenbar nicht nur tatsächliche Kunden gespeichert, sondern auch Namen von Personen, die er erst noch als solche gewinnen wollte. Manche kennt der Bravo aus Society-, Politik- oder Wirtschaftsnachrichten; sogar Regierungsmitglieder sind darunter. Was sie alle gemeinsam haben, ist leicht zu erraten: Sie verkehren anscheinend im selben bekannten Nobelrestaurant. Keine Frage, auch dort wird Nachschau zu halten sein.

„Uns war das Glück der Tüchtigen hold“, ruft Peter Szily strahlend, als er sein Telefonat beendet hat. „Bernhard ist morgen in Wien, und sogar zusammen mit dem Platzsprecher des Union BSC! Ihre jeweiligen Stammhalter spielen nämlich American Football im Juniorenteam der Graz Giants, die morgen Nachmittag auf der Hohen Warte gegen die Vienna Vikings antreten. Ich habe mich hinzureklamiert."

„Sehr lobenswert, Pezi. Und heute Abend gehst du ins Wongs. Kennst du das?"

„Ja, sicher. Obwohl ich erst ein-, zweimal dort war. Kann ich mir nicht alle Tage leisten. Wieso?"

„Ich dachte, *du* bist hier der Gesellschaftstiger. Noch nie von den exklusiven Separees gehört?"

Szily winkt ab. „Ach, das sind bloß urbane Legenden. Oder Versuche der Opposition, den Kanzler in die Nähe von Drogenkonsum und sexuellen Eskapaden zu rücken. Weil er bekanntlich mit dem Lokalbesitzer befreundet ist. Man will ihn immer wieder mal anpatzen, aber es ist noch nie etwas hängen geblieben."

„Trotzdem. Früher wurden die Kartenpartien mit den halsbrecherisch hohen Einsätzen in Hinterzimmern von Cafés, Bordellen oder Philatelistenvereinen abgewickelt. Warum sollte sich das nicht in die Nebenräume eines Haubenlokals verlagert haben?"

„Gutes Argument. – Sagen Sie, haben wir eigentlich ein Spesenkonto?"

Der Bravo registriert, dass sein unfreiwilliger Assistent schon wieder übermütig zu werden droht. Also stutzt er ihn gründlich zusammen, indem er ihn kühl daran erinnert, dass immer noch er, Peter Szily, weit und breit sein einziger und somit lästigster, auf Dauer entbehrlicher Mitwisser ist. Das erzielt die gewünschte Wirkung. Geknickt und wortkarg wie selten hört Szily sich einen kurzen Abriss des Gesprächs mit den ISB-Vertretern an. Wenig später zieht er, gemeinsam mit seinem Kumpel Kurt, von dannen.

Allein an den Schalthebeln der Überwachungsanlage, nimmt sich der Bravo nochmals den Pseudo-Kroaten vor. Trotz des überstürzten Aufbruchs hat er aus seinem Unterschlupf vorsorglich ein Laufwerk mitgebracht, das einige auf dem Schattenmarkt erworbene Software-Tools enthält. Darunter befindet sich eine Gesichtserkennungs-Applikation. Nicht sonderlich ausgefeilt, aber vielleicht reicht sie ja aus. Ungern würde der Bravo erneut bei Yojimbo vorstellig werden. Drei Mal wäre vermutlich einmal zu viel.

Aber siehe da, es funktioniert. Kaum hat er Schnurrbart, Mono-Augenbraue, Wuschelperücke und Schlapphutkrempe wegretuschiert, löst sich Dragan Vlčić in Wohlgefallen auf. An dessen Stelle zum Vorschein kommt …

Der Bravo pfeift lautlos durch die Zähne.

Bingo.

19

Ich war schlechter Laune.

Zum einen hatte ich nichts im Bauch außer einer labbrigen, nach feuchtem Abwaschfetzen schmeckenden Quiche aus dem Bistro der Apollofabrik und einer Mordswut auf den Bravo.

Musste er mich dermaßen abkanzeln? Ich machte ja eh mit bei seiner Farce, die mir immer mehr wie eine Art Echtzeit-Rollenspiel vorkam!

Allmählich begann ich seine Tricks zu durchschauen. Er bewegte sich nur, wenn unbedingt nötig. Die meiste Zeit stand er entspannt, aber dennoch stocksteif, sodass man ihn als Teil des Mobiliars empfand. Auch seine Lippen bewegten sich kaum, wenn er sprach, ähnlich wie bei einem Bauchredner. An Tonfällen hatte er exakt zwei drauf, nämlich undefinierbar weiches, pfarrerhaftes Säuseln, das beim einen Ohr rein und beim anderen wieder raus ging, oder harte, von überscharfen Konsonanten dominierte Bedrohlichkeit. Beides vermochte ich nach wie vor nicht nachzuahmen. Aber ein, zwei Tage noch, dann würde ich auch das hinkriegen.

Außerdem hatte Alice noch immer nichts von sich hören lassen. Schweigen im Walde, auf sämtlichen Kanälen. Dabei wäre das Wongs wie geschaffen gewesen für ein zweites Rendezvous!

Ich erwog, beim Würstelstand am Dombrowski-Platz einzukehren. Machmuts Stammgast, den versoffenen Ferdinand, hätte ich in Kauf genommen. Verköstigen musste ich mich unbedingt, ehe ich den Schickimicki-Asiaten in der Innenstadt aufsuchte. Sonst fraß ich mich dort vor lauter Hunger binnen einer halben Stunde um meine sämtlichen Ersparnisse.

Allerdings war es auch angebracht, die Kleidung zu wechseln, damit ich nicht an der Gesichtskontrolle scheiterte, und daheim hatte ich noch einen halben selbst gekochten Shepherd's Pie im Gefrierfach. Die Überreste waren ziemlich sicher bekömmlicher als eine Käsekrainer unerforschlicher Provenienz. Also fuhr ich auf relativ direktem Wege nach Hause, mit einer Tramway der Linie 52. Etwa ein Viertel der anderen Passagiere trug MSN-Masken. Die „Anschober-Windel“ hatte sich als modisches Accessoire etabliert, fast schon wie weiland die Krawatte. Die ja auch einmal eine sinnvolle Funktion erfüllt hatte und ursprünglich durch kroatische Zuwanderer populär gemacht worden war …

Während ich mir das frugale Nachtmahl aufwärmte und die Wartezeit mit einem Stamperl Magenbitter verkürzte, fiel mir ein, dass der Wongs-Betreiber Walter Hong hieß.

W-(H)-ongs, klar?

Hong, wie die Pflegerin des ehemaligen Gürtelgangsters und Patenonkels von Claudia Rappold, der Reporterin! Und hatte ich nicht unter den Pseudonymen im Ordner „Action Society“ auch das Kürzel ClaRa gesehen, aber in der Eile überlesen?

Mir lief ein Schauder eiskalt den Rücken hinab. Blödsinn, ermahnte ich mich gleich darauf selbst: Hong ist ein in Asien weit verbreiteter Name. Lass dich nicht von der Paranoia des Bravos anstecken! Weshalb sollte die Rappold denn nicht an einem Society-Treffpunkt verkehren?

Li Hong, las ich während des Essens in Wikipedia, war ein Kronprinz der chinesischen Tang-Dynastie gewesen. Oder eine messianische Gestalt des Taoismus, die am Ende der Welt wiederkehren würde, um die Angehörigen des Auserwählten Volkes zu retten. So viel zur Einzigartigkeit von Religionen. Weiters gab es ein Bestseller-Kochbuch, das eine Li Hong verfasst hatte, sowie ungefähr eine Fantastillion anderer lebender Personen desselben Namens.

Gestärkt, geduscht und in meinem repräsentativsten Gewand brach ich auf Richtung erster Bezirk. Ich hatte sogar die letzten Tropfen eines Deodorant-Probefläschchens geopfert, um nur ja Eindruck zu schinden.

Was die Avenue des Champs-Élysées für Paris, ist für Wien der Graben. Okay, nicht ganz. Aber eine 70 Meter breite und fast zwei Kilometer lange Prachtstraße haben wir nun mal nicht aufzubieten. Statt einer „Allee der elysischen Felder“ gibt es bei uns nur eine vergleichsweise pimpige, nach einer Befestigungsanlage des römischen Vindobona benannte Einkaufsmeile, deren Highlights ein paar Flagship-Stores internationaler Modeketten darstellen. Selbst die hiesige Dependance der Casinos Austria liegt nicht am Graben, sondern ums Eck, in der gleichfalls in den Stephansplatz einmündenden Kärntnerstraße. Immerhin gruppieren sich um die Pestsäule, die nach der Epidemie anno 1679 errichtet worden war, einige Lokale der Spitzengastronomie, unter anderem – erraten! – das Wongs.

Ich ließ mich von der Rolltreppe hinaufbefördern, zwei Stockwerke hoch; ein im wahrsten Wortsinn erhebendes Gefühl. Die Architekten, die dieses Arrangement entworfen hatten, verstanden ihr Geschäft.

Oben empfing mich ein zwei Meter großer Verschnitt aus Siebentem Samurai und Lurch, dem Butler der Addams-Family. „Sie haben reserviert, Herr …?“

„Nein, guter Mann, ich bin nur lose mit ein paar Freunden verabredet“, antwortete ich mit Döblinger Schnöselakzent.

„Dann darf ich Ihnen einen Stuhl an der Bar offerieren?“

„Sie lesen mir diesen meinen Wunsch förmlich von den Augen ab.“

Er hielt mir die Tür auf. „Ich wünsche Ihnen einen schönen Abend.“

Huldvoll mit der flachen Hand winkend, trat ich ein. Drinnen ging die Inszenierung weiter und steigerte sich zu einer Opulenz, die knapp, aber doch am Kitsch vorbeischrammte. Zum Durchschnittsjapaner oder -chinesen verhielt sich das Wongs wie ein SUV zu einem Kleinwagen: im Prinzip dasselbe, aber viel aufwendiger und protziger. Jedes Detail signalisierte: He, das hier kann sich nicht jeder leisten! Wodurch die Gäste das wohltuende Gefühl vermittelt bekamen, sie wären mindestens auserwählt, wenn nicht gebenedeit.

Ich nahm auf einem gepolsterten Barhocker mit ebensolcher Rückenlehne Platz, bestellte ein *Asahi*-Bier und sah mich um. Der weitläufige Raum gliederte sich in unterschiedlich gestaltete Bereiche. Allen gemeinsam war, dass nicht mit Kristall und Beleuchtungskörpern gespart wurde. Einmal hingen Lampions von der Decke, aber nicht eine Handvoll, sondern Dutzende; in einem anderen Teil herrschten bunte, dezent gedimmte Neon-Leuchtschlangen vor. In wieder einem anderen funkelten zwischen violetten Blumenkaskaden unzählige winzige LED-Lämpchen. Die Bilder an den Wänden waren erlesen unzusammenpassend, von Ölschinken in fetten Goldrahmen bis zu einem rosaroten Relief des *Playboy*-Hasenlogos.

Eine Heerschar ausgesucht attraktiver Kellnerinnen und Kellner servierte Speisen, die mehr Dekoration als Nahrungsmittel darstellten. Unwillkürlich drängte sich mir die Vorstellung auf, dass in diesem Etablissement sogar die Stoffwechsel-Endprodukte wie Kunstwerke aussehen müssten, jederzeit dazu geeignet, von den Erzeugern handsigniert zu werden … Ich nippte an meinem Bier, stellte fest, dass ich es bereits geleert hatte, und orderte ein zweites. Zwar hatte ich die Ermahnung des Bravos, ich solle bei Recherchen strikt die Nullkommanull-Promille-Regel einhalten, keineswegs vergessen; aber ich war sauer auf ihn, und auf Alice, die sich über Gebühr rarmachte, ebenfalls.

Mit dem Bierfläschchen in der Hand streunte ich durch das Lokal, als suchte ich jemanden Bestimmten. Linker Hand gelangte man auf eine überdachte Terrasse mit überdimensionierten weinroten Lederfauteuils. Hier konnten die noblen Gäste rauchen und dabei lässig auf das Fußvolk am Graben hinunterblicken. Es wurden eindeutig mehr Zigarren gepafft als Zigaretten.

Viel Prominenz entdeckte ich nicht auf meiner Runde durchs Lokal. Ein ehemaliger Radiomoderator, der bei der Kanzlerpartei angedockt und ein Gemeinderatsmandat ergattert hatte, unterhielt sich angeregt mit einer ehemaligen Leichtathletin, die es bis ins Parlament geschafft hatte. Auf der anderen Seite der Bar vermeinte ich einen alternden Musiker zu erkennen, der sich mit Ballermann-Songs eine neue Nasenscheidewand erarbeitet hatte, aber das war's dann auch. Vielleicht war ich zu früh dran, oder die wahren Wunder spielten sich tatsächlich in den berüchtigten Extrazimmern ab.

Apropos: Drei Stufen führten hinauf zu einem Torbogen, in dem ein Perlenvorhang baumelte. Selbstverständlich nicht das billige Zeug, das in den WGs meiner Studienzeit vergammelt war, sondern aus größeren, fluoreszierenden Perlen und blitzenden Silbermünzen. Zu beiden Seiten des Treppenabsatzes wachten Zerberusse, die locker als Drillingsbrüder des Portiers am Eingang durchgehen konnten, der Rechte davon hinter einem mit chinesischen Schnitzereien verzierten Stehpult. Die Reflexionen auf seinem spiegelglatt rasierten Gesicht verrieten, dass sich in dem monströsen, zauberbuchartigen aufgeschlagenen Wälzer, über den er gelegentlich mit dem Zeigefinger strich, ein Touchscreen verbarg. Bei manchen Personen, die Zutritt ins Allerheiligste begehrten, sah er penibel nach, ob der genannte Name verzeichnet war; andere winkte er jovial durch.

Ein paar Minuten lang beobachtete ich aus der Ferne das Geschehen und überlegte, wie ich mich einschmuggeln könnte. Dann kam mir unverhofft ein Touristenpärchen zu Hilfe, das für einigen Aufruhr sorgte, weil es nicht eingelassen wurde.

„Aber in unserem Reiseführer steht“, sagte echauffiert die sehr deutsche Frau, ein Büchlein schwenkend, „dass man hier den österreichischen Bundeskanzler treffen kann. Und Milliardäre, die Sushi aus dem Bauchnabel pu-del-nack-ter Liebesdienerinnen essen. – Sach ma, Jens-Henning: Wollen die uns in dieser Stadt denn pausenlos veräppeln?“

Nun wusste ich wieder, wo mir die beiden schon einmal begegnet waren, nämlich letzten Donnerstagabend, just am Dombrowski-Platz. Ich begriff endlich, worum es sich bei dem vermeintlichen Ratgeber und Nachschlagewerk handelte, nämlich um „Wien, wie es wirklich scheint II“, die Veröffentlichung einer Gruppe satirischer Jungautoren. Sie hatten übrigens auch jene Anthologie herausgegeben, die ich Gugu Guthmann nach Graz mitgebracht hatte.

Jens-Henning nahm seiner Carmen das Buch aus der Hand, fuchtelte damit vor dem Gesicht des linken Butler-Samurais herum und sagte streng: „Wissense, wenn man schon pausenlos Ausländersteuer in Form überhöhter Preise berappt, dann hat unsereins irgendwann auch mal das Recht, dass man kriecht, was in solchen Konvoluten versprochen wird, ne?“

Ich sah meine Chance und nutzte sie. Derweil die Zerberusse abgelenkt waren, schlängelte ich mich vorbei, nicht ohne dem Mann am Pult etwas zuzunuscheln, das für ihn wie ein vertraulicher Gruß klingen sollte. Da meine Körperhaltung ebenfalls vermittelte, dass ich über diese Stufen bereits gegangen war, lange bevor er die Türsteher-Ausbildung begonnen, geschweige denn mit Auszeichnung abgeschlossen hatte, erhoben weder er noch seine Zweitbesetzung Einspruch.

Die Perlen klickten, die Münzen klimperten, als ich hindurchschlüpfte. Hinter dem Vorhang veränderte sich die Lichtstimmung auf subtile Weise. Möglicherweise lag es an der Farbtemperatur, dass aus dezent-schummrig nun mondänverschwörerisch wurde. Dieser Teil des Lokals (zu dem gewiss manche Witzbolde „Indien“ sagten. Weil er jenseits des Ganges lag. Ha. Ha. Ha.) war nicht ganz so groß wie der öffentliche, aber noch verwinkelter.

Ich hatte Slim-Fit-Anzüge, Hipster-Bärte und um die Schultern drapierte Kaschmir-Pullover erwartet und wurde nicht enttäuscht. Überall auf Tischchen und Anrichten standen Porzellanschalen herum. Sie enthielten jedoch kein weißes peruanisches Marschierpulver, sondern schnöde Wasabinüsse und

Knabbergebäck. Von sexuellen Ausschweifungen war ebenfalls nichts zu bemerken, wenngleich die meisten Damen kleidungstechnisch eher dem String-Tanga zuneigten als der Nonnentracht. Generell lag der weibliche Altersdurchschnitt um mindestens ein Drittel unter dem der Männer. Dafür zeigten sie doppelt so viel Haut. Wäre ich Mathematiker, hätte ich daraus gewiss eine schmucke Formel ableiten können.

Ein besonders aus- wie einladendes Dekolleté zog meinen Blick an. Es gehörte einer Rothaarigen, die nicht viel älter als 20 Jahre sein mochte. Da sie Pumps mit zirka 15 Zentimeter hohen Absätzen trug, überragte sie ihren Kavalier, der leger den Arm um ihre Taille geschlungen hatte.

Der Mann hieß übrigens Bernhard Thurnwallner. Ich hatte kürzlich mit ihm gefrühstückt.

„Oh, Hallo Pez“, sagte er, und mit Bezug zu seiner Begleiterin: „Das ist, äh …“

„Nicht der UBSC-Platzsprecher“, vollendete ich. „Aber mir egal.“ Unsere Bekanntschaft wurzelte schließlich darin, dass Bernhards Frau ihn mit mir betrogen hatte. Da wollte ich auch nicht spießig sein.

„Tja, die Welt ist klein“, sagte Bernhard.

„Und Wien ist ein Dorf“, sagte ich.

„Wie der Zufall so spielt.“

„Ein weiterer Beweis dafür, dass die Matrix, in der wir leben, zu wenig Speicherplatz hat.“

„Weshalb man immer dieselben Leute trifft.“

„Eben.“

„Ja.“

„Ja. Äh …“

„Die Whisky-Degustation fängt gleich an“, sagte die Rothaarige.

Froh, den peinlichen Moment überstanden zu haben, begaben wir uns in den Nebenraum, wo bereits eine Batterie aus Single Malts aufgebaut war. Eine innere Stimme der Vernunft riet mir eindringlich, von einer Teilnahme Abstand zu nehmen. Ich hatte schon die eine oder andere üble Erfahrung mit Schnapsverkostungen gemacht, weil ich es einfach nicht schaffte, den ganzen guten Stoff wieder auszuspucken. Die Folgen konnte man sich vorstellen. „Zu Risiken und Nebenwirkungen befragen Sie Ihren Arzt oder Apotheker." Insofern gab ich der Stimme recht, bedankte mich artig für die Warnung und beschloss im selben Augenblick, sie zu ignorieren. Außerdem war es sicherlich klüger, sich erst zu fortgeschrittener Stunde unauffällig bei den anderen Gästen umzuhören, wenn der Alkohol die Zungen gelockert hatte.

Dieser Effekt trat tatsächlich ein, jedoch in erster Linie bei mir.

Über Bernhard Thurnwallner wusste ich, dass er eine, nun ja, relativ stabile Ehe führte und an einer Grazer Handelsakademie Turnen, Geografie und Wirtschaftskunde unterrichtete. Unsere bisher im Jahresabstand geführten Gespräche hatten sich stets hauptsächlich um Mannschaftssportarten gedreht, mit besonderer Berücksichtigung der notorisch misslichen Lage der beiden Grazer Fußballklubs Sturm und GAK.

Auch diesmal dauerte es nicht lange, bis wir bei diesem Thema landeten, bloß einen sehr öligen, 16-jährigen *Glenfarclas* und einen erstaunlich fruchtigen, noch zwei Jahre länger gelagerten *Talisker* von der Isle of Skye. Nach einem eher exotischen *Auchentoshan Three Wood* (ohne Altersangabe) aus einer der wenigen verbliebenen Destillerien der schottischen Lowlands waren wir bereits am Jammern über die unselige Verquickung von Sport mit Geldinstituten, zuletzt demonstriert am Beispiel des SK Mattersburg. Aber auch der Spott über den schon länger zurückliegenden Flop der Rapid-Aktien kam nicht zu kurz. Ein Dreischlag aus herrlich torfigen Kleinoden von der Insel Islay – *Bowmore, Ardbeg* und *Lagavulin*, Letzterer in Fassstärke – inspirierte mich zu einer Brandrede gegen die Auswüchse des Wettens und das allgemeine Glücksspiel-Unwesen.

Zu diesem Zeitpunkt war ich bereits im „Pez erklärt die Welt"-Modus. Um uns hatte sich ein Kreis von Zuhörern gebildet, die an meinen Lippen hingen. Bernhard wandte gegen meine Tiraden ein, dass die Wettleidenschaft und deren kommerzielle Verwertung ein keineswegs neues Phänomen darstelle. Beispielsweise habe im 17. Jahrhundert Papst Clemens XII., 80-jährig, blind und ans Bett gefesselt, die vatikanischen Finanzen durch die Wiedereinführung der öffentlichen Lotterie saniert, die von seinem Vorgänger aufgrund moralischer Bedenken verboten worden war.

Ich konterte, indem ich die Debatte zu einer generellen Kritik des kapitalistischen Wirtschaftssystems ausweitete. Waren denn die Umtriebe der Börsianer nicht im Prinzip dasselbe wie Wetten, halt auf steigende oder fallende Kurse, manchmal sogar gleichzeitig? Und litt nicht unsere ganze globale Gesellschaft unter der verderblichen Fixierung auf kurzfristige monetäre Gewinne?

Nicht ganz falsch, erwiderte Bernhard – oder war es die Rothaarige? –, jedoch würden wir das wohl nicht so schnell ändern können. Kurzfristig wäre daher am ehesten zielführend, die Heranwachsenden wenigstens über Marktmechanismen aufzuklären. Immer noch besser, sie handelten mit Turnschuhen – die übrigens gerade dabei seien, Weine und Whiskys als angesagte Spekulationsobjekte abzulösen –, als dass sie ihre jungen Leben an Drogen verschwendeten.

Aber das unsägliche Feilschen und Spekulieren, dozierte ich mit meiner dröhnendsten Stentorstimme, sei doch die schlimmste Droge von allen! Mittlerweile war die Degustation vorüber, der Nachschub an Schampus hingegen gewährleistet. Diensteifrige Geister servierten den, wie ich scherzhaft zum Gaudium der Umstehenden parlierte, „Nuttendiesel" in Kristallflöten, nicht ohne bewundernde Blicke ob meiner Eloquenz und Trinkfestigkeit. Was sagte es über ein Gesellschaftssystem aus, donnerte ich, wenn die Reichsten der Reichen allesamt nichts anderes als Händler oder deren Erben waren? Bill Gates, Jeff Bezos und Mark Zuckerberg hatten in Wirklichkeit nie etwas erfunden, bloß die Ideen anderer gekauft, wenn nicht geklaut, und mit irrsinnigen Gewinnspannen weiterverkauft! Mehr als einmal unter Anwendung verbotenen Insiderwissens und nachgerade erpresserischer Methoden!

Ungefähr ab da mischten sich in die anfeuernden Kommentare meines Publikums gelegentliche Unmutsäußerungen. Davon ließ ich mich nicht irritieren. Diese Hohepriester der weltumspannenden Irrlehre, welche längst die alten Religionen überflügelt hatte, führte ich aus, lebten wie ihre Vorgänger, die noch mit Ablasszetteln operiert hatten, vom Glauben der verblendeten Masse. Dabei kannten sie ebenso wenige Berührungsängste mit dem kriminellen oder als sittenwidrig verpönten Milieu. Der Bischof von Winchester, der Erfinder des Strafgefängnisses, schwang sich im zwölften Jahrhundert zum zweitmächtigsten Mann hinter dem englischen König auf, indem er die Prostitution duldete und die Prostituierten gnadenlos ausbeutete. Worin also bestand der Unterschied zum *Wirecard*-Konzern, der auch als Zahlungsabwickler für die Porno- und Glücksspielbranche angefangen hatte? Wenige Jahre später wurde der Oberboss als vorbildlicher Aufsteiger und „Futurologe" gefeiert und saß im wichtigsten Thinktank der Regierung. Da spielte es keine Rolle, dass immer wieder mal der Verdacht auf Geldwäsche im Raum stand, insbesondere für die Gewinne diverser Boiler Rooms. Ein Spitzenmanager des Unternehmens, das sogar in den DAX aufgenommen worden war, unterhielt Kontakte mit russischen und anderen Geheimdiensten, zwecks „Feindaufklärung"! Falls nicht umgekehrt, wie ein Online-Medium suggerierte, das gesamte Konglomerat schon jahrelang vom US-Geheimdienst NSA und dem deutschen Bundesnachrichtendienst gedeckt worden war, weil sie sich davon Zugang zu Finanzdaten aus China erhofften … Wer auch immer seine schützende Hand darüber gehalten hatte: Alle unterwarfen sich dem streng hierarchischen System, dem

Korpsgeist und den Treueschwüren. Ein Modell, das ganz ähnlich auch an der Spitze unseres Staates praktiziert wurde! Begann über kurz oder lang nicht jeder Fisch am Kopf zu stinken?

„Pezi“, sagte Bernhard leise, „das reicht jetzt. Wir hatten unseren Spaß. Es ist genug. Du gehörst dringend nach Hause und ins Bett.“

Von diesem Zeitpunkt an begann sich meine Wahrnehmung zu trüben. Ich erinnere mich noch vage, dass ich versuchte, wildfremde Leute für Investitionen in Grundstücke an den Küsten der schottischen Highlands zu begeistern, da diese aufgrund der Klimaerwärmung schon bald zu den begehrtesten Stränden der Welt zählen würden. Irgendwann verfrachtete irgendjemand mich in ein Taxi, nannte dem Fahrer eine Adresse, und dann …

Filmriss.

DIENSTAG

„I steh auf, nur weul I muaß.
I steh auf mi'n link'n Fuaß.
Heit is koit, wia ma scheint.
Sogoa die Luft is scho mei Feind.
Renn mi'n Schädl geg'n a Kast'l,
Und I denk ma sowos wie:
Ollas waa so afoch ohne mi."
(Heli Deinboek, „Ollas waa so afoch")

Geeiste Gurkensuppe

*

Wurst- und Hascheeknödel
mit Sauerkraut

o d e r

Gratinierter Blattspinat
auf Süßkartoffelpüree

*

Kirschenkompott mit Mandorlini

20

Ich träumte, dass ich in einem Buch las, und zwar eine Traumsequenz. Was mich sehr ärgerte, da ich Traumsequenzen nicht ausstehen kann, egal ob in Filmen oder Romanen.

Der Pilot der Rakete war ein Oktopus. Er trug ein grün und weiß quergestreiftes Trikot, einen Hut mit dem Raiffeisen-Giebelkreuz und sprach mit kroatischem Akzent: „Diese Szene enthält zu viele symbolische Andeutungen. Übrigens, ich heiße Matiç. Mit Vornamen Novo."

„Angenehm, Petersilie", sagte ich. „Wohin fliegen wir?"

„Zur Auflösung. Ins Nirwana."

„Schön. Sind wir bald da?"

Wie um mich zu verhöhnen, begann er zu singen.

Oh, I don't know why she's leaving,
Or where she's gonna go.
I guess she's got her reasons
But I just don't want to know.
'Cause for twenty four years
I've been living next door to Alice.
Alice. Alice. Who the fuck …

Was zum Teufel …! Endlich realisierte ich, dass mich jemand anrief. Nicht irgendjemand. Ich wälzte mich herum, grapschte nach dem Handy auf dem Nachttischchen, stieß an ein Glas und warf es um, sodass sich Flüssigkeit auf meine Hand und den Kopfpolster ergoss. „Ja halli und hallo!", krächzte ich, nachdem ich das Smartphone ertappt und auf die richtige Sensorfläche gedrückt hatte. „Gibt's dich auch noch, Prinzessin?"

Eine Frauenstimme ohne jeglichen Kärntner Akzent antwortete: „Spreche ich mit Herrn Peter Szily?"

„Am Apparat. Umpf. Äh …?" Ich würgte die aufkommende Übelkeit hinunter.

„Hier ist Chefinspektorin Karin Fux vom Landeskriminalamt Wien. Herr Szily, könnten Sie so bald als möglich zu einer Befragung bei uns in der Berggasse 41 vorbeikommen?"

„W-warum?"

„Sagen wir um zehn Uhr? Wir können Sie auch gern abholen lassen. Mit einer Funkstreife."

Ich sah auf die Zeitanzeige des Handys.

9.32 Uhr.

„Muss das gleich sein? Ich bin grad ein bisschen, ähem, unpässlich."

„Wie gesagt, notfalls schicke ich Ihnen einen Wagen vorbei. Es würde aber weniger Umstände machen, wenn Sie aus eigener Kraft kämen. Mit der Bim, zum Beispiel. Haltestelle Schwarzspanierstraße."

„Um was …? Wieso … Ich meine, kann ich mich noch duschen?"

„Sie klingen, als wäre das für alle Beteiligten von Vorteil. Gehen Sie sich ruhig frisch machen. Kein Stress, es dreht sich nur um eine Zeugenaussage. Reine Routine. Also machen wir halb elf?"

„Passt. Danke."

„Aber nicht trödeln, gell?"

Der Ausdruck „Kater" kommt von Katarrh, weil sich die Symptome ähneln. Belegte Zunge, angegriffene Stimmbänder, fiebrigwattierter Gesamtzustand. Hinzu kamen Schwindel und Brechreiz bei jeder überhasteten Bewegung.

Ich schaffte es unter die Dusche und danach, mir frisches Gewand überzustreifen. In der Straßenbahn checkte ich das Smartphone und sah, dass eine Nachricht eingegangen war. Von meiner Agentur: Ich sollte um 16 Uhr bei einem kurzfristig anberaumten Casting erscheinen. Wie ferngesteuert bestätigte ich den Termin.

Was war los? Wieso rief mich eine Polizistin an? Und zwar nicht irgendeine, sondern diejenige, der man andichtete, sie würde den Bravo jagen. Und warum von Alices Handy aus? Sonst wäre ja nicht der spezielle Ringtone erklungen. War Alice etwas zugestoßen? Hatte sie sich deswegen nicht gemeldet?

In den Geschichten, von denen ich geträumt hatte, stellte sich angesichts solcher Fragen schlagartige Ernüchterung ein. Aber nicht bei mir. Weiterhin belämmert wie ein unvermittelt geweckter Schlafwandler, hampelte ich zum Eingangstor des Gebäudes in der Berggasse 41.

Man wartete schon auf mich. „Herr Szily?", fragte der furchteinflößend gut gelaunt grinsende Mittdreißiger in Zivilkleidung, der mich in Empfang nahm.

„Der bin ich."

„Gruppeninspektor Benedikt Gallaun. Ich bringe Sie zu meiner Chefin."

„Darf ich fragen, weshalb?"

„Ja, aber ehrlich gesagt: Ich darf und will nicht vorgreifen. – Sie sind Schauspieler, nicht wahr, und Kabarettist?"

„Unter anderem."

„Ich habe Sie gesehen, vor etlichen Jahren, bei einer Mixed-Show. In der „Kulisse"."

„Ah ja."

Er geleitete mich durch eine Vorhalle und weiter über karge, hallende, von gelblicher Patina und einem leichten Geruch nach Krautsuppe geprägte Gänge und Stiegenhäuser. „Waren sehr lustig, Ihre Sprachparodien. Habe viel gelacht. Erinnerte mich an Felix Dvorak."

„Nicht nur Sie", sagte ich. „Deshalb habe ich mich mehr auf Werbungen verlegt."

„Schade. – Kennen Sie die alten ‚Kottan'-Filme? Die ersten, noch mit dem grandiosen Peter Vogel, wurden hier gedreht. Wenn Sie mich fragen, war das die einzige ziemlich realistische Darstellung von Polizeiarbeit in der Geschichte des österreichischen Fernsehens. Heutige ‚Tatort'-Folgen hält niemand von uns länger als ein paar Minuten aus. Ganz zu schweigen von den ‚SOKO'-Reihen oder gar den amerikanischen CSI-Serien. Da stimmt ja so gut wie nichts. Die nageln binnen weniger Minuten Indizien fest, für deren Analyse unsere Experten Wochen brauchen."

„Oft ist die Realität", bekräftigte ich lahm, „viel langweiliger als die Fiktion."

„Punktgenau richtig! Und doch gibt es ab und zu auch Momente, da kommen wir mit dem Wundern fast nicht nach. – Jetzt verlassen wir den erwähnten historischen Boden. Unsere Ermittlungsgruppe ist im neueren Trakt angesiedelt. Gottlob, möchte ich sagen. Und nicht nur, weil dort der Kaffeeautomat funktioniert, hihi."

Chefinspektorin Karin Fux war groß für eine Frau. Ich schätzte sie auf fast 1 Meter 80. Die dunklen, vollen, blauschwarz schimmernden Haare waren in der Art einer Pagenfrisur geschnitten, ohne eine einzige unordentlich abstehende Lockenspitze.

„Danke fürs Kommen, Herr Szily", sagte sie mit rauchiger Altstimme. „Sie werden sich sicher schon gefragt haben, aus welchem Grund wir Sie zu uns gebeten haben."

„Das ist richtig."

Inspektor Gallaun, der mich in das Büro geführt hatte, lümmelte sich auf einen Hocker an der Schmalseite des Schreibtisches und hantierte mit einem altertümlichen Aufnahmegerät. „Läuft."

„Gut. Anwesend bei der Einvernahme von Herrn Szily, Peter", sie nannte mein Alter und meine Wohnanschrift, „sind Gruppeninspektor Gallaun Benedikt und Chefinspektorin Fux Karin. – Herr Szily, ich mache Sie darauf aufmerksam, dass Sie unter Wahrheitspflicht stehen. Sollten Sie wissentlich falsche Angaben machen oder bewusst etwas verschweigen, drohen Ihnen bis zu drei Jahre Haft. Erklären Sie sich damit einverstanden, dass dieses Gespräch auch per Video aufgezeichnet wird?"

Sie deutete auf eine Kamera mit einem unter der Optik hervorragenden, in einem Windschutz aus grauem Schaumgummi steckenden Mikrofon. Sämtliche Komponenten waren bereits vor der Jahrtausendwende nicht mehr der neueste Schrei gewesen.

„Ja", sagte ich. Eine feuchte, kalte Hand krabbelte mir die Rückenwirbel hoch. Mit einem Mal wusste ich, dass mir eine schockierende Eröffnung bevorstand.

„Herr Szily, kennen Sie eine Person namens Angelika Volatnig, genannt Alice?"

Abermals bejahte ich. „Obwohl ich nicht wusste, dass sie eigentlich Angelika heißt. Was ist mit ihr?"

„Wie würden Sie das Verhältnis zwischen Ihnen und Frau Volatnig beschreiben?"

„Wir ... haben am Wochenende zusammen gedreht. Für ein Projekt der Filmakademie. In der Obersteiermark."

„Kam es im Anschluss daran zu einem Sexualkontakt?"

„Na hören Sie mal", begehrte ich auf. „Muss ich das beantworten?"

„Ja, müssen Sie. Es handelt sich nämlich um einen Mordfall."

„Einen ...?" Meine Stimmbänder versagten.

„Frau Volatnig ist tot. Herr Szily, wann haben Sie sie zum letzten Mal gesehen?"

„W-w-wie gesagt, am Wochenende. Genauer, Sonntagmorgen. Wir ... haben die Nacht zusammen verbracht."

„In der Frühstückspension ‚Grimmingblick' in Bad Mitterndorf?"

„Offensichtlich wissen Sie das ohnehin von der Produktionsabteilung der Akademie. Also warum fragen Sie noch?"

„Weichen Sie mir aus?"

„Ist das ein Verhör? Werde ich ... verdächtigt?"

„Nein. Derzeit nicht. Aber wir hätten Ihre Bestätigung gern dokumentiert. Also?"

„Wir teilten uns ein Zimmer im erwähnten Gasthof, ja. Und ebenfalls ja, wir haben miteinander geschlafen. Unter Verwendung eines, nein zweier Kondome. Wollen Sie trotzdem eine DNA-Probe von mir?"

„Das wäre hilfreich, Herr Szily, und würde als Bereitschaft zur Kooperation mit der Exekutive positiv vermerkt werden. – Wo waren Sie in der anschließenden Nacht, also von Sonntag auf Montag?"

„Zu Hause." Ich rieb mir mit dem Handballen über die Stirn, weil mir brennende Schweißtropfen in die Augen rannen. Allmählich kapierte ich, dass Alice tot war, offenbar ermordet. Alice. Tot. Ermordet. Es fühlte sich grauenhaft an.

„Allein?"

„Ja. Ich … ich war übermüdet, habe noch ein bisschen Fußball geschaut und bin dann vor dem Fernseher eingeschlafen. Und nein, dafür gibt es keine Zeugen." Ich hob die Schultern, allzu ruckartig. Mir wurde speiübel. „Kein Alibi. – Entschuldigung. Darf ich raus?"

Gruppeninspektor Gallaun eskortierte mich eilends auf die Toilette. Anschließend half er mir, mich und den WC-Boden zu säubern, und dann erledigten wir auch gleich die DNA-Sache.

Zurück im Büro, sagte Fux: „Sie haben letzte Nacht über die Stränge geschlagen, Herr Szily?"

„Das können Sie laut sagen. Bier, Schnaps, Wein, der volle Hattrick. Tut mir leid, ich … bin immer noch fassungslos. Von den Socken. Wegen Alice."

Die Chefinspektorin verzog den linken Mundwinkel um fast drei Millimeter nach unten. „Zu Ihrer Beruhigung, wir sehen bis dato keinen Grund, Sie als Mordverdächtigen zu führen. Selbst unter Anbetracht Ihrer Profession als Schauspieler glaube ich Ihnen, dass mein Anruf Sie überrascht hat, und dass Sie erst durch mich von Frau Volatnigs Ableben erfahren haben."

„Warum, wenn ich fragen darf? Und wie, ich meine … Was ist überhaupt passiert?"

„Gleich, Herr Szily." Dieses Pochen auf meinen Familiennamen kam, mutmaßte ich, von einem psychologischen Fortbildungskurs. „Zuerst möchte ich, dass Sie sich etwas anhören." Sie gab Gallaun einen Wink.

Einen Mausklick später erklang Alices geflüsterte, leicht lallende Stimme: „Pez, ich bin's. Ich habe etwas entdeckt, das glaubst du nicht. Kann nicht laut reden, er ist mir auf den Fersen. Scheiße, schon fast da. Nur so viel: Denk an deine erste Frage. Ach verdammt, kein Netz. Scheiße, Schei–" Abrupt, mitten im Wort, verstummte sie.

„Eine Sprachnachricht", erklärte Fux. „In einer Message-App aufgezeichnet, aber nicht mehr gesendet."

„Wann? Wo?"

„Alles wäre erheblich einfacher, wenn wir das wüssten."

Alices Leichnam war gestern am frühen Nachmittag gefunden worden, aufgefangen vom Rechen der Hauptkläranlage Simmering, erzählte die Chefinspektorin. Hände und Füße mit Kabelbindern gefesselt, die Reste eines Knebels im Mund. Spuren einer Droge im Blut und eine Schwellung am Hinterkopf wiesen darauf hin, dass sie sowohl chemisch als auch physisch betäubt worden war, ehe man sie in die Kanalisation warf. „Bis zum Endergebnis der Obduktion gehen wir davon aus, dass Frau Volatnigs Todesursache Ertrinken war."

„Das ist ja schrecklich. Kann man rekonstruieren, wo …?"

„Wo die Tat begangen wurde? Schwierig. Fast das gesamte Stadtgebiet kommt infrage, denn alle Zuflüsse münden in den großen Sammelkanal, der parallel zum Donaukanal verläuft. Das Abwasser fließt überwiegend im freien Gefälle. Die Kanäle sind insgesamt 2500 Kilometer lang und inkludieren auch unterirdische Bachverläufe. Unsere Freunde von den Entsorgungsbetrieben untersuchen in den kommenden Tagen diverse Schotterfänger auf etwaige hängen gebliebene Fetzen der Kleidung von Frau Volatnig, beginnend bei den Zubringern in der Nähe ihrer Wohnung. Aber die Chancen sind gering."

„Ich kannte nicht einmal ihre Adresse", murmelte ich, mehr zu mir als zu den Polizisten.

Alices Mitbewohnerin, ebenfalls diplomierte Schauspielerin, mit der sie sich das Zwei-Zimmer-Apartment in Kaisermühlen teilte, habe die Leiche identifiziert, erklärte Fux. Die Anschrift habe man über die Jahreskarte der Wiener Linien eruiert, die in Alices Kellnerbrieftasche steckte, zusammen mit dem Handy. Letzteres war natürlich kaputt, aber die Spezialisten des LKA konnten den Speicher auslesen, darunter die an mich gerichtete letzte Sprachnachricht.

„Haben Sie mich mit der simulierten Nummer angerufen, um meine Reaktion zu testen?", fragte ich.

„Ja. Wie bereits gesagt, Sie waren sehr glaubwürdig. – Haben Sie eine Idee, was Frau Volatnig damit gemeint haben könnte? Mit der Aufforderung ‚Denk an deine erste Frage'?"

„Ich nehme an, sie bezog sich auf unser Kennenlernen im Kaffeehaus. Himmel, das ist erst vier Tage her. Freitagvormittag war das, im Café Winterholzner, aber …" Mein Hirn arbeitete noch keineswegs im Vollbetrieb. „Ich glaube, ich habe sie gefragt, was Cantuccini sind, und Alice hat geantwortet, ein Mandelgebäck. Man bekommt es mit dem Kaffee, wissen Sie."

„Sie wollte Ihnen einen Hinweis geben. Können Sie sich einen Reim darauf machen?"

„Leider nein. Es wurde nie wieder erwähnt, während der ganzen Dreharbeiten nicht. Mandeln, Italien … Bedaure. Keine Ahnung, was Alice mir mitteilen wollte."

„Vielleicht fällt es Ihnen ja später wieder ein. – Wen könnte sie gemeint haben, als sie sagte, ‚Er ist mir auf den Fersen'? Und auf welche Entdeckung könnte sie sich bezogen haben?"

Ich dachte angestrengt nach. Sollte ich preisgeben, dass ich Alice gebeten hatte, Augen und Ohren offenzuhalten bezüglich meines angeblichen Projekts über Wettbetrug? Aber dann hätte ich mich, in meinem betropetzten Zustand, unweigerlich in Widersprüche verwickelt. So, wie ich Fux einschätzte, würde sie mich daraufhin in die Mangel nehmen, und es bestand die Gefahr, dass ich mich verplapperte. Von dort wäre es nur ein kleiner Schritt zum Wettschalter in der Apollofabrik und somit zum Bravo …

Stattdessen gab ich zu Protokoll, was mir die Winterholzners über Alices Schlussdienst und ihren Bekannten mit dem slawischen Akzent erzählt hatten. Insgeheim überlegte ich zugleich, ob eventuell eine Verbindung zu dem aufdringlichen Dragan Dingsbums bestünde, der den Gelddruck-Kurtl beschwatzt hatte. Ich erwähnte jedoch nichts davon.

„Herr Szily, wäre es möglich, dass zwischen diesem Mann und Frau Volatnig ein latentes erotisches Verhältnis bestand? Eventuell auch mit finanziellen Verpflichtungen?"

„Wie? Was? Wollen Sie etwa andeuten, er wäre eine Art … Freier gewesen? Oder Zuhälter?"

„Ohne den Ruf ihrer verstorbenen Geliebten infrage stellen zu wollen – wir, beziehungsweise unsere Kollegen von der Sitte, stoßen immer wieder einmal auf Schauspielerinnen, die sich nebenbei als Geheimprostituierte betätigen."

„Mit Verlaub, das ist pietätlos."

„Trotzdem muss ich Ihnen diese Frage stellen. Die meisten Morde passieren im engsten Bekanntenkreis, oder aufgrund geschäftlicher …"

„Jaja, schon klar. – Alice hat mir erzählt, in unserer ersten und einzigen Nacht, dass sie sich einige Jahre lang in einem Callcenter etwas dazuverdient hat. Aber nicht als Callgirl, verstehen Sie? Nur übers Telefon. Sie hat es mir vorgemacht, und ich bin auf diesem Gebiet ebenfalls recht beschlagen, also stimmlich, wir haben uns damit mächtig aufgeheizt, und … Das geht Sie nichts an, oder?"

Ich verspürte einen Druck auf meiner Brust, als ich an das Zimmer in Krungl mit der viel zu weichen Matratze zurückdachte. Mir wurde bewusst, dass Alice für mich nicht nur eine flüchtige Affäre gewesen war. Ich hätte mir mehr vorstellen können, ja gewünscht. Verwandte Seelen und so. Stimmen, die einander verstanden. Daraus wurde nun nichts mehr, das war vorüber, aus, vorbei. Schlussklappe. Ich konnte nicht verhindern, dass mir Tränen in die Augen schossen und eine kaum zu bändigende Wut in den Bauch.

Die Chefinspektorin, die sich die ganze Zeit über Notizen gemacht hatte, blickte von ihrem Schreibblock auf. „Ich denke, das genügt fürs Erste. Wir werden die Angaben der Familie Winterholzner jedenfalls nachprüfen. Herr Szily, ich danke Ihnen für die freiwillige Mithilfe. Gruppeninspektor Gallaun wird eine Abschrift erstellen, aber Sie müssen nicht darauf warten. Wir können ihnen das auch per E-Mail zusenden. Lesen Sie alles in Ruhe durch, und sofern Sie keine Einwände haben, unterschreiben Sie Ihre Aussage. Ansonsten korrigieren wir die nicht stimmigen Details. Okay?"

„Okay."

„Ich bringe Sie hinunter zum Ausgang."

Nachdem sie die Bürotür hinter uns hatte ins Schloss fallen lassen, sagte Fux: „Sie wirken mitgenommen, Herr Szily. Das LKA unterhält eine – zugegebenermaßen unterdotierte – Dienstelle für die psychologische Betreuung der Angehörigen von Verbrechensopfern. Streng genommen fallen Sie nicht in diese Kategorie, da Ihre Beziehung zu Frau Volatnig nur kurzzeitig war. Dennoch könnte ich Ihnen einen Termin verschaffen. So Sie das wollen."

„Danke, nicht nötig", sagte ich. „Ich komme zurecht. Hoffe ich. Notfalls habe ich einen befreundeten Psychiater in Graz, an den ich mich wenden kann."

„Scheuen Sie nicht davor zurück. Hilfe zu suchen, wäre ein Zeichen der Vernunft, nicht der Schwäche. Wissen Sie, der Tod ist Dauergast in diesen Hallen." Sie schwenkte den Arm über den Korridor. Links und rechts führten Türen zu anderen Büroräumen. „Trotzdem verdrängen auch wir weidlich den Gedanken daran, dass wir alle einmal sterben müssen."

Mein Blick war der Handbewegung gefolgt, bis zu einer Pinnwand, auf der Serien von Fotos horizontal angeordnet waren. Die dritte Reihe von oben zeigte aus verschiedenen Winkeln Aufnahmen des malträtierten Kopfes eines ältlichen, stoppelbärtigen Mannes.

Ihm fehlte ein Ohr.

„Wer ist das?", fragte ich.

„Wo?"

Ich zeigte auf das Bild.

„Ah, unser ‚Van Gogh'. Kannten Sie ihn?"

„Nein. Weiß nicht. Sollte ich?"

„Er war eine recht präsente, fast schon legendäre Persönlichkeit, herausragend aus der ansonsten dumpfen Sandler-Szene der Stadt. Könnte auch Ihnen untergekommen sein. Obdachlos, schlief meistens auf der Donauinsel oder unter Brücken. Rezitierte Gedichte, die niemand hören wollte. Sehr wahrscheinlich stammte er aus Hamburg, aber seinen wirklichen Namen haben die damit befassten Kollegen nie herausgefunden. Deshalb hängen die Bilder noch, obwohl der Fall zu den Akten gelegt wurde. Soviel ich weiß, stürzte er über ein Brückengeländer und brach sich dabei das Genick. Das kurz davor abgeschnittene Ohr wurde nie gefunden. Weshalb fragen Sie?"

„Nur so", winkte ich ab. „Haben Sie viele ungeklärte Todesfälle?"

„In diesem untersten Segment der Gesellschaft, ja. Aber mit den im Vergleich zur sonstigen Aufklärungsquote geringen Resultaten können wir leben. Zumal mein Chef, der Generalmajor, unsere beschränkten Ressourcen dorthin verschiebt, wo sie dringender benötigt werden."

„Sandler zählen weniger als, sagen wir, ertränkte Schauspielerinnen?"

„Wir tun, was wir können, Herr Szily. Nicht mehr und nicht weniger. – Gehen wir weiter? Ich habe noch massig Papierkram zu erledigen."

Schweigend stapften wir dahin. Am Ausgang angelangt, sagte Chefinspektorin Karin Fux: „Eins noch, Herr Peter Szily. Sind Sie zufällig in Kontakt gekommen mit einer Person, die sich ‚Bravo' nennt? Oder hatten Sie mit der ‚Eminenz' zu tun?"

„Wer oder was soll das sein?", erwiderte ich, unter Aufbietung all meiner Kunst vortäuschend, dass ich beide Bezeichnungen soeben zum ersten Mal gehört hatte. Mir half, dass dies auf die sogenannte Eminenz ja tatsächlich zutraf.

„Schauergeschichten", sagte Fux. „Denen jedoch ein gewisser Wahrheitsgehalt innewohnen könnte. Der Thron des Wiener Unterweltkönigs gilt seit Langem als verwaist. Da ist es nur natürlich, dass Gerüchte entstehen, eine besonders perfide, hochgradig vernetzte Persönlichkeit habe das freie Feld erobert, die Mitspieler unterworfen und ziehe nun im Hintergrund die Fäden. Was den Bravo betrifft ..."

„Ja?"

„Eine Zielperson hinterrücks zu betäuben und dann aus dem Weg zu schaffen, selbstverständlich mit Handschuhen, ohne dass Fingerabdrücke zurückbleiben – das wäre genau der Stil, den man diesem Serienkiller zuschreibt. Falls es ihn denn gibt."

„Das klingt gruselig", sagte ich.

„Ist es auch. Auf Wiedersehen, Herr Szily. Machen Sie's gut, und passen Sie auf sich auf!"

Wir schüttelten uns nicht die Hände, sondern touchierten nur kurz die Ellbogen, wie wir es uns während der Corona-Krise zur Gewohnheit gemacht hatten. Dann ging ich, konzentriert einen Fuß vor den anderen setzend, zur Tramway-Haltestelle.

Der Himmel hatte sich verdüstert. Schwarze Wolken ballten sich zu grotesken Formen. Ein gezackter, mehrfach verzweigter Blitz flammte auf, am Horizont, im Westen der Stadt. Der Donner folgte mit einer Verzögerung von gut zwei Sekunden.

Aber das Gewitter kam näher.

21

Der Mann ist ein Möchtegern, ein Angeber, ja Hochstapler. Aber das heißt nicht, dass er deswegen dem Bravo nicht gefährlich werden könnte. Für den Regenwurm spielt es keine Rolle, ob das Huhn, das ihn gefunden und aufgepickt hat, ein blindes war.

Hinter der Maske des Jugo-Pidgin radebrechenden Dragan Vlčić steckt ein gewisser Gerfried Müller, seines Zeichens konzessionierter Privatdetektiv. Kaum eine große Story der letzten Jahre, bei der er nicht versucht hätte, sich einzuklinken und mit zu schmarotzen, von den Silberstein-Enthüllungen über das Ibiza-Video bis hin zum jeweils gerade aktuellen Bankskandal. In allen diesen Fällen haben sich seine vollmundigen Behauptungen letztlich als heiße Luft erwiesen.

Trotzdem muss der Bravo der Frage nachgehen, weshalb Müller alias Vlčić beim Wettschalter vorstellig wurde. Er könnte irgendetwas aufgeschnappt haben. Aber wo und was?

Noch am wenigsten bekümmert den Bravo die auf seine Ergreifung platzierte Wette. Ähnliche ins Blaue geschossene Vermutungen kursieren auch über andere klingende Namen der Schattenwelt, allen voran die Eminenz. Unsicherer ist er hinsichtlich der Art von Müllers Auftritt. Kann sich der drittklassige Schnüffler schlichtweg nicht besser verstellen? Oder wollte er enttarnt werden und das Interesse der Betreiber des Lucky Star II auf sich ziehen?

Wieso? Was könnte er sich davon versprechen?

Dem Bravo ist klar, dass er sich möglicherweise auf ein riskantes Doppelspiel einlässt. Müller könnte damit rechnen, ja hoffen, beschattet zu werden. Um seinerseits bei nächster Gelegenheit den Spieß umzudrehen?

So oder so ist höchste Vorsicht geboten. Nun, zumindest das stellt für den Bravo keine gänzlich neue Herausforderung dar.

Die „Privat-Detektei Müller & Co.“ scheint unter einer repräsentativ klingenden Innenstadt-Hausnummer auf, die sich allerdings als reine Kontaktadresse entpuppt hat. Dort mietet Müller bloß einen Briefkasten.

Tatsächlich lebt er in der Schrebergartensiedlung „Auf der Schmelz“ im hinter dem Westbahnhof gelegenen Gemeindebezirk Wien-Fünfhaus. Nicht wenige Mitglieder des „Kleingartenvereins Zukunft“ haben ihre Häuschen winterfest gemacht und bewohnen sie das ganze Jahr über. Diese Umgebung beinhaltet für den Bravo gleichermaßen Vor- wie Nachteile. Einerseits flanieren zu dieser Tageszeit zahlreiche Leute auf den schmalen Wegen zwischen den liebevoll gepflegten, häufig von Gartenzwergen und nicht viel beweglicheren, fetten Dackeln bewachten Parzellen. Andererseits beäugen ebenso viele Hobby-Blockwarte argwöhnisch alles, was in der ausgedehnten Grünanlage geschieht.

Da er von einem Katz-und-Maus-Spiel zwischen sich und dem vorwitzigen Detektiv ausgeht, hat der Bravo eine seiner bewährtesten Verkleidungen gewählt: Gebrechliche alte Oma, die zu stolz ist, einen Rollator zu verwenden, und deshalb einen leeren Kinderwagen mühselig vor sich her schiebt. Ausgiebig aufgetragener essigsaurer Geruch sollte zuverlässig unterbinden, dass jemand mit ihm ins Gespräch kommen will.

Jener Doktor Daniel Gottlob Schreber, nach dem die im gesamten Wiener Stadtgebiet verbreiteten Kolonien benannt sind, weiß der Bravo, hat zeitlebens nie derartige Freizeiteinrichtungen initiiert. Dafür proklamierte der Leipziger Arzt, der sowohl Burschenschaftler als auch Freimaurer war, außer Tummelplätzen für Kinder allabendliche Kaltwasserklistiere, empfahl die Prügelstrafe schon für Säuglinge und tat sich als Erfinder von Apparaten zur Verhinderung der Masturbation hervor.

Rings umher erklingen die durchdringenden Geräusche von Rasenmähern, Heckenscheren und sonstigen Gartengeräten. Es ist kurz vor der um zwölf Uhr schlagartig einsetzenden Mittagspause. Bis 14 Uhr hat dann Ruhe zu herrschen. Weshalb sich die Kleingärtner noch mal so richtig ins Zeug werfen.

Düstere, von grellem Wetterleuchten zerschnittene Wolken am Horizont künden eine nahende Regenfront an. Dem Bravo ist das egal. Seine Perücke hielte selbst einem tropischen Guss stand. Außerdem hat er selbstverständlich einen Schirm eingepackt.

Mehr beunruhigt ihn, dass er keinem sorgfältig ausgearbeiteten Plan folgt, sondern auf gut Glück unterwegs ist. So etwas hasst er. Am besten gefiele ihm, Gerfried Müller für einige Stunden an einen weit von der Schmelz entfernten Ort zu locken, sodass er das Haus in Ruhe durchsuchen kann. Ein Ansatzpunkt wäre die Telefonnummer auf der abgegebenen Visitenkarte. Wie der Bravo schon herausgefunden hat, führt eine simple Rufumleitung zum Diensthandy des Detektivs. Aber er traut sich nicht zu, dieses diffizile Gespräch selbst zu führen. Dafür bräuchte er die schauspielerischen Fertigkeiten Peter Szilys, den er schon mehrmals zu erreichen versucht hat, jedoch vergeblich. Offenbar ist dessen Smartphone ausgeschaltet. Der Gelddruck-Kurtl hingegen hat pflichteifrig wieder seinen Posten in der Apollofabrik bezogen und kürzlich „keine besonderen Vorkommnisse" gemeldet. Ihn könnte man einsetzen; nur müsste man ihn dazu teilweise über die Hintergründe aufklären, und der Bravo will sich nicht noch einen Mitwisser heranzüchten.

Auf die Griffstange des Kinderwagens gestützt, zockelt er mit scheinbar beschwerlichen Trippelschritten an Müllers Gartenhaus vorbei. Die Blumenrabatten der Parzelle sind gerade so weit gehegt und gejätet, dass den Vorgaben des Vereins Genüge getan wird. An den Eckpunkten des ungefähr quadratischen Grundstücks stehen Birken, auf denen Vogelhäuschen montiert sind … und Kameras. Verdrahtungen am Holzzaun und an dem mit einem dicken Eisenriegel versperrten rustikalen Türchen lassen außerdem auf eine Alarmanlage schließen. Nichts, womit der Bravo nicht fertig würde – wenn sich niemand in dem schwarzbraun gebeizten Blockhaus aufhielte. Allerdings ertönt von dort Musik und Geschirrgeklapper.

Während er um die Ecke biegt, erwägt der Bravo, mittels seines mitgebrachten Blasrohrs von außerhalb des überwachten Bereichs ein Mini-Funkmikrofon in der Nähe eines der offenen Fenster zu deponieren. Aber abgesehen von der zu erwartenden schlechten Tonqualität hält er den Detektiv, bei aller Geringschätzung, für smart genug, dass er einen Wanzenscanner laufen hat. Sobald dieser anschlüge, würden sich die Rollen von Jäger und Gejagtem umkehren.

Also was tun? Unverrichteter Dinge abziehen?

Vernünftig wäre es. Es herrscht ja kein Zeitdruck, oder? Das Ultimatum der „drei Tage“, auf die der falsche Dragan gewettet hat, nimmt der Bravo nach wie vor nicht ernst. Dazu gibt es keinen Anlass. Bloß, dass dem ein Ziehen in der Magengrube entgegensteht; eine Intuition, die ihn noch selten getrogen hat. Diese ganze Sache, spürt der Bravo im Innersten, strebt einer baldigen finalen Auseinandersetzung zu.

Er erschrickt – über Gebühr, was ihm auch nicht behagt –, weil das Handy in seiner Bauchtasche vibriert. Ein paar Schritte schiebt er noch weiter, bis er sich in relativ sicherer Deckung zwischen üppig blühenden Oleandern befindet. Dann holt er das Burner-Phone heraus, liest die Notrufnummer und hebt ab.

„Alice ist tot“, sagt Peter Szily.

„Wer ist Alice?“, flüstert der Bravo.

„Meine … Schauspielkollegin vom Wochenenddreh. Die im Café Winterholzner kellneriert hat. Waren Sie das?“

„Was?“

„Der Mörder. Haben Sie Alice umgebracht, einfach weil Sie es können?“ Der Komiker schluchzt auf. „Weil Sie mir, wegen meines Lapsus in Graz, nicht einmal ein kurzes Glück gönnen?“

„Mal langsam, Pezi. Ganz ruhig. Tief durchatmen. Ich habe keine Ahnung, was vorgefallen ist."

„Ich doch auch nicht! Aber Alice ist tot, aller Wahrscheinlichkeit nach ermordet. Und das heißt für mich, dass ich aus diesem Spiel aussteige. Weil es nicht mehr lustig ist. Mir reicht's. Ich bin draußen. Ich biete Ihnen, nein: dir, du stimmcharakterlose Bestie!, ein abschließendes Gegengeschäft an. Ich verrate dich nicht an die Chefinspektorin Fux, dafür lässt du mich in Ruhe bis ans Ende meiner Tage."

„Gemach, Pez, gemach. Über einen Deal lässt sich reden, okay? Aber zuerst erzähl mir, was dich dermaßen erschüttert hat."

Szily berichtet. Anfangs widerwillig, ungeordnet, immer wieder unterbrochen von Beschimpfungen und Anschuldigungen; allmählich stringenter. Vom Verhör im Landeskriminalamt. Vom fehlenden Ohr auf dem Foto des Sandlers, der niemandem abgeht. Von der Warnung am Ende der Begegnung mit der Polizistin Karin Fux.

„Sie tappt im Dunklen", sagt der Bravo leise. „Wir sind viel näher dran als sie. Deshalb müssen wir weitermachen."

„Was?", heult Szily auf. „Sind Sie verrückt? Entschuldigung, blöde Frage. Natürlich sind Sie das. Komplett verrückt, ein Soziopath durch und durch. Ein Eremit, ein Einzelgänger, der dahinschleicht in Nacht und Sturm wie Danzers Frauenmörder Wurm!"

„Kenne ich nicht. Aber falls es dich beruhigt, ich habe im Laufe meiner Karriere etwa zehnmal so viele Männer terminiert wie Frauen. Weibliche Wesen kommen zahlungskräftigen Auftraggebern ungleich seltener in die Quere."

„Ich kann deine Stimme nicht mehr hören!"

„Auf meiner Seite funktioniert die Verbindung klaglos."

„Du verstehst nicht, was ich meine. Ich halte deine Stimme nicht mehr aus. Diese charakterlose Flüchtigkeit … Wovor rennst du davon? Was hat dich dazu gebracht, ein erbittertes Leben als, als … als selbstverfluchte Null-Identität zu fristen?"

„Ich töte Menschen“, sagt der Bravo. Leise und verhalten, um nicht die halbe Umgebung aufzurütteln. „Das ist gesetzlich verboten. Deshalb gebe ich mein Bestes, dass ich hinterher nicht erwischt werde.“

„Ah ja. Macht dir das Spaß, Leute umzubringen?“

„Nein. So gut wie nie. Ich verbiete mir Emotionen während der Berufsausübung.“

„Bist du überhaupt zu so etwas wie Gefühlen fähig?“

„Ja“, sagt der Bravo. „Ich mag scharf gewürztes Essen, mit viel Chili, beispielsweise mexikanisch. Danach bin ich meistens gut drauf. Und Pudel. Das sind echt lustig anzuschauende Hunde.“ Sofort fragt er sich, ob er eben schon zu viel über sich preisgegeben hat.

Nein, keine Sorge. Szily steht total neben sich. „Wirst du … Werden Sie mich auch wegräumen, einfach so?“, stößt er hervor.

Der Bravo ist froh, dass dieses Gespräch via Telefon stattfindet. Von Angesicht zu Angesicht wäre es noch schwieriger und belastender. „Nicht, wenn du die Klappe hältst, wie du zugesichert hast. Du willst leben, ich will leben. Jeder auf seine Weise. Gemeinsamkeit unserer Tätigkeiten: Die Basis ist, dass man es sich traut. Unterschied: Der eine genießt das Scheinwerferlicht, der andere scheut es. Charaktersache. Kannst du das akzeptieren?“

„Ja. Aber was heißt das?“

„Aktuell: Du tust, was ich von dir will. Sonst …“

Der Bravo lässt seine Worte nachwirken. Lange, über viele gehechelte Atemzüge der Gegenseite hinweg. Dann sagt er, mit aller Milde und Wärme im Tonfall, zu der er fähig ist: „Ich weiß, wo du wohnst, Pezi. Ich weiß, wer du bist, wie du tickst, und wie ich dich aufspüren könnte, selbst im hintersten Winkel dieses Erdballs. Du bist mir ausgeliefert. Doch ich verrate dir jetzt ein Geheimnis: Ich morde nur, wenn ich dafür bezahlt werde, oder falls es unbedingt nötig ist. Dieser Punkt wurde in unserer bisherigen Beziehung noch nicht erreicht.“

„Aber Alice?“, winselt Szily.

„Vergiss das. Jetzt tust du einfach, was ich dir anschaffe, und danach reden wir weiter. Ich weiß, dass du es kannst. Also konzentrier dich und hör zu. Hör ganz genau zu, Pezi …“

Es dauert ein Weilchen, bis er Szily so weit hat, dass dieser den Anruf tätigt. Dann jedoch macht er die Sache erstaunlich gut.

Die leicht piepsige Stimme und stets etwas überschwängliche Redeweise des Gelddruck-Kurtls perfekt imitierend, bittet er Vlčić/Müller zu einem Treffen mit einem „Insider, der Beweise für Verbindungen der Balkan-Mafia bis in höchste Regierungskreise“ anbiete. Dabei hätte er gern ihn als erfahrenen Vertrauensmann an der Seite. Allerdings wäre das Zeitfenster sehr eng, der Informant nähme bereits um 15.40 Uhr die Lufthansa-Maschine zurück nach Belgrad.

Der Bravo hört mit, dass Gerfried Müller den Köder schluckt. Sogleich, verspricht der Detektiv, wird er zum Flughafen Wien-Schwechat aufbrechen. Ob er seinerseits eine befreundete Journalistin beiziehen könne? – Nur, wenn sie sich nicht als solche zu erkennen gäbe.

Wenige Minuten später verlassen zwei Personen das Gartenhaus: Müller in der lächerlichen Dragan-Verkleidung sowie eine Frau mittleren Alters mit schulterlangen, brünetten Haaren, die ebenso konservativ geschnitten sind wie das tizianrote Lagerfeld-Kostüm. Körpersprachlich verhalten sich die beiden zueinander wie flüchtige Bekannte, nicht wie ein Liebenspaar.

Nachdem er ihr Foto an Szily geschickt hat, zusammen mit einer lobend-aufmunternden Bemerkung, wirft der Bravo das verwendete Handy in die randvoll mit Regenwasser gefüllte Blechtonne hinter dem Zaun eines Nachbargrundstücks. Dann geht er an die Arbeit.

22

Ich war vollkommen durch den Wind. Zur nur langsam abklingenden Alkoholvergiftung mischte sich die Betroffenheit über den Mord an Alice. Hinzu kam Hass auf den Bravo, der mich nicht aus seinen Klauen ließ; und mehr noch Ekel vor mir selbst. Weil ich bei all dem Wahnsinn mitgemacht hatte. Im dummstolzen Irrglauben, ich könnte mich jederzeit mit ein paar flapsigen Sprüchen aus der Affäre ziehen!

Wie in Trance stakste ich durch die Stadt, nachdem ich zuerst den Bravo angerufen hatte und dann Dragan Vlčić. Der in Wahrheit Gerfried Müller hieß. Und jetzt zum Flughafen unterwegs war. Mit niemand anderem als Claudia Rappold, der Boulevardreporterin und Patennichte des „Schöneren"!

Mir schwirrte der Kopf. Hing alles irgendwie zusammen? Oder ergab überhaupt nichts einen Sinn, und jeder Versuch, Ordnung in das Chaos zu bringen, war von vornherein zum Scheitern verurteilt?

Erste schwere Tropfen fielen. Mein Magen knurrte vor Hunger und revoltierte zugleich gegen die Vorstellung, ich würde ihm Essen zuführen. Ohne konkretes Ziel war ich die Berggasse hoch und dann die Währinger Straße entlanggegangen, bis zum Alten AKH, wo ich im Innenhof der Medizinischen Universität telefoniert hatte. Die Mittagsglocken der umliegenden Kirchen und der Wolkenbruch setzten fast simultan ein. Ich flüchtete in eine Imbissstube, die sowohl Pizza als auch Kebab anbot, weshalb ich sehr flach atmete. Mit 2 Euro 50 für eine Flasche Almdudler erkaufte ich mir die Berechtigung, den Platzregen in diesem tristen Ambiente auszusitzen.

Das Unwetter zog rascher vorüber als mein Kopfweh und meine Zweifel. Bis vor Kurzem hatte ich mich mit der Annahme eingelullt, dass der Bravo zwar eine mal geisterhaft unheimliche, mal schreckerregend bedrohliche Erscheinung war, aber vielleicht letztlich doch auch nur ein Bluffer, so wie ich und viele meiner Bekannten. Alices Mörder allerdings hatte nicht geblufft. Ihr Leichnam lag tatsächlich auf der Pathologie, vermutlich gar nicht weit von hier.

Der Himmel klarte schon wieder auf. Trotzdem verspürte ich äußerst wenig Lust, zum American Football auf die Hohe Warte zu fahren. Ich hatte das Interesse daran verloren, wer Hugo Pekarek auf dem Gewissen haben könnte. Einen einzigen Grund gab es, die Straßenbahn und danach U6 und U4 zu besteigen: Ich wollte mich bei Bernhard Thurnwallner für mein Benehmen letzte Nacht im Wongs entschuldigen und ihm dafür danken, dass er noch Schlimmeres verhindert hatte.

Also landete ich schließlich doch in der Endstation Heiligenstadt. Ich durchquerte den Karl-Marx-Hof, den Mount Everest der Gemeindebauten. Jedes Mal wieder beeindruckend, falls man nicht unter post-alkoholisch erhöhter Lichtempfindlichkeit litt. 5000 Personen lebten hier an rund hundert Stiegen. Eine ziegelrote Kleinstadt! Monumentale Türme. Massive Portale. Riesige Durchfahrten, ausgerichtet auf die Achse Heiligenstädter Bahnhof und Hohe-Warte-Stadion … Letzteres lag um einiges höher, sodass ich in der Klabundgasse ins Keuchen kam und den Großteil der Kräuterlimonade wieder ausschwitzte.

Vor fast genau hundert Jahren war die von Naturtribünen umgebene Arena als damals größtes und modernstes Fußballstadion Kontinentaleuropas eröffnet worden, verkündete eine Tafel seitlich des Eingangs. Bis zu 90 000 Sportfans hatten die an diesem Ort abgehaltenen Länderspiele besucht. Jetzt war das Areal nur mehr auf maximal 5500 Zuschauer zugelassen, da man die Haupttribüne wegen Holzfäule der Dachträger gesperrt hatte. Aber nicht einmal ein Zehntel dessen verstreute sich auf den Stahlrohrtribünen der Gegengeraden. Ohne große Mühe fand ich Bernhard auf Höhe der Mittellinie.

„Sieh an, der Pezi-Bär!“, begrüßte er mich. „Alle Ehre! Du weilst bereits wieder unter den Lebenden?“

„Mehr schlecht als recht“, gab ich zurück. Die Formulierung hatte mir einen Stich versetzt. Wegen Alice. Aber das wollte ich ihm nicht auf die Nase binden. „Oh Mann, ich glaube, ich habe mich gestern ziemlich zum Trottel gemacht.“

„Ach, vergeben und vergessen!“, winkte er ab. „Die längste Zeit warst du sogar sehr unterhaltsam. Und was den Rest betrifft: Schwamm drüber! ‚Was im Wongs geschieht, bleibt im Wongs und kommt niemals raus.‘“

Sogar in meinem nach wie vor benebelten Zustand kapierte ich, dass Bernhard nicht nur auf meine peinliche Darbietung anspielte. Er bezog sich auch auf seine nächtliche rothaarige Begleiterin.

„Danke, so soll es sein“, signalisierte ich Bereitschaft zum männlichen Schulterschluss.

„Eben. – Wolfgang kennst du?“ Damit war der neben ihm sitzende hagere Grauhaarige gemeint, von dessen Kinn sich ein dünnes, geflochtenes, hennarot gefärbtes Bärtchen aufkringelte.

„Denke doch. Hallo, sehr erfreut. Nein, warte mal. Hast du dich früher nicht Simon genannt?“

„Stimmt. Ein Spitzname, den man mir schon im Gymnasium verpasst hat. Weil ich dem Art Garfunkel ähnlich schaute.“

„Warum dann …?“

„Meine Mitschüler und ich kannten nur das Cover der ‚Bridge Over Troubled Water‘-LP und wussten nicht, welcher der Simon und welcher der Garfunkel war.“ Lachend zuckte er die Achseln. „Das ist einige Jahrzehnte hängen geblieben.“

Ich erinnerte mich wieder. Der mitsamt seiner Jimi-Hendrix-Haarkrause weit über zwei Meter große Hüne hatte im Ruf gestanden, einer von wenigen echten Grazer Hippies gewesen zu sein. Die Shows seiner Rockkabarett-Truppe, die ihr Möglichstes getan hatte, die Wiener „Drahdiwaberln“ daneben wie ein Kindergeburtstag erscheinen zu lassen, galten noch heute als legendär.

Nachdem wir, wie es sich gehörte, abwechselnd die eine oder andere Anekdote aus dem Bühnenleben zum Besten gegeben hatten, kamen wir auf den Basketballklub zu sprechen, bei dem Wolfgang als Heranwachsender gespielt hatte und nun, fast ein halbes Jahrhundert später, als Platzsprecher fungierte. Mehr als einmal in der vorigen Saison, erzählte er, habe er mit dem Schicksal gehadert, weil sein UBSC nach über weite Strecken dominantem Spiel dann doch deutlich verloren hatte. „Aber dass da noch ganz etwas anderes ablief, nämlich Wettbetrug, habe ich zu meiner Schande nicht geschnallt."

Darin verwickelt war die gesamte erste Mannschaft, die *starting five*, allesamt Legionäre. Ein Komplize, ein Ex-Spieler, platzierte online Sofortwetten darauf, dass das zur Pause führende Team am Ende mit mehr als 11,5 Punkten hinten liegen würde. „Unter diesen Bedingungen kriegst du selbst beim brustschwachen österreichischen Basketball erstaunlich hohe Quoten. Pikanterweise ist der Hauptsponsor der *Superliga* übrigens Admiral."

„Verdienen eure Profis denn derart wenig, dass sie für so etwas anfällig wären?"

„Einer unserer besten Werfer der vorletzten Meisterschaft hat nebenbei halbtags auf der Baustelle gearbeitet, falls das deine Frage beantwortet. Die Spitzenteams wie Gmunden oder Oberwart können etwas mehr zahlen, aber das sind trotzdem alles *peanuts* im Vergleich zum Fußball."

„*Soccer*, wohlgemerkt", warf Bernhard ein. „American Football, wie er bei uns betrieben wird", er wies auf das nasse Spielfeld, das die zwei Nachwuchsmannschaften schon tüchtig umgeackert hatten, „geht vergleichsweise ebenfalls am Bettelstab. Bei den Quotenbringern hingegen sind die Gagen explodiert. Michel Platini, der in den 80er-Jahren dreimal hintereinander zum besten Fußballer Europas gewählt wurde, sah sich massiven Anfeindungen gegenüber, weil er zu dieser Zeit ein Jahresgehalt von umgerechnet rund 500 000 Euro bezog. Heute verlangt David Alaba über 20 Millionen jährlich. Das entspricht dem 40-Fachen!“

„Wenn’s ihm wer zahlt …“ Ich lenkte das Gespräch zurück zu den Grazer Basketballern. „Wie ist man dann eigentlich draufgekommen, dass die Matches geschoben waren?“

„Naja, monatelang eben zunächst gar nicht. Weil die Gauner die Sache recht geschickt anstellten. Sie manipulierten ja nicht jedes Spiel. Außerdem kannst du beim Basketball so schummeln, dass es praktisch niemandem auffällt. Es ist nicht nötig, in der ersten Hälfte fünf Dreipunkter zu erzielen und in der zweiten sämtliche Distanzwürfe zu versemmeln. Eine etwas laschere *Defense* genügt schon, dass du immer mehr ins Hintertreffen gerätst.“

Aufgeflogen sei der Schwindel erst, als unterm Jahr ein vielversprechendes US-Talent direkt vom College zum Verein gestoßen war und sich sogleich bewährt hatte. „Der Junge stand unmittelbar davor, den bisherigen *Guard* zu verdrängen, und musste daher wohl oder übel einbezogen werden. Er wollte aber nicht mitmachen, sei es aus berechtigter Angst um die Karriere oder vor den sogenannten Teamkameraden. Deshalb hat er sich unserem Präsidenten anvertraut. Dieser wiederum redete auf ihn ein wie auf eine kranke Kuh, bis er ihn endlich überzeugen konnte, mit ihm zur Polizei zu gehen. Als Afroamerikaner hatte er nämlich keine sonderlich hohe Meinung von der Unvoreingenommenheit der Exekutive.“

Die Polizisten der zuständigen Abteilung, unter ihnen ein ehemaliger Spieler der *Oberwart Gunners*, rieten dazu, vorerst alles wie gehabt weiterlaufen zu lassen. „Niemand sonst wurde eingeweiht, auch ich nicht.“ Wolfgang schnaubte durch die markante Nase. „Ich kann euch gar nicht sagen, wie sehr es mich fuchst, dass ich die fünf Ganoven weiterhin mit allen erlaubten Mitteln unterstützt und angefeuert habe! Jedenfalls, als genügend Beweise gesammelt waren und das Einsatzkommando zugriff, kamen sie keine Stunde zu früh. Einige der Arschl…, pardon Herrschaften, hatten bereits ihre Koffer gepackt und waren abreisefertig."

„Tja", sagte Bernhard Thurnwallner, „wer konnte damit rechnen, dass das gesamte Startteam beteiligt war? Das ist ja fast schon wie beim ‚Mord im Orient-Express'."

Ich griff mir an die pochende Schläfe. Im hintersten Winkel meines wattierten Gehirns schoben sich, schmerzhaft kratzend, Mosaiksteinchen zu einer Figur zusammen, während andere ebenso unangenehm scheuernd wegrückten oder klackend herausfielen.

Was wollte mir mein Unterbewusstsein mitteilen? Auf welches Stichwort hatte es soeben reagiert?

Jählings sprangen Bernhard und Wolfgang hoch, applaudierten und stimmten in die spärlichen Triumphgesänge ein. Offenbar hatten die *Giants* gepunktet.

Im selben Moment vibrierte mein Smartphone. Eine Nachricht, Absender unterdrückt. Wer sonst konnte das sein als der Bravo?

23

Der Einbruch in das Schrebergartenhäuschen hat ihn ganz schön gefordert. Aber der Bravo mag es, wenn er seine Fertigkeiten ausreizen muss. Hugo Pekareks Hinterzimmer und Mathilde Luggerbauers Apartment haben ihm kaum Probleme bereitet. Müllers Sicherheitsvorkehrungen sind von einem anderen Kaliber, wiewohl nicht am allerhöchsten Stand. Mit Geduld und den mitgebrachten technischen Hilfsmitteln hat sie der Bravo überwunden, ohne Alarm auszulösen.

Nun steht er im Hauptraum, der wie ein klassisches Detektivbüro wirken möchte, inklusive Hängeordnerschrank, summend rotierendem Deckenventilator und Jalousien, durch die Streifenlicht den Raum in scharfe Schatten taucht. Allerdings ist der großkotzige Schreibtisch aus Spanplatten statt aus Mahagoni-Holz. Bei genauerem Hinsehen erkennt man auch, dass die Urkunden und Dankesschreiben an den Wänden billige Kopien sind. Überhaupt stellt das ganze Ensemble eine Kulisse dar, von der sich keine einigermaßen versierte Lokalreporterin beeindrucken ließe, geschweige denn ein Bravo.

Was die Frage aufwirft, wieso Claudia Rappold – sie zu identifizieren, hätte es Peter Szilys Mitwirkung nicht bedurft – sich dennoch mit einem Stümper wie Gerfried Müller abgibt. Freilich, Journalisten halten sich ihre Informanten warm, auch wenn diese die meiste Zeit nur heiße Luft von sich geben. Man könnte unter all den Nieten ja doch einmal das große Los ziehen.

Mit Dietrichen sperrt der Bravo die Schubladen auf und stöbert in den ohne erkennbares System angehäuften Aktenkonvoluten. Das nimmt einige Zeit in Anspruch. Manche Seiten der am oberen Rand vergilbten Papierbündel kleben zusammen. Auf den Plastikreitern stehen zahlreiche prominente Namen. In den Ordnern befinden sich jedoch bloß Zeitungsausschnitte, meist von Klatschspalten, mit vielen Fotos strahlender Persönlichkeiten. Nirgends in dem Durcheinander kommen Pekarek, das Lucky Star oder der Bravo vor.

Auf einem Regal liegt ein silberner Koffer, ebenfalls verschlossen, ebenfalls im Handumdrehen geöffnet. Er enthält eine kompakte, hochwertige Fotoausrüstung samt Stativ und extralangem Teleobjektiv. Der Bravo hebt die Digitalkamera heraus, schaltet sie ein und klickt sich durch die gespeicherten Bilder. Die ungefähr 50 letzten, aus großem Abstand aufgenommenen Schnappschüsse zeigen ausnahmslos dieselbe Person: Mitte 20, leicht übergewichtig, Sommersprossen, blonder Mittelscheitel.

Conrad Haydn.

An einem Feinkoststand am Naschmarkt. Vor der Auslage eines Unterwäschegeschäfts in der Mariahilfer Straße. Am Wettschalter beim Tangorama. Vor der Apollofabrik. Auf dem Weg dorthin in der Penzinger Straße … Müller hat Haydn offenbar nachspioniert.

Auf eigene Faust? Oder wurde er beauftragt?

Die Antwort geben die hinter die Polsterung des Kofferdeckels geschobenen Kontoauszüge. Sie stecken noch im Briefkuvert der Bank. Gleich vier Überweisungen zu je 1000 Euro im abgelaufenen Monat kamen von „Haydn Immobilien GesmbH Wien – Salzburg – Bad Ischl." Der Neffe des Räucherfleischmagnaten dürfte seiner Familie doch größere Sorgen bereiten, als der Bravo gedacht hat. Sollte er noch andernorts hasardiert haben? Mit höheren Einsätzen als bei Pekarek auf Murmelspielchen und Katastrophenrettung?

Dem Bravo fällt das Telefonat ein, das er in der Lobby Lounge Bar des Palais Hansen Kempinski mitgehört hat. Der überlaute, zu Sprichwörtern und Binsenweisheiten neigende Börsianer ist von jemandem namens Conny um Geld angeschnorrt worden. Aus dem Kontext heraus hat der Bravo den Eindruck gewonnen, es handle sich um eine Frau. Aber „Baby" kann ein solcher Schwätzer auch zu einem jüngeren männlichen Verwandten sagen … Conny schien nicht die hellste Kerze im Luster und auf Anlagebetrüger hereingefallen zu sein. Egal, ob mit Conrad Haydn identisch oder nicht – allein der Auftrag an den Privatdetektiv ist Indiz genug, dass der junge Mann in gröberen Schwierigkeiten steckt.

Der Bravo geht die Galerie der Kamera weiter durch. Mit Ordnern hat es Gerfried Müller auch digital nicht so. Es gibt Serien anderer Personen, die der Detektiv bespitzelt hat. Frauen, die sich mit Männern treffen, wohl nicht mit den angetrauten, und in ein Hotel gehen. Ein mittelmäßig erfolgreicher Sportler, einmal in Radrennfahrer-Adjustierung, dann mit eingegipstem Bein, dann ohne Verband, beim Abfeiern vor einem Nachtclub, Zigarette in der einen, Cocktailglas in der anderen Hand.

Und schließlich wieder Conrad Haydn. Aus dem Lucky Star Casino kommend, als es noch stand. Danach, also zeitlich davor, in einer ausgelassenen Runde ungefähr gleichaltriger, ähnlich gut gekleideter Personen an einem großen Kaffeehaustisch. Das Foto wurde, aus der leichten Spiegelung zu schließen, durch ein Fenster geschossen. Dazwischen abermals mutmaßlich untreue Eheleute.

Schon glaubt der Bravo, dass es das war mit Haydn. Da stößt er auf eine Abfolge von Bildern, die eines der mobilen Toilettenhäuschen zeigen, wie sie häufig am Rande von Open-Air-Veranstaltungen aufgestellt werden. Man sieht eine Frau, die verwahrlost wirkt und einen Einkaufswagen voller Plastiksäcke mit sich führt. Den stellt sie ab und betritt das Mobil-Klo. Auf den nächsten Fotos laufen drei junge Männer herbei. Sie werfen die Kabine um. Einer posiert davor und zeigt seinem Kumpan, der die Szene per Handy dokumentiert, etwas mit den Fingern.

Müller hat herangezoomt. Die Finger formen nacheinander zwei Buchstaben: ein *A* und ein *S*.

Der übers ganze speckige Gesicht grinsende, triumphierende Übeltäter ist Conrad Haydn.

A und S. Wie die Anfangsbuchstaben von „Action Society".

Der Bravo verbindet die Kamera mit einem seiner anderen Smartphones und lädt die relevanten Fotos herunter. Er erinnert sich an einen Zeitungsbericht über den Vorfall. Die wohnungslose, auf der Straße lebende Frau wurde bei dem dummen Bubenstreich erheblich verletzt.

Aber reicht das aus, um ein Mordkomplott in Gang zu setzen? Und sogar ihn, den Bravo, zu engagieren? Und überhaupt – wo ist die Verbindung zu Pekarek?

Selbst, falls Conrad Haydn aufgrund von Müllers Bildern ausgeforscht worden wäre, besäße die Industriellenfamilie ausreichend Finanzmittel und politische Connections, die Sache zu vertuschen. Wenn es, was unwahrscheinlich ist, zu einem Gerichtsverfahren käme, würden die angeheuerten Spitzenanwälte dieses mit juristischen Winkelzügen so lange verschleppen, bis der Richter, um den Fall vom Tisch zu haben, eine milde Strafe für „Groben Unfug" oder dergleichen anböte.

Die Sprösslinge solcher Sippen, hat der Bravo die Erfahrung gemacht, werden so gut wie nie zur Verantwortung für ihre Untaten gezogen. Falls doch, dann am ehesten noch, indem man jemanden wie ihn einschaltet. Aber seine Zielperson ist Hugo Pekarek gewesen, nicht einer von dessen Kunden. Die aussichtsreichste Spur scheint jene ominöse Action Society zu sein. Und der Schwachpunkt, an dem sich am ehesten ein Hebel ansetzen lässt, heißt Conrad Haydn.

Es juckt den Bravo in den behandschuhten Fingern, sofort seine bescheidenen Hilfstruppen, Szily und den Gelddruck-Kurtl, in Marsch zu setzen. Aber er mahnt sich zur Geduld.

Alle Aspekte müssen beachtet werden, immer.

Dass die kellnerierende Schauspielerin Angelika „Alice" Volatnig kürzlich umgebracht worden ist, hat auch den Bravo überrascht. Soviel er weiß, hatte sie mit Pekarek nichts zu tun. Wenn man davon absieht, dass dessen in die Luft gesprengtes

Lucky Star und ihr Arbeitsplatz, das Café Winterholzner, am Dombrowski-Platz schräg gegenüberliegen … Volatnig wurde betäubt, gefesselt, in der Kanalisation ertränkt. Vermutlich an einem Ort mit direktem Zugang zu den Hauptadern des Abwassersystems.

Wer kennt sich damit aus, noch besser als die städtischen Behörden?

Nicht ohne einen Hauch von Schadenfreude benutzt der Bravo Müllers WLAN, um das Schattennetz aufzurufen und, nachdem er einen seiner Zugangscodes eingetippt hat, die Geister der wahren Wiener Unterwelt zu konsultieren. Sie nennen sich „Spelunker“ und forschen in den Kanälen der Stadt nach unter dem Schlamm verborgenen Relikten. Nach Artefakten lange zurückliegender Epochen, die das unaufhörlich, unbarmherzig strömende Gefälle noch nicht bis zur Kläranlage hinweggespült hat. Nach allem, was sonst in den dunklen Eingeweiden der einzigen Metropole Österreichs verborgen liegt.

Sehr viele weiterführende Hinweise bekommt der Bravo nicht, jedoch einen Plan. Eine Karte, in der auch Details verzeichnet sind, von denen die offiziellen Stellen nichts wissen.

Genug, vorläufig.

Er sendet ein SMS an Peter Szily.

24

Der Bravo wollte mich zur Apollofabrik lotsen.

Ich verweigerte jedoch. Erstens, weil ich es für geboten fand, mich ihm gegenüber zu emanzipieren. Auftragsmörder hin oder her, es ging nicht länger an, dass er mich ständig herumkommandierte wie eine Marionette.

Zweitens, weil ich wegen ihm den von meiner Agentur vermittelten Casting-Termin nicht versäumen wollte. Es gab ein Leben jenseits der Paranoia des Bravos, und ich hatte vor, dieses noch möglichst lange zu genießen. Und zwar ohne einen permanenten Schatten im Nacken.

Ich schrieb also bloß zurück: „Kann nicht."

Obwohl mich das Match zwischen den Football-Nachwuchsmannschaften nicht im Mindesten fesselte, wartete ich den Ausgang ab. Als feststand, dass die Grazer wieder einmal den Kürzeren gezogen hatten, verabschiedete ich mich von Bernhard und Wolfgang und fuhr zu der Adresse im vierten Bezirk.

Der Bravo wäre nicht der Bravo gewesen, hätte er mich nicht davor abgepasst. Er fasste mich hart am Kragen, zog mich in eine Seitengasse und sagte, mit seiner grauenhaft unpersönlichen Stimme: „Pezi, wir werden eine Verhörsituation für den blonden Schnösel Conrad Haydn aufbauen. Morgen. Im Hinterzimmer des Lucky-Star-Pop-ups. Heute wäre mir lieber gewesen. Aber so, wie du beisammen bist, vertagen wir das besser. Du wirst einen Polizisten darstellen. Im Zivil. Schaffst du das? Hast du dafür brauchbares Gewand?"

Ich bejahte. Legere, billige Freizeitkleidung, wie sie etwa der Gruppeninspektor Gallaun trug, hatte ich teils selbst im Kleiderschrank, teils würden sich etwaige fehlende Versatzstücke leicht im Kostümfundus der Filmakademie auftreiben lassen.

„Gut", sagte der Bravo. „Dann morgen Vormittag. Jetzt nimmst du noch deinen Termin wahr, und hernach gehst du heim. Komm gar nicht auf die Idee, irgendwelche Alleingänge versuchen zu wollen. Klar, Pezi? Die Lage ist viel zu verworren."

„Inwiefern?"

Er gab mir einen kurzen Abriss dessen, was er über Conrad Haydn herausgefunden hatte. Dann entließ er mich für diesen Tag aus seinem Bann und verschwand, mit den Schatten verschmelzend, als hätte es ihn nie gegeben.

In Gedanken versonnen und immer noch gelegentlich mit meinem Gleichgewicht kämpfend, stapfte ich über die Marmorstufen des Gründerzeit-Hauses hinauf. Vor dem Lift stand ein hochgewachsener Mann. Wenn er seine ausgeprägten Muskeln noch ein wenig mehr anspannte, drohten sie den dreiteiligen Maßanzug zu sprengen.

„Herr Peter Szily?", sagte er flach, als wüsste er die Antwort bereits.

„Der bin ich."

„Bitte folgen Sie mir." Er geleitete mich am Lift vorbei, eine Stiege hinunter, durch einen mit Birken und Ziersträuchern behübschten Innenhof. Die Sache wurde immer komischer. Normalerweise liefen Film- oder Theatercastings anders ab.

Ehe ich den Rückzug antreten konnte, sagte mein Führer: „Wir nehmen den Privat-Aufzug. Der bringt uns nach ganz oben."

Ganz oben war ein zweistöckiges Penthouse. Die sündteure Einrichtung und der grandiose Ausblick über die gesamte Innenstadt ließen mich endgültig von der naiven Annahme Abstand nehmen, hier ginge es um eine Filmrolle.

Auf der Couch einer Wohnlandschaft saßen zwei Männer und eine Frau mit dem Rücken zum durchgehenden Fenster. Das Licht der Nachmittagssonne zeichnete etwas wie eine Aura um ihre Konturen. Die ganze Szenerie erschien mir immer surrealer, als wäre ich plötzlich im Werbespot einer Bank gelandet.

„Ein herzliches Grüß Gott, Herr Szily", sagte die Frau mit

weicher Stimme. Dass sie eine Gesangs- oder Sprechausbildung absolviert hatte, war nicht zu überhören. „Danke, dass Sie sich für uns Zeit nehmen."

„Bitte. – Äh, ich weiß ehrlich gesagt nicht, was …"

„Lieber Herr Peter, Sie sind ein wertvolles Mitglied unserer Gesellschaft. Ja, wir brauchen Künstler wie Sie. Immer alert, immer auf der Suche nach neuen Herausforderungen. Künstler haben, quasi per Definition ihres Berufsstands, das Anrecht, keine Rücksicht auf höher gelagerte kommerzielle Interessen nehmen zu müssen. Sonst hätten sie ja gleich Betriebswirtschaft studieren können, nicht wahr?"

Da ich die Frage als eine rhetorische verstand, enthielt ich mich einer Antwort.

„Nun kann es aber passieren, dass ein solcher Künstler, wie beispielsweise Sie, während der Vorbereitung eines neuen Projekts, im Laufe des Rollenstudiums, was auch immer, versehentlich in Gefilde gerät, für die er nicht geschaffen ist. Dass er, ohne jegliche böse Absicht, Staub aufzuwirbeln beginnt. Weil er in Sachen herumstochert, die ihn nichts angehen. Und die auch mehrere Nummern zu groß für ihn sind. Der langen Rede kurzer Sinn, geschätzter Peter Szily: Wir, meine Partner und ich, hätten gerne, dass Sie das, womit Sie sich dieser Tage beschäftigen, nicht länger fortsetzen. Glauben Sie mir, es liegt auch in Ihrem eigenen Interesse."

Ich öffnete den Mund, um etwas zu sagen, aber die Frau stoppte mich mit einer eleganten Armbewegung. „Selbstverständlich ersetzen wir Ihnen einen etwaigen durch Ihren Rückzug entstehenden Verdienstentgang." Auf ein leichtes Kopfnicken hin zog der ältere Mann links von ihr ein flaches Schlangenleder-Portemonnaie aus der Sakkotasche und legte es vor mir auf den Tisch. „Darin befinden sich 10 000 Euro", sagte sie. „Betrachten Sie es als Ausfallshonorar. Denken Sie, dass das genügt, um die Ihnen entstandenen Schäden abzudecken?"

„Ich … Puh. Ja, da … damit käme ich eine Weile aus", stotterte ich. „Sicher, aber … Ich meine, was passiert, wenn ich nicht darauf eingehe? Rein theoretisch."

„Lassen Sie es mich so ausdrücken: Sollten Sie, was ich sehr bedauern würde, dieses Angebot ausschlagen, wären wir gezwungen, die Dienste eines anderen Spezialisten in Anspruch zu nehmen." Sie lehnte sich zurück. „Aber ich glaube, das wird nicht nötig sein, oder? Sie machen auf mich den Eindruck eines vernünftigen Mannes, der seine Grenzen kennt. Die Geldbörse dürfen Sie gern ebenfalls behalten."

Ich blickte auf den Tisch, dann in die ausdruckslosen Wachsgesichter der drei Managertypen, dann wieder hinunter. Die Frau hatte zweifellos recht. Diese ganze Sache war mir schon längst über den Kopf gewachsen. Wenn mir die Chance geboten wurde, relativ glimpflich auszusteigen, musste ich einfach zugreifen.

Der Begriff „Schweigegeld" drängte sich mir auf. Obwohl ich ihn beiseiteschob, hinterließ er einen schalen Nachgeschmack.

Und wenn schon! Ich gab mir einen Ruck, atmete tief durch und nahm das Portemonnaie an mich.

„Ein kluger Entschluss", lobte die Frau. „So bleibt mir nur mehr, Ihnen alles erdenklich Gute für Ihre künstlerische Zukunft zu wünschen. Leben Sie wohl, Herr Szily!"

Verdattert begab ich mich auf den Heimweg. Das war es also. *End of Story.* Ich musste nur noch den Bravo abschütteln. Aber mit 10 000 Euro gingen sich allemal einige Monate in Kuba oder Mexiko aus. Wohin der Bravo mir nicht gut folgen konnte, wenn er weiter verbissen nach Pekareks Mörder suchen wollte.

Ich erwog einen Umweg über die Apollofabrik, da ich dort noch einige persönliche Dinge liegen hatte, darunter mein iPad. In der Straßenbahn kam mir die Idee, ich könnte dem Bravo eine Art Abschiedsgeschenk machen. Vielleicht nahm er es dann ja gnädiger hin, dass ich ihm als Handlanger kündigte. Also rief ich den Gelddruck-Kurtl an und bat ihn, mir Conrad Haydns

Telefonnummer zu schicken. Bei einem Zwischenstopp suchte ich mir eine ruhige Ecke und wählte die Nummer.

„Ja bitte?"

„Herr Haydn? Hier Kurt …", ich nuschelte Unverständliches, da ich den Nachnamen nicht kannte. „Vom Lucky Star. Wir haben in Hugos Nachlass jetzt doch noch etwas über Sie gefunden, etwas … nun ja, Pikantes."

„Was meinen Sie damit?"

„Das möchte ich am Telefon nicht sagen. Könnten Sie vielleicht nochmals bei uns vorbeikommen? Dann übergebe ich Ihnen das Material."

„Material?"

„Nun, es gehört ja Ihnen."

„Verstehe nur Bahnhof. Egal. Sofort geht's nicht, frühestens in eineinhalb oder zwei Stunden."

„An sich sperren wir um 18 Uhr, aber ich warte gern noch ein bisschen länger auf Sie. Damit wir's aus der Welt haben, gell?"

„Zu gütig." Grußlos legte er auf.

Am Wettschalter hatte sich nicht viel getan. Kurtl hatte Einsätze entgegengenommen, ein paar ebenso geringe Gewinne ausbezahlt und nebenbei eine Person nicht näher zuordenbaren Geschlechts dazu gebracht, sich mit einem immerhin zweistelligen Betrag an einer absolut todsicheren Investition zu beteiligen: beliebig verformbare Wärmekissen aus einem Kunststoff, der kurz vor der Serienreife stand. „Damen, die unter Regelbeschwerden leiden, werden uns die Dinger aus der Hand reißen. Praktisch eine Lizenz zum Gelddrucken. Magst nicht auch einsteigen, Pezinator?"

Ich verneinte und tröstete ihn mit dem Bonmot, dass Frauen und sportbegeisterte Männer dem Wort „Regelwidrigkeiten" höchst unterschiedliche Bedeutungen beimaßen. Er lachte pflichtschuldig. Ich verzog mich mit den Ausstattungsstücken, die ich beim Abstecher zum Filmfundus ergattert hatte, in den hinteren Raum.

Allmählich kehrten meine Lebensgeister zurück. Erheblich trug dazu bei, dass der Döner, den ich an der U-Bahnstation verspeist hatte, und das im Sonderangebot enthaltene Cola im Magen geblieben waren. Dafür erwachten nun auch Bedenken, ob ich nicht im Begriff stand, das im Penthouse gegebene Versprechen keine zwei Stunden später zu brechen. Nein, beruhigte ich mich: Ich räumte ja sozusagen nur die Brösel auf.

Außerdem glaubte ich nicht, dass eine Verbindung zu Conrad Haydn bestand. Seine Familie mochte gut vernetzt sein. Aber die Bonzen, die mich „engagiert“, um nicht zu sagen „ausgekauft“ hatten, spielten in einer noch einmal höheren Liga. Viel eher konnte meine Wutrede im Wongs der Grund für ihre Intervention gewesen sein. Dabei hatte ich mit etlichen Gerüchten, Andeutungen und Namen um mich geworfen, die besser zur Penthouse-Welt passten als die Sprösslinge Osttiroler Speckfabrikanten. Deshalb der Schuss vor den Bug beziehungsweise der Wink mit der Peitsche und das finanzielle Zuckerbrot. Für einen Maulhelden wie mich waren 20 Fünfhunderter viel Geld, für solche Leute hingegen ein Klacks.

Um halb sechs Uhr abends zahlte ich den Gelddruck-Kurtl aus und schickte ihn heim. Dann zog ich mich um, legte die Requisiten zurecht und übte einige Sätze, bis ich mit Wortwahl und Tonfall zufrieden war.

Haydn kam um fünf vor halb sieben. Ich ließ ihm keine Zeit, sich über Kurtls Abwesenheit zu wundern und zu fragen, wer ich wäre, sondern dirigierte ihn flugs nach hinten. Dort zeigte ich ihm eine nachgemachte Polizeimarke und sagte: „Gruppeninspektor Nowotny vom Landeskriminalamt Berggasse. Herr Haydn, das ist eine informelle Befragung, kein offizielles Verhör, und ich danke Ihnen für die Bereitschaft, uns bei unseren Ermittlungen zu unterstützen, was sich, nebenbei bemerkt, gegebenenfalls auch strafmildernd auswirken würde. – Herr Haydn, Sie gehören einer Vereinigung an, die sich Action Society nennt?“

Die echten Polizisten Fux und Gallaun, an denen ich mich orientierte, wären stolz auf mich gewesen. Conrad Haydn leistete nur wenige Sätze lang Widerstand. Nach der Erwähnung des umgeworfenen WC-Häuschens brach er zusammen und „legte ab", wie wir Kriminalisten zu sagen pflegen.

„Ja, das war ich", sagte er kreidebleich. „Und es tut mir auch unendlich leid, dass die arme Frau dabei so schwer verletzt worden ist. Sobald ich wieder flüssig bin, werde ich ihr eine größere Summe Schmerzensgeld zukommen lassen. Anonym. Das geht doch, oder?"

„Wir werden sehen. Viel hängt davon ab, was Sie mir sonst noch über ‚A. S.' erzählen." Ich formte mit den Fingern die Buchstaben, wie er es laut Bravo auf dem Foto getan hatte.

„So viel Sie wollen. Ich sag's gleich, mit dem anderen Sandler hatte ich nichts zu schaffen. Also, ich war dabei, ja, aber ich habe ihn nicht angefasst."

„Fangen Sie einfach von vorne an."

Welcher andere …? In meinem Hinterkopf machte es auf einmal „klick". Ich musste alle Willenskraft zusammennehmen, um nicht aus der Rolle zu fallen.

Auch, was Conny Haydn in weiterer Folge preisgab, stellte meine Selbstbeherrschung auf eine harte Probe.

Zu Beginn waren es bloß Einträge in einer privaten Chatgruppe von Jus- und Betriebswirtschaftsstudenten. Kecke Sprüche, provokante Bilder. Ein Osterkorb mit Eiern, auf die Hakenkreuze gemalt waren, und derlei Geschmacklosigkeiten mehr.

Postings von wohlbehüteten Kindern, dachte ich mir dabei, aus großbürgerlichen Häusern, die vor allem eines in die Wiege gelegt bekommen hatten: die Überzeugung, dass ihnen diese Welt gehörte, wie auch immer sie sich aufführten. Ein unter den herrschenden Verhältnissen leider nicht falsches Bewusstsein …

Dann kamen Listen von sexuellen Eroberungen hinzu, mit Punktevergaben und daraus abgeleiteten Rankings. Auch das reichte nicht zur Befriedigung überstark ausgeprägter Egos. Die männlichen Mitglieder der Action Society stellten einander immer noch schärfere Herausforderungen.

Nun würde ich für meinen Teil die Ansage, „Traust dich nie!", grundsätzlich nicht als verderblich einstufen. Sonst gäbe es keinen Fortschritt, oder? Überspitzt gesagt, wären niemals Einzeller zur Bildung komplexerer Formen verleitet worden, Meereslebewesen an Land gegangen, Affenabkömmlinge zur Ausbildung eines Gehirns, das Infinitesimalrechnungen erfinden konnte, angeregt worden. Aber wie die Menschheitsgeschichte bewiesen hat, schießen wir allzu oft übers Ziel hinaus – bis hin zum Potenzial, die eigene, einzig als „intelligent" bewertete Rasse aus purem Übermut auszurotten und vom Erdboden zu tilgen. Ende des philosophischen Exkurses.

Irgendwann ging das „Traust dich nie" der Freundesrunde eine fatale Verschränkung mit der Wettleidenschaft einiger Mitglieder ein, erzählte Conrad Haydn, und im Speziellen mit einem Phänomen, das während der globalen Corona-Krise entstanden war: Online-Wetten, natürlich illegal, bei denen man darauf setzte, wie jemand auf ein Angebot, eine Kampfansage oder Drohung reagierte. Die jeweiligen Akteure wussten häufig gar nicht, welch hohe Quoten mit ihnen zu erzielen waren. Manchmal wurden sie auch hinterher erpresst oder anderweitig abgezockt.

Und abermals „klick". „Hier kam Hugo Pekarek ins Spiel", sagte ich, als wisse ich das schon lange.

Haydn nickte. Der Buchmacher hatte sich ihrer Clique angedient, solche Wetten abgewickelt und die Risikobereitschaft immer weiter angeheizt. Nach harmlosen Mutproben wie Verkehrsübertretungen, Bagatelldiebstählen und diversen Drogenexperimenten kam der Streich mit dem Mobil-Klo. Und schließlich, als nächste Steigerungsstufe … „‚Traust dich nie, jemandem bei lebendigem Leib ein Ohr abzuschneiden!' – Keine Ahnung, wer von uns das aufs Tapet brachte." Haydn hob abwehrend die Arme. „Ich schwöre, ich war's nicht."

Die Aktion lief aus dem Ruder. Weil der als Opfer auserkorene Obdachlose, obwohl von einer Flasche Schnaps anscheinend paralysiert, nach dem Schnitt doch aus seiner Bewusstlosigkeit aufwachte, um sich schlug, einen Hieb mit dem Golfschläger verpasst bekam, sich in einem Abwehrreflex aufbäumte und hintenüber stürzte, fast zehn Meter tief.

„Es war ein Unfall, Herr Polizist", winselte Conrad Haydn. „Allerhöchstens fahrlässige Tötung. Aber sicher kein Mord, wie in ‚American Psycho'."

„Ah ja. Das Ohr", sagte ich, „wurde an Pekarek übergeben?"

„Sicher. Er benötigte es als Beweis für die beteiligten Glücksspieler aus aller Herren Länder. Einige haben ein kleines Vermögen gemacht. Ich nicht. Ich Depp habe nämlich darauf gewettet, dass er den Schwanz einzieht."

„Wer?"

„Trollfuß. Das ist sein Alias, ein Wortspiel wegen seines altertümlichen Vornamens."

Ich brauchte ein paar Sekunden, dann klickte es zum dritten Mal.

Innerlich ebenso aufgewühlt wie der Schnösel, nach außen hin jedoch cool, erklärte ich ihm, dass ich genug erfahren hätte. „Eventuell wird sich meine Vorgesetzte, Chefinspektorin Fux, in den nächsten Tagen bei Ihnen melden, falls doch noch eine Aussage aufgenommen werden müsste. Bis dahin bewahren Sie bitte absolutes Stillschweigen. Vielleicht können wir Sie ja gänzlich verschonen, zum Dank für Ihre Offenheit."

„Bin ich … entlassen?"

„Sie waren nie verhaftet, Herr Haydn. Aber wenn ich Ihnen einen Tipp geben darf, gratis und zinsfrei – bemühen Sie sich, von Ihrer Wettsucht loszukommen. Nehmen Sie psychologische Hilfe in Anspruch, es gibt da sehr gute Leute, und Ihre Familie kann sich das leisten. Und suchen Sie sich neue, weniger destruktive Freunde. Okay?"

„Okay." Er kämpfte mit den Tränen.

Ich kämpfte mit der Müdigkeit.

Nachdem Haydn gegangen war, packte ich meine Siebensachen zusammen und schloss die Räumlichkeiten des Lucky Star ab. Dann fuhr ich nach Hause. Ich versuchte den Bravo zu erreichen, aber die Notrufnummer war tot, verbraucht. Eine andere Kontaktmöglichkeit hatte ich nicht. So rächte sich seine verdammte stursinnige Heimlichtuerei. Ich tippte ein stichwortartiges Memo ins Handy, obwohl ich nicht glaubte, dass der Bravo tatsächlich auch das mitlesen konnte.

Daheim trank ich, da meine Kehle ausgedörrt war, zwei Gläser Wasser, legte mich aufs Küchensofa und schlief ein. Als ich wegen Harndrangs erwachte, zeigte die Uhr 22.54.

Ich war klarer im Kopf als jemals an diesem Tag und von nervöser Unruhe erfüllt. Was, wenn Conny Haydn sich in seiner Verzweiflung nicht an das auferlegte Schweigegebot hielt? Wenn er stattdessen seinen Mittätern, darunter dem Mordverdächtigen, brühwarm beichtete, dass er ihre gemeinsamen Umtriebe ausgeplaudert hatte? Zuzutrauen war es ihm. Bis morgen zu warten, könnte sich als schwerer Fehler herausstellen. Außerdem hatte ich, so schlimm der Tag begonnen hatte, gerade einen Lauf. Die endgültige Aufklärung lag nur wenige Kilometer entfernt.

Also schulterte ich meine Tasche erneut und machte mich auf den Weg zum Dombrowski-Platz.

Im Café Winterholzner war kaum noch Betrieb. „Wir schließen demnächst, um Mitternacht", rief mir der Seniorchef entgegen. „Die Küche hat sowieso schon zu."

„Ich möchte nur ein ‚Fluchtachterl'", sagte ich. „Vom Hauswein."

„Ein Achtel Veltliner, bitte sehr, bitte gleich."

„Mit einem Glas Wasser, bitte."

„Kostet einsfuffzig extra."

„Von mir aus. – Sagen Sie, ist Ihr Herr Sohn im Lande?"

„Erst wieder am Wochenende. Er besucht Verwandte in der Schweiz."

„Ah ja." Ich setzte mich an den Tisch, an dem mich Alice bedient hatte. Inzwischen wusste ich auch, was sie mir mit ihrer Botschaft, ich solle an meine erste Frage denken, hatte mitteilen wollen. Um Cantuccini war es dabei nicht gegangen.

Ich nippte am Wein, gähnte, blätterte scheinbar gelangweilt in einer Zeitung, die ein Gast liegengelassen hatte. Nach einigen Minuten stand ich auf und bewegte mich Richtung Toilette. Sobald ich außer Sicht war, schwenkte ich um, zu der Tür, über der ein Emailschild mit der Aufschrift „Kegelbahn" angebracht war. Sie war zugesperrt, aber der Schlüssel steckte.

Steile Stufen führten hinunter in den Keller. Es roch muffig. Trübe Funzeln, deren Schutzglas Spinnweben überzogen, spendeten gelbliches Licht.

Ein bisschen fühlte ich mich wie die Blondine in Horrorfilmen, die allein verbotene Räume erkundete, obwohl ihr Beschützer, der männliche Held, ihr genau davon schärfstens abgeraten hatte. Aber im Unterschied zu ihr hatte ich mich vorbereitet und ausgerüstet. Außerdem glaubte ich ziemlich genau zu wissen, was mich erwartete.

Die Kegelbahn lag verlassen da. Teile des Bodenbelags waren rissig, die Kugeln verstaubt, lange nicht mehr angefasst worden. Keine weiteren Türen zu sehen, nichts zu hören. Aber ich konnte nicht glauben, dass das alles war.

Als Jugendlicher hatte ich auf solchen Bahnen manche „Sau" geschoben, also einen Volltreffer gelandet und „abgeräumt". Dann läutete eine Klingel, und ein rosarotes Schweinchen blinkte. Der Mechanismus, der die an Schnüren hängenden Kegel nach jedem Schub wieder aufstellte, war fehleranfällig. Häufig verhedderten sich die Schnüre, und man musste sie händisch entwirren. In der Kammer am Ende der Bahn, neben der Apparatur, von der die Kugeln hochgehievt wurden, um auf einer Schiene zurück nach vorne zu rollen, befand sich auch ein

Schaltkasten. Nur einer der altmodischen schwarzen Bakelit-Schalter war frei von Staub; den betätigte ich.

Knarrend schob sich an der linken Kellerwand ein Teil der Vertäfelung zur Seite und gab eine Öffnung frei. Na bitte! Feuchtkalte, modrige Luft schlug mir entgegen. Die Steinstufen der spiralförmigen Treppe waren noch unregelmäßiger und abgetretener als weiter oben, die Beleuchtung noch spärlicher. Ich musste aufpassen, dass ich nicht ausglitt.

Der Raum hatte nur etwa ein Drittel der Grundfläche der darüber liegenden Kegelbahn. In der Mitte ragte eine nicht ganz hüfthohe, gemauerte Struktur auf, ähnlich wie ein Brunnen. Eine kreisrunde hölzerne Abdeckung verschloss die Öffnung. Rechts davon stapelten sich Müllsäcke, links Kartons, beschriftet in einer mir unbekannten Sprache.

Von oben ertönte Winterholzners Stimme. „Hallo? Ist da jemand?"

Ich antwortete nicht. Obwohl ich in der Falle saß, wartete ich kühl am Fuß der Stiege. Ich hatte nämlich eine Pistole. Zwar nur ein dauerhaft unbrauchbar gemachtes Filmrequisit, aber den Unterschied erkannte man auch auf den zweiten Blick nicht. Und tatsächlich zu schießen, hatte ich ohnehin nicht vor.

„Wer hat Ihnen erlaubt …", blaffte Engelbert senior, dann sah er die Waffe.

„Klappe!", sagte ich. „Das Spiel ist aus, Winterholzner." Dabei kam ich mir nur ein ganz klein wenig melodramatisch vor. Mit dem Lauf zeigte ich auf das brunnenartige Gebilde. „Deckel abheben!"

Er gehorchte. Leises Rauschen ertönte, und der Geruch aus der Kanalisation verbreitete sich im Tiefkeller; nicht unbedingt atemberaubend, aber präsent.

„Wie ich's mir dachte. Musste Alice deswegen sterben? Weil sie euer lächerliches Familiengeheimnis entdeckt hat? Pfui Teufel, ich kann gar nicht sagen, wie sehr Leute wie ihr mich anwidert! Geldgierig, skrupellos, verlogen. Unterwürfig nach oben buckeln, aber sobald ihr nach unten treten könnt, fällt die Maske, und zum Vorschein …"

Etwas Massives schlug haarscharf neben meinem linken Zeh am Boden ein. Was zum …? Jemand warf mit Kegelkugeln. Auf mich! Die zweite traf mich hart an der Schulter. Die dritte erwischte mich am Kopf und knipste mir das Licht aus.

MITTWOCH

„Flieht auch manche Illusion,
Die dir einst dein Herz erfreut,
Gibt der Wein dir Tröstung schon
Durch Vergessenheit.
Glücklich ist, wer vergisst,
Was doch nicht zu ändern ist!“
(„Die Fledermaus“ von Johann Strauß,
Karl Haffner und Richard Genée)

Lauchcremesuppe

*

Gegrillte Fledermaus
vom Schwein mit Dukaten-Erdäpfeln

o d e r

Panierte Gemüsepalatschinken
auf griechischem Salat

*

Topfenstrudel mit Vanillesoße

25

Als ich wieder zu mir kam, am feuchten Kellerboden liegend, waren meine Hand- und Fußgelenke mit Kabelbinder gefesselt.

„Hat man denn immer noch keine Ruhe vor euch Kretins!", keifte die alte Winterholzner und stieß mir mit einem ihrer Gehstöcke hart in die Rippen. „Wo kommst du jetzt wieder her?"

„Von der Polizei", stöhnte ich. „Es ist zu spät. Chefinspektorin Fux wurde bereits informiert. Wenn ihr mich beseitigt, kommt bloß noch ein weiteres Schwerverbrechen hinzu."

„Du bluffst. Wo ist denn das Einsatzkommando? Hörst du vielleicht Sirenen?"

Leider nein. Nur das Rauschen aus dem ummauerten Loch. Laut sagte ich: „Trotzdem wird alles unweigerlich ans Licht kommen. Ich bin nicht der Einzige, der Bescheid weiß."

„Ach ja?"

Solange wir redeten, blieb ich am Leben. „Euer Junior hat den Tod des Obdachlosen verschuldet. Mit seinem Golfschläger. Und Hugo Pekarek witterte die Chance auf ein dauerhaftes Grundeinkommen, gesponsert vom gut gehenden Café Winterholzner. Da hast du, Chef, deine Beziehungen spielen lassen und den Auftragskiller angeheuert. Aber dann die Geduld verloren oder den Blutrausch bekommen, egal, und die Sache doch selbst erledigt. Schließlich ist ‚ein richtiger Cafetier auch Bäcker, Koch und sogar Fleischhauer', nicht wahr?"

„Was für ein Auftragskiller?", fragte die Alte verdutzt ihren Sohn.

„Ich sagte doch, ich kümmere mich darum, Mama. Ich wusste ja nicht, dass der gleich das halbe Haus …"

„Wann hast du jemals etwas Vernünftiges zustande gebracht? Himmelherrgott, wenn in diesem Betrieb etwas funktionieren soll, muss ich es selbst in die Hand nehmen!"

„Du?"

„Glotz nicht so blöd, Bertel!"

„Sie?", fragte auch ich. Irgendwie schaffte ich es nicht, die Matrone zu duzen. „Sie haben Pekarek betäubt, ihm die Kehle durchgeschnitten und ihn ausbluten lassen!"

„Wie das Schwein, das er war."

„Und das Gas aufgedreht?"

„Weil ich nicht lange nach dem verflixten Ohr suchen wollte."

Ich verstand. „Alice ist Ihnen gar nicht auf die Schliche gekommen; nicht, was den ersten Mordfall betrifft. Sie hat bloß euren uralten Zugang zum unterirdischen Flusslauf entdeckt! Was ist das, der Alserbach? Wie auch immer, darin entsorgt ihr regelmäßig Abfall. Um Müllgebühren zu sparen, nicht wahr? Jeder Groschen zählt. Vor allem aber, damit niemand durch die Verpackungsreste draufkommt, dass die ‚hausgemachten, frisch zubereiteten Spezialitäten aus regionalen, gentechnik-freien, biologisch angebauten, fair geernteten Zutaten' und so weiter in Wahrheit importierte Billigware sind."

„Den Gästen schmeckt's", sagte Engelbert Winterholzner. „In all den Jahren hat sich kaum einer beschwert. So schlecht sind die Produkte wirklich nicht. Wer nicht vom Fach ist, hat ja keine Ahnung, was einheimische Erzeugnisse ..."

„Genug gequatscht", fuhr seine Mutter dazwischen. „Ab mit dem Kerl in die Kloake, wo er hingehört!"

Mit einer Kraft, die man ihr nicht ansah, packte sie mich unter den Schultern und zerrte mich hoch. „Wird's bald, Bertel!"

„Sollten wir ihm nicht davor noch die K.o.-Tropfen ..."

„Unnötig. Der Schwachmatiker macht's da unten keine halbe Minute. Auf drei. Eins, zwei, drei!"

Gemeinsam hoben sie mich auf den Rand der Mauer. Ich versuchte vergeblich mich zu wehren, schloss mit meinem Leben ab. Ein Schubs noch, dann folgte ich Alice nach.

Dazu kam es jedoch nicht, weil ich sozusagen Gegenverkehr hatte.

Aus dem Loch sprang eine Gestalt in einem schwarzen Trainingsanzug. Den Kopf vermummte eine ebenfalls schwarze Schimütze, die nur Augen und Mund freiließ. Lautem Zischen folgte eine Sprühwolke. Auch ich bekam von dem Reizstoff ab, sodass ich meine Umgebung nur noch durch einen höllisch brennenden Nebel wahrnahm. Immerhin schaffte ich es, auf der richtigen Seite von der Kante zu rutschen, auf die Beine zu kommen und hoppelnd weg vom Loch.

Der unverhofft aufgetauchte Neuzugang hatte mit dem Pfefferspray primär den deutlich jüngeren und größeren der Gegner attackiert. Prompt krümmte sich Bertel vor Schmerz brüllend zusammen. Wie andere vor ihm wurde der Vermummte jedoch von der Zähigkeit und Mordlust der alten Winterholzner überrascht. Blindlings drosch sie auf ihn ein, mit beiden Stöcken. Dass diese stahlverstärkt waren, hatte ich am eigenen Leib verspürt.

Zwar hatte der Bravo – um wen sonst sollte es sich handeln? – ebenfalls einen Schlagstock, aber dieser war kürzer. Die Spraydose war entweder leer oder ihm aus der Hand geschlagen worden. Unaufhörlich auf ihn einprügelnd, drängte ihn die greise Furie in die Defensive und zurück zum Mauerring. „Bertel!", schrie sie. „Komm schon, Schlappschwanz!"

Der Wirt rappelte sich hoch. Unbeholfen unterstützte er seine Mutter beim Versuch, den Bravo in den Abgrund zu befördern. Ich hüpfte beidbeinig auf die kämpfende Gruppe zu und rammte Winterholzner meinen Kopf in den Bauch. Das tat mir wahrscheinlich mehr weh als ihm, aber wir waren beide kurzfristig außer Gefecht. Im Zurücktaumeln sah ich, dass eine der ringenden Gestalten die andere hochstemmte, über die Mauer wuchtete und ins Loch warf. Die nach dem Kletterseil tastende Hand griff ins Leere. Ein schriller Schrei erschallte, wurde von einem lauten Platschen übertönt und verlor sich im Rauschen des unterirdischen Bachlaufs.

„Könnten Sie bitte so freundlich sein, mich von den Fesseln zu befreien?", sagte ich zum Bravo, nachdem er Bertel verschnürt und durch einen wohltemperierten Kinnhaken ausgeknockt hatte.

„Hm." Aus den Augenschlitzen blickte er mich scharf an. Wir standen einander gegenüber. „Die Gelegenheit wäre günstig, auf einen Schlag reinen Tisch zu machen."

„Winterholzner war Ihr Auftraggeber. Er ist über Mittelsmänner an Sie gelangt. Es wäre Ihrem Ruf abträglich, würde man Ihnen nachsagen …"

„Ich weiß. Ich habe den Großteil eures Gesprächs mitgehört. Von dem da rede ich nicht."

„Oh." Mir kam ein äußerst beunruhigender Gedanke. „Sie wurden nicht zufällig von noblen Herrschaften aus einem Penthouse kontaktiert?"

„Man hat mir in der Tat einen Job avisiert."

„Und?"

„Ich sagte, ich wäre anderweitig beschäftigt."

„Puh."

„Bilde dir ja nichts drauf ein, Pezi. Halt her!" Er durchschnitt die Kabelbinder mit einem Taschenmesser. „Ich habe nicht deswegen abgelehnt, weil ich dich so toll sympathisch fände. Anfangs warst du gefährdet, weil du mir zu nahe gekommen bist. Mittlerweile bin ich dir zu nahe, verstehst du?"

„Außerdem habe ich Ihnen vorhin das Leben gerettet. Fast. Ein bisschen. Ansatzweise. Könnte man …"

„Und zu allem Überdruss müsste ich dein dummes Mundwerk extra erschlagen. Doppelte Arbeit, nein danke."

Täuschte ich mich, oder schwang in seiner Stimme erstmals ein winziger Hauch von Humor mit? „Wie geht es weiter?"

„Dass ich nicht auf dich angesetzt wurde, heißt nicht, dass kein Auftrag rausgegangen ist. Oder noch rausgeht, falls du dich nicht in den nächsten Wochen und Monaten absolut bedeckt hältst. Und somit unter dem Radar dieser Leute bleibst, klar?"

Ich schluckte. „Klar.“

„Der Detektiv, die Reporterin, der Schönere – allesamt ebenso für dich tabu! Und das ‚Kunstprojekt‘ ist auch zu Ende. Dein Freund Kurt wird den Wettschalter noch betreiben, bis alle Gewinne ausbezahlt sind, aber keine neuen Einsätze mehr annehmen.“

„Klingt gut. – Woher wussten Sie eigentlich …?“

„Auch im Hinterzimmer gibt es eine Kamera samt Mikrofon und Netzanbindung. Und auch ich kann zwei und zwei zusammenzählen.“

Er werde, sagte der Bravo, den Mitschnitt meiner „informellen Befragung“ des blonden Conrads an Chefinspektorin Fux weiterleiten, selbstverständlich anonym, zusammen mit den übrigen Beweisen: die Fotos aus Müllers Kamera, das Ohr im Gurkenglas … „Falls oben im Café noch Gäste oder Angestellte sind, schickst du sie fort. Dann machst du dich ebenfalls vom Acker. In 20 Minuten rufe ich eins-drei-drei an und teile ihnen mit, dass hier unten ein Paket auf sie wartet. Den Rest werden sich die Polizisten selbst zusammenreimen müssen.“

„Super. Danke. Aber … Glauben Sie, war ich mitschuldig an Alices Tod? Schließlich habe ich sie ermuntert, herumzuschnüffeln, und auf die Kegelbahn habe ursprünglich ebenfalls ich sie angesprochen.“

Er zuckte die Schultern. „Ich an deiner Stelle würde mir keine Vorwürfe machen.“

Ich verkniff mir, „Naja, Sie!“ zu sagen. „Kommen Sie mit vorne raus?“ Ich glaubte die Antwort zu kennen.

„Nein. Der Wiener Untergrund ist faszinierend. Ich werde ihn in nächster Zeit sicherlich ausgiebiger erkunden.“ Mit diesen Worten schwang der Bravo sich über die Mauerbrüstung und ließ sich am Seil hinab.

Das leise Knistern seiner Handschuhe war das Letzte, was ich von ihm hörte.

Nachbemerkung

Manches in diesem Roman beruht auf Tatsachen, anderes nicht. Selbstverständlich gibt es die Stadt Wien, aber es gibt dort keinen Dombrowski-Platz und auch kein Café Winterholzner. Der Wünschendorfer Verein „Bist du Moped“ veranstaltet tatsächlich Puch-Maxi-Rennen, aber die Apollo-Kerzenfabrik in Penzing wurde bereits 1960 geschleift. An der Grenze zwischen Pfaffstätten und Tribuswinkel liegen zwei Fußballplätze, jedoch keine Tennishalle. Und so weiter.

Bei der möglichst realistischen Gestaltung diverser Details unterstützten mich dankenswerterweise: Leo „Gebt ihm endlich eine Tatort-Regie!“ Bauer; Harald Havas, der auch selbst schon die eine oder andere Story in Wiens Unterwelt spielen ließ; Tania Hlozek von Wien Kanal/Entsorgungsbetriebe Simmering; Generalmajor Josef Kerbl, Leiter des LKA Wien; Gemeinderat Niki „1200 ccm“ Kunrath; meine Tochter Teresa Lukas, die im KHM eine nachgerade schicksalshafte Führung zu Tizian hielt; Wolfgang „Simon, aber eigentlich Garfunkel“ Pichler; Werner Reiterer, der sogar jemand wie mich für American Football begeistern kann; mein leider bereits verstorbener Schulfreund Herbert Scherr, der mich in die Feinheiten des „Wattens“ und „Färbelns“ einführte; Bezirksrat Götz Schrage, der die Wiener Nacht kennt wie kaum ein Zweiter; Michael Marcus Thurner, der Hilfestellung bei der Plot-Entwicklung gab; Erich „Schlüsselkönig“ Weitzer; Peter Wustinger, der sich als „First Reader“ zur Verfügung stellte und zahlreiche Anregungen und Korrekturen beisteuerte.

Herzlich Danke auch an den hochverehrten Kollegen Heli Deinboek für die freundliche Genehmigung zum auszugsweisen Abdruck eines Liedtextes; an Roman „El Presidente“ Gregory für die Erlaubnis, am Platz des SC Wiener Viktoria zu fotografieren, sowie an Homajon „Homajon“ Sefat für die tollen dabei entstandenen Bilder.

Ganz besonderer Dank gebührt den wunderbaren Damen von Ueberreuter, allen voran Verlagsleiterin Birgit Francan und Lektorin Marina Hofinger. Im Ernst, ohne sie beide hätte es dieses Buch nie gegeben.

Apropos: Selbstverständlich existiert nirgends auf der ganzen Welt jemand wie der Bravo. Dies klarzustellen, habe ich ihm hoch und heilig versprochen.

Wien/Tauplitzalm, Juli 2020

Leo Lukas über „Mörder Quoten“

Wie kamen Sie auf das ungewöhnliche Duo Bravo und Pez?

Am Anfang stand die Idee des Rollentauschs: Der Mörder wird zum Detektiv. Bald stellte sich heraus, dass der Bravo wie jeder Sherlock einen Watson braucht. Und das sollte natürlich ein sehr gegensätzlicher Charakter sein. Der eine redet stets nur das Nötigste, der andere häufig zu viel. Der eine scheut das Licht der Öffentlichkeit, der andere genießt es. Und so weiter.

Wie viel von Ihnen steckt in Peter Szily?

Einiges; aber weniger, als man vielleicht glauben würde. Pezi ist eher Comedian als Kabarettist und deutlich jünger und leichtsinniger, während ich z. B. nur ein ziemlich schleißiger Stimmenimitator bin. Dafür stehe ich der Welt, hoffe ich, nicht ganz so unbekümmert-naiv gegenüber. Und er stammt nicht aus Köflach, sondern aus Eibiswald, dazwischen liegen immerhin rund 60 Kilometer.

Was schreibt sich leichter, ein Krimi oder ein Kabarettprogramm?

Ein Kriminalroman, weil man zehnmal soviel Text unterbringt. Also mehr Infos, die einem wichtig sind, und scherzhafte Schlenkerer. Kürzen und verdichten war freilich auch hier angesagt. In „Mörder Quoten“ sind bei Weitem nicht alle interessanten Ergebnisse meiner Recherchen eingeflossen. Bei den geplanten Lesungen werde ich beide Metiers verbinden können, worauf ich mich schon sehr freue.